Julia Mattera
Wasserballetttage

Weitere Titel der Autorin:

Der Koch, der zu Möhren und Sternen sprach

Julia Mattera

WASSER-BALLETT-TAGE

Roman

Übersetzung aus dem Französischen
von Monika Buchgeister

eichborn

Die Bastei Lübbe AG verfolgt eine nachhaltige Buchproduktion. Wir verwenden Papiere aus nachhaltiger Forstwirtschaft und verzichten darauf, Bücher einzeln in Folie zu verpacken. Wir stellen unsere Bücher in Deutschland und Europa (EU) her und arbeiten mit den Druckereien kontinuierlich an einer positiven Ökobilanz.

MIX
Papier | Fördert gute Waldnutzung
FSC® C014496

Eichborn Verlag

Titel der französischen Originalausgabe:
»Le Syndrome de la brasse coulée«

Textredaktion: Christina Neiske, Haldenwang
Umschlaggestaltung: Barbara Thoben, Köln
Einband-/Umschlagmotiv: © CSA-Archive/istockimages
Satz: Dörlemann Satz, Lemförde
Gesetzt aus der Adobe Caslon und Neutraface 2 Text
Druck und Verarbeitung: GGP Media GmbH, Pößneck

Printed in Germany
ISBN 978-3-8479-0148-8

2 4 5 3 1

Sie finden uns im Internet unter eichborn.de

Prolog

Die Machenschaften von Oma Zette

Die Flure sind leer. Die braven Alten schlafen friedlich, haben ihre dritten Zähne ordentlich in ein Glas Wasser getaucht. Meine sind immer noch da, wo sie hingehören. Sollte mich jemand erwischen – obwohl es zwei Uhr morgens ist –, muss ich ihm schließlich ein hübsches Lächeln schenken können! Ein bisschen Charme kann nicht schaden, wenn man Ärger vermeiden will.

Es kommt mir fast so vor, als wäre ich noch einmal fünfzehn und würde mich heimlich durch die Flure des Internats davonschleichen, in dem meine Eltern mich einst untergebracht haben. Ich muss zugeben, dass ich kein einfaches Kind war. Und noch weniger bin ich eine folgsame Omi! Heute Nacht habe ich meinen geblümten Morgenmantel gegen einen dunkelblauen Jogginganzug getauscht. Ein Ganzkörperanzug aus Lycra hätte vielleicht knackiger ausgesehen, aber mit achtzig Jahren auf dem Buckel sollte man seine Grenzen kennen, zumal ein solcher Ganzkörperanzug sich bestimmt zwischen die Pobacken schiebt und die Dellen der Oberschenkel schonungslos nachzeichnet, die es mit einem fachgerecht abgetropften *Bibeleskaes* und seinen Knubbeln durchaus aufnehmen können. Ganz zu schweigen von der Arthrose, die mich zur Gangart einer hinkenden Katze zwingt. Wie dem auch sei, ein paar spärliche Überbleibsel meiner einstigen Ungezogenheit sind geblieben. Als Jugendliche habe ich mich heimlich davongestohlen, um meinen Liebsten zu treffen. Mit hochgebundenen Haaren und einer Kunstlederjacke kam ich mir vor wie die Heldin eines Comic. Auch heute bewege ich mich auf leisen Sohlen, damit niemand mich bemerkt. Eine neue, jugendliche Kraft erfasst mich. Ich will so gern glauben, dass der an mein Herz gepresste Brief den Lauf der Dinge ändern wird. ›Zette, die Ränkeschmiedin‹ schlägt zu! Zur Bekräftigung nicke ich mir selbst zu. Mein Pferdeschwanz berührt meinen Nacken. Auch wenn das Unterfangen keine Gefahr birgt, macht es mir Spaß, das Ganze mit dem gleichen Ernst auszuführen, als sei ich in höchst geheimer Mission unterwegs. Dabei geht es lediglich darum, ins Büro der Heimleiterin vorzudringen, wofür mir im schlimmsten Fall eine Rüge für meinen nächtlichen Spaziergang droht.

Die Tür ist nicht verschlossen. Es gibt dort nichts zu stibitzen außer ein paar Stiften für meine Kreuzworträtsel. Ich schiebe einen in meine Tasche, damit er mich daran erinnert, dass ich mein Ziel tatsächlich erreicht habe. Ein Blick auf die Grünlilie im Topf sagt mir, dass unsere Wohltäterin nicht gerade über einen grünen Daumen verfügt. Ich nutze die Gelegenheit und gönne der Pflanze ein Schlückchen, nachdem ich den Umschlag gut sichtbar platziert habe. Sie wird ihn frühestens in achtundvierzig Stunden entdecken, wenn sie von ihrer Wochenendauszeit zurückkommt. Genau diese Frist benötige ich, um meinem Vorhaben den letzten Schliff zu geben.

Mit einem Lächeln auf den Lippen verlasse ich das Büro und greife nach meinem Handy.

»Zette an Gégé, hörst du mich?«

»Ich höre dich, mein Täubchen. Alles in trockenen Tüchern?«

»Und ob! Leg dein Badezeug schon mal bereit, bald stürzen wir uns in die Fluten.«

»Bist du sicher, dass es klappt, liebste Zette?«

»Vertrau mir, er wird sich nicht widersetzen.«

»Du hast deinen Sohn seit Ewigkeiten nicht mehr gesehen.«

»Genau das war aber notwendig, um ihn hierher zurückzubringen.«

Ich beende das Gespräch und gehe den Flur entlang, der zum Hallenschwimmbecken führt. Ich verspüre mit einem Mal seltsame Stiche im Herzen. Wenn alles läuft wie geplant, wird Oscar tatsächlich zurückkommen.

»Auf bald, mein Junge.«

Ich lege einen Zacken zu. Mir ist klar, dass ich keinen Schlaf finden werde. Das macht aber nichts. Schon bald wird nichts mehr sein wie zuvor.

1

Der Blues des Bademeisters

Niemand schenkt dem Bademeister Aufmerksamkeit. Denken Sie einmal an Ihren letzten Besuch im Schwimmbad, haben Sie ihn da überhaupt wahrgenommen? Dabei muss man nur den Kopf heben, um den leeren, ausdruckslosen Blick desjenigen aufzufangen, der Ihnen auch noch bei Ihrer x-ten Bahn Brustschwimmen folgt, selbst wenn Ihre Bewegungen sich nur unwesentlich von denen eines frisch geschlüpften Entchens unterscheiden. Ich muss es wissen, schließlich habe ich den optimalen Blickwinkel auf die unglaublichen Darbietungen meiner lieben Schwimmer. Ja, es ist eine Tätigkeit, die einen auf Dauer verbittert und sarkastisch macht, aber man kann natürlich Salz hinzufügen, wenn die Suppe fad schmeckt.

Mein Tag lässt sich in einem Wort zusammenfassen: Immobilität. Sitzen bleiben, den Müttern beim Zanken zusehen, ab und zu zweimal in eine Pfeife blasen, deren Ton in den Ohren gellt. Um es ganz offen zuzugeben: Ich langweile mich gewaltig, und nichts kann diese Leere füllen. Schon gar nicht mein endlos gekauter Kaugummi, der genauso fad schmeckt wie mein Leben.

Die Menschen sehen mich nicht. Vielmehr, sie sehen nur den mittlerweile etwas dickbäuchigen, angegrauten Kerl, der sie von seinem rostigen Thron aus im Auge behält. Ich bin himmelweit entfernt von dem großen Vorbild aus *Baywatch*. Hätten sie mich doch alle einmal vor fünf Jahren gesehen, da sah ich wirklich noch gut aus. Als Trainer der Schwimmsportler, die es einmal zu etwas bringen würden, hatte ich keinerlei Problem damit, meinen Oberkörper am Rand des Beckens ordentlich aufzupumpen. Heute verstecke ich meinen Bauchansatz unter einem weißen T-Shirt und beschränke mich darauf, die auf den nassen Kacheln herumrennenden Gören mit meiner Pfeife im Zaum zu halten.

Ich ziehe keinerlei Befriedigung daraus, hier im Schwimmbad »Les Coquelicots« den Polizisten zu spielen. Ich denke oft an das Lied von Francis Cabrel, in dem ein Obdachloser von Kindern gefragt wird, wie es dazu kam, dass er auf der Straße gelandet ist. Ich identifiziere mich mit diesem Typen, der – wie es in dem Lied heißt – auf einem toten Blatt vor sich hin dämmert, das wenig verheißungsvollen Zielen entgegenflattert. Auch ich bin in Stürme geraten, bevor ich hier gelandet bin – hier, auf diesem hässlichen, unbequemen Metallgerippe.

Viele waren davon überzeugt, dass ich es schaffen würde. Ich hatte gute Karten. Einen Royal Flash, um am Tisch des Schicksals mitzuspielen. Aber wenn man ein schlechter Spieler ist und grobe Fehler macht, nutzt das beste Blatt nichts. Dann landet man hier, beiseitegelegt wie diese verdammten, gleichermaßen vielversprechenden und trügerischen Karten.

Oscar Klein wollte ein ganz Großer sein, und dafür hat er einen hohen Preis gezahlt. Es ist eine Ironie des Schicksals, dass ich von meinen Eltern diesen Namen mitbekommen habe. Der kleine Mann, der ein ganz Großer sein wollte, hat seine Sternstunde gehabt, bevor er zurück in die Anonymität katapultiert wurde. Von meinen besten Jahren bleiben mir nur ein paar Pokale. Mein erster Platz über einhundert Meter Rücken bei den französischen Meisterschaften und meine Bronzemedaille bei den Olympischen Spielen ragen darunter besonders hervor. Aber jetzt verstauben sie unter dem Dach meines Elternhauses.

Die Berühmtheit hat alles zerstört: meine Familie, meine Ehe, mein Leben.

Sie wollen Ratschläge dafür, wie man sein Leben in den Sand setzt? Dann schauen Sie mich an! Ich bin das perfekte Beispiel dafür, wie man einen sozialen Aufstieg schafft und die eigene Ehe dabei zugrunde richtet. Ganz ehrlich, das Kratzen am Ruhm war mein allergrößter Fehler. Je greifbarer mir das Ziel vor Augen stand, desto mehr habe ich mich von meiner Frau und meinem Sohn entfernt. Jahrelang bin ich von einem Wettkampf zum nächsten gehetzt, habe lokale und dann auch nationale TV-Termine wahrgenommen und kein Radiointerview abgesagt. Fast jedes Wochenende war ich bei öffentlichen Veranstaltungen eingespannt. Ich glaubte, mein Leben wunderbar im Griff zu haben, und war stolz auf meinen Erfolg. Mit meinem Gehalt als Trainer der elsässischen Schwimmer und den Werbeeinnahmen war meine Familie auf jeden Fall hinreichend abgesichert.

Als Kind sah Anthony in mir den Helden. Ich konnte nicht auf die Straße gehen, ohne dass ich hier und da um ein Autogramm gebeten wurde oder lokale Honoratioren mich ansprachen. Ich glaubte, alles richtig gemacht zu haben, es geschafft zu haben. Meine Frau Marie konnte ihre Arbeit als Buchhändlerin in der Filiale einer großen Kette aufgeben, Anthony besuchte die besten Schulen, und wir besaßen ein schönes Haus mit geheiztem Pool und Gasgrill im Garten für das gemeinsame Beisammensein.

Ich muss erwähnen, dass ich in einer Familie aufgewachsen bin, die nicht gerade im Geld schwamm. Meine Eltern waren einfache Arbeiter, und ich habe gesehen, wie sie sich abgerackert haben, um uns Ferien auf dem Campingplatz in La Bresse in den Vogesen zu ermöglichen und meine Mitgliedschaft im Schwimmverein zu bezahlen. Ich habe immer geglaubt, ihnen etwas schuldig zu sein, da sie mir so viel gegeben haben. Je mehr Siege ich erringen konnte, desto größer wurde mein Verlangen, mich selbst zu übertreffen, damit meine Familie stolz auf mich sein konnte ... und so wollte ich immer höher hinaus.

»Glück kann man nicht kaufen«, beschwor mich Marie immer wieder.

Es fiel mir sehr schwer, diesen abgedroschenen und doch so wahren Spruch wirklich zu begreifen. Lange Zeit habe ich die Tatsache, dass ich so wenig zu Hause war, damit auszugleichen versucht, dass ich meine Lieben mit Geschenken überhäuft habe. Nicht einmal das sonntägliche Mittagessen stand noch auf der Tagesordnung, schon gar nicht während der Wettkampfsaison. Ich dachte, dass ich alles an den Feiertagen nachholen könnte, indem ich mich dann richtig ins Zeug legte. Anstatt Weihnachten im Elsass zu feiern, verstieg ich mich dazu, die Festtage mit Anthony und seiner Mutter weit weg, im »*Sunlight des tropiques*« – wie Gilbert Montagné singt –, zu verbringen. Etwas Besseres konnte mir gar nicht einfallen, um alles, was von unserer kleinen Familie noch vorhanden war, restlos zu zerstören. Man kann ohne jede Ironie sagen, dass der Erfolg mich blind gemacht hatte. Ich sah das Unheil nicht kommen und glaubte immer noch, das Richtige zu tun. Ich versuchte, alle glücklich zu machen. So auch meine Eltern, die am 23. Dezember stets großzügige Geschenke erhielten. Die Pakete schickte ich frühzeitig los, damit sie vor Weihnachten ihr Ziel erreichten. So konnten meine Eltern sie gemeinsam mit Tante Mu und Onkel Dédé, die im Haus gegenüber wohnten, auspacken.

Jeder würdigte meinen Erfolg und hatte Verständnis dafür, dass ich so viel unterwegs war. Ich kam nicht im Entferntesten auf den Gedanken, dass alle eine Art Komödie spielten, um meinen Ehrgeiz nicht infrage zu stellen und mir auf diese Weise den Boden unter den Füßen wegzuziehen. Ich war so sehr von der Richtigkeit meines Tuns überzeugt, dass ich über

Jahre hinweg nichts daran änderte. Am 22. Dezember Direktflug in die Karibik, Luxushotel, Spa, Massage und Cocktails, während der Junge mit Altersgenossen herumtobte. Alles schien perfekt zu sein. Ich sah auch keinen Grund, mich über Marie zu wundern, die ihre Zeit größtenteils mit einem Buch am Strand verbrachte und sich so abweisend und kühl verhielt wie mein Piña-Colada-Cocktail. Nach Monaten harter Arbeit waren mir ein paar Tage Ruhe gerade recht.

Ich glaubte, sie alle glücklich zu machen, und malte mir aus, dass unser Bilderbuchleben all ihre Wünsche erfüllen würde.

Blödsinnige Träume. Abwegige Vorstellungen.

Marie hat mich an einem Sonntag verlassen. Wir feierten den fünfundsechzigsten Geburtstag meines Vaters im Haus meiner Eltern. Gerade als wir auf ihn anstießen, klingelte mein Handy. Es war der Anruf meines Lebens. Das dachte ich zumindest ganz naiv, als ich hörte, wie mir mein Gesprächspartner ein Treffen mit der französischen Schwimm-Nationalmannschaft vorschlug. Ich als hauptamtlicher Trainer? Ich sagte auf der Stelle zu, und nachdem ich meine Liebsten kurz umarmt hatte, sprang ich sogleich ins Auto, um meine zukünftigen Schützlinge bei einer Klettertour im Elsass zu treffen.

Ich würde also eine noch größere Bekanntheit erreichen. Der absolute Höhepunkt nach einer Schwimmkarriere. Fünfunddreißig Jahre alt, Pokale mehr als genug, Sponsoren, ein pralles Bankkonto und nationale Anerkennung.

Noch am gleichen Abend hatte ich alles verloren.

Ich kehrte zu meinen Eltern zurück, in der Annahme, die Geburtstagsfeier hätte sich hingezogen, und stellte mir vor, dass wir jetzt auch noch meine Ernennung feiern könnten – aber das Fest war zu Ende. Und zwar gründlich. Marie war gegangen. Meine Familie war schockiert zurückgeblieben und stand noch immer unter dem Eindruck ihres plötzlichen Aufbruchs. Sie hatten nicht versucht, sie zurückzuhalten, denn ihnen war klar geworden, dass sie nicht mehr die Kraft besaß, mich zu lieben. Von meiner Frau blieb mir nur ein vierzehnjähriger Sohn und ein Brief, der auf dem Nachttisch im Gästezimmer lag.

Ich tigerte stundenlang durch das Zimmer, während meine Mutter hinter der geschlossenen Tür ausharrte. Sie war diskret genug gewesen, den an mich adressierten Brief nicht zu lesen. Und sie hatte gut daran getan. Marie hatte deutliche Worte gefunden, die scharf wie eine Klinge in mich hineinfuhren: »Ich habe mich vierzehn Jahre lang um unser Kind gekümmert. Ich war immer für Anthony da, habe ihn getröstet, wenn er Trost brauchte, und habe die durch deine Versäumnisse hervorgerufenen Wunden zu lindern versucht. Wenn du jetzt nichts unternimmst, wirst du auch ihn verlieren. Wenn du jetzt nicht hinschaust, ist er im Handumdrehen ein junger Mann, und du hast nichts davon mitbekommen. Du hast ihn schon nicht aufwachsen sehen, versuch wenigstens jetzt, ein einziges Mal, da zu sein, bevor es zu spät ist. Ich muss dir diesen Platz überlassen. Dieses Opfer bringe ich für ihn, selbst wenn es mir das Herz bricht, selbst wenn ich jedes Wort hasse, das ich dir hier schreibe. Ich weiß, dass es so besser für Anthony ist. Ich gehe fort. Ich vertraue ihn dir an. Schenk ihm die Aufmerksamkeit, die er so lange hat entbehren müssen. Deine Frau hast du verloren, verdirb es dir nicht auch noch mit deinem Sohn!«

Für meine Frau existierte ich nicht mehr. Zumindest als Ehemann oder Vater hatte ich nie existiert. Ich dachte, ich hätte alles für sie getan. Opfer hatte auch ich viele gebracht. Meine Abwesenheit war nur eines davon. Wie viel Zeit hatte allein das Abdrehen von scheinheiligen Werbespots gekostet, nur damit wir gemeinsam in Skiferien fahren konnten? Wie hartnäckig hingen die miesen Sponsoren mir am Rockzipfel? Wie oft übernahm ich Radiomoderationen am Sonntagvormittag, nur damit wir Anthonys Musikunterricht bezahlen konnten … und all das für gar nichts? Musiktheorie! Meine Güte! Wie habe ich losgepoltert, als ich sah, dass er dem Schwimmerbecken fernblieb und lieber auf einer Gitarre herumschrammte. Ich wollte Nähe zu ihm aufbauen, an seiner Seite schwimmen, ihm den Spaß an der Anstrengung vermitteln, aber seine Mutter hatte mit Erfolg alles daran gesetzt, seine und nicht meine Leidenschaften zu fördern. Ich war überzeugt davon, dass Anthony liebend gern in meine Fußstapfen treten würde. Aber da war ich auf dem Holzweg. Marie hat mich verlassen, die Scheidung wurde ausgesprochen, und ich musste die Verantwortung für meinen Sohn übernehmen.

Mit der Scheidung wurde unser Vermögen aufgeteilt, und Marie eröffnete mit ihrem Anteil einen eigenen Buchladen. Jetzt stand es ihr zu, ein wenig egoistisch zu sein und ihren eigenen Traum wahr zu machen. Bei mir hingegen sah es so aus, dass mein Traum mich zwar in schwindelnde Höhen getragen, aber auch von meiner Familie entfernt hatte, und zwar so sehr, dass ich trotz der Warnungen meiner Frau weiterhin einen Schnitzer nach dem anderen machte.

Der erste bestand darin, aus dem Elsass fortzugehen, um die französische Nationalmannschaft in Paris zu trainieren. Ich meldete meinen Sohn dort in einer renommierten Schule an, bezahlte ihm Schwimmtraining und verschrieb mich meinem eigenen olympischen Vorhaben, während er seine Abschlussprüfung am Collège vorbereitete. Und natürlich habe ich alles gegen die Wand gefahren.

Der zweite Fehler bestand darin anzunehmen, dass ich durch ein Übermaß an Arbeit Marie vergessen könnte. Noch immer vollkommen blind auf meine beruflichen Ziele fixiert, verbrachte ich all meine Zeit mit meinen Schützlingen, um nicht an Marie denken zu müssen und meine Wunden zu lecken. Währenddessen hatte mein Sohn wieder einmal das Nachsehen und war weitgehend sich selbst überlassen.

Ich hatte Anthony in einen goldenen Käfig gesperrt, und so

kam es, dass er eines Tages davonflog. Er lief von der Schule fort. Unterschlupf fand er bei Oma Zette. Drei Tage war er per Anhalter unterwegs, bis er bei ihr ankam. Drei endlos lange Tage, während derer ich vor Angst beinahe umkam. Ich habe alles stehen und liegen lassen, um ihn zu suchen. Meine Mannschaft, ihren Trainingsplan, ein Fernsehinterview. Alles. Es war mir vollkommen gleichgültig, welche Folgen das haben konnte. Das Einzige, was jetzt noch zählte, war die Angst, Anthony endgültig zu verlieren.

Als er wieder aufgetaucht war, habe ich alles hingeschmissen. Anthony war gerade fünfzehn Jahre alt geworden, und sein Blick glich bereits dem eines Mannes, dem das Leben übel mitgespielt hat. Ich musste ihm wieder in die Spur helfen, auch wenn es meine Karriere kostete.

Ich habe das pulsierende Paris verlassen, eine Wohnung etwas außerhalb gesucht und dort einen Job als einfacher Bademeister angenommen. Ich wollte so anonym wie möglich leben, aus der Öffentlichkeit verschwinden. Deshalb war es mir auch lieber, nicht ins Elsass zurückzukehren, wo ich doch noch etwas bekannter war. Die Blicke der Leute hätte ich nicht ertragen können und wollen.

Ich habe mich also ganz weit nach unten begeben, um unsichtbar zu sein. Wir haben unsere Sachen gepackt und sind an einen Ort gezogen, an dem meine Familie uns nicht besuchen würde. Ihre mitfühlenden Blicke hätten mich zu sehr geschmerzt. Es schien mir besser, auf Distanz zu gehen und nur zu bestimmten Terminen aufzutauchen. Einen anderen Ausweg sah ich nicht. Schlaflosigkeit, Antidepressiva und Alkohol prägten fortan mein Dasein. Ich habe mich von meinen Eltern entfernt, von meiner freundlichen Tante Mu, von den Weinbergen in meiner Heimat und den Vogesen mit dem Grand Ballon, den ausgiebigen sonntäglichen Familienzusammenkünften und dem gemeinsamen Abendessen an einem schön gedeckten Tisch, auf dem die elsässischen *Fleischschnacka* nicht fehlen durften. Trotzdem bin ich regelmäßig zu meiner Mutter und Tante Mu gependelt, um das seelische Gleichgewicht meines Sohnes nicht zu gefährden. Der Tod meines Vaters, zwei Jahre nachdem Marie fortgegangen war, hat dieses Ritual noch zwingender gemacht. Ich musste einfach hin und wieder zu meiner Mutter fahren, schon um ihr bei gewissen Dingen zu helfen. Aber ich blieb nie länger als einen Tag. Die Vorstellung, bei ihr zu übernachten, war mir unerträglich. Es kam mir immer noch so vor, als hätte Marie mich erst gestern verlassen, die Wunde tat noch zu weh. Also machte ich mich regelmäßig mit Anthony auf den Weg, um ein wenig Zeit mit meiner Familie zu verbringen. So war es zumindest, bis mein Sohn sich schließlich ganz dort einnistete. Sein Ausreißen hätte mich hellhörig machen müssen. Er fühlte sich also bei Oma Zette besser aufgehoben als bei seinem eigenen Vater.

Und so sitze ich wieder hier auf meinem Stuhl und gehe mit der Vergangenheit ins Gericht. Ich habe meine Karriere aufgegeben, um mich um Anthony zu kümmern, und dabei habe ich noch einmal alles falsch gemacht. Ich muss zugeben, dass ich keine große Begabung für Kommunikation besitze, noch weniger für den Haushalt, und wenn es darum geht, einem Jugendlichen, der seinem gewohnten Umfeld entrissen wurde, Halt zu geben, bin ich ein Totalausfall. Der Oscar für den Loser in allen Kategorien – ja, der geht an mich. Marie würde sich die Haare raufen!

Frau weg. Haus weg. Und ein neunzehnjähriger Sohn, der vor einem Jahr seine Sachen gepackt und genervt von meinen Launen und meinem Hang zur Einsamkeit einfach die Tür hinter sich zugeschlagen hat, ohne sich von mir zu verabschieden. Ein paar Monate hat er bei Zette gelebt, meiner Mutter, und seit Kurzem wohnt er allein in ihrem Haus, da meine Mutter in ein Altersheim gezogen ist. Manchmal frage ich mich, wie seine Tage in dem Haus aussehen, in dem ich aufgewachsen bin. Ist er glücklich dort? Schläft er in dem Zimmer, in dem seine Mutter ihren Brief für mich hinterlassen hat? Ich hatte keine Gelegenheit, mich für mein Versagen zu entschuldigen. Im Grunde sind wir uns nicht unähnlich, glaube ich. Er lebt allein in dem großen Haus der Familie Klein, und ich hause hier weitgehend isoliert in den tristen vier Wänden meiner Wohnung.

Ich habe es nicht gewagt, ihn zu besuchen, seit er dort wohnt. Ich glaube, dass der Verlust meines Sohnes für mich weitaus schmerzlicher ist als meine Scheidung. Die Blutsbande sind offenbar doch stärker als eine leidenschaftliche Liebe. Aber trotzdem spüre ich, dass unsere Beziehung verkümmert, und ich weiß nicht, was ich dagegen tun kann.

Die Arbeit ist meine einzige Beschäftigung, aber gerade sie zerstört mich mehr und mehr. Denn ich habe alle Zeit der Welt, um hier auf meinem Stuhl zu grübeln und mit leerem Blick ins Weite zu schauen. Wenigstens bietet mir dieser eintönige Job die Möglichkeit, hin und wieder ein paar Bahnen zu ziehen. Das Schwimmen versöhnt meine Seele und meinen Körper.

Ich vertrete mir die Beine, recke und strecke mich, während ich einen Blick in die Duschräume werfe. Die letzten Besucher waschen sich eilig die Haare, während die Putzfrau bereits mit einem Wischer auf den Fluren unterwegs ist. Das Schwimmbad schließt gleich, dann kehrt wieder Ruhe ein.

Ohne sonderliche Eile fordere ich die letzten Gäste auf, die Halle zu verlassen, und überprüfe, ob sich noch jemand in den Umkleidekabinen befindet. Nun bin ich ganz allein.

Ich schlurfe in meinen Badelatschen über den gewischten Boden und werfe einen letzten Blick in die versteckten Winkel und Ecken. Ich mag das Schmatzen der Gummisohlen auf dem Kachelboden. Dieses Geräusch erinnert mich an die vielen Sonntage, die ich zu Hause im Elsass im nahe gelegenen Schwimmbad verbracht habe, an das Wassereis, das es dort gab, und an die Küsse meiner Mutter. Das Schwimmbad und ich – das ist eine echte Liebesgeschichte. Klar, mir fehlen die Wettkämpfe und die Pokale, aber ich empfinde trotzdem noch immer eine gewisse Befriedigung, wenn die Sonne hinter den Glasfronten des Schwimmbads »Les Coquelicots« untergeht und das Abendlicht das Becken in ein warmes Licht taucht.

Diese kurzen Augenblicke gehören mir ganz allein. Ruhig sehe ich zu den Bäumen hinüber, die von den letzten Sonnenstrahlen umschmeichelt werden. Ich setze mich an den Rand des Schwimmerbeckens, tauche meine Füße ins Wasser und genieße das kühle Nass.

Dann lasse ich mich ins Becken gleiten. Die einstigen Bewegungen stellen sich wie von selbst ein. Der Schnellste bin ich nicht mehr, aber ich habe auch jetzt noch Ausdauer. Beim Zählen der Bahnen schalte ich ab, mein Schwimmen ist nicht mehr auf Siege ausgerichtet. Manchmal taucht wie von fern die Erinnerung an vergangene Triumphe auf.

Und dann war da auch Marie. Meine schönste Liebesgeschichte. Genauso gewaltig und leuchtend wie ein Komet. Ihre Liebe war so strahlend, bis sie dann nach und nach erlosch. Manchmal habe ich etwas von ihrer Wärme und Leidenschaft im Blick meines Sohnes gesehen.

Ich hebe den Kopf aus dem Wasser, Erinnerungen vernebeln meinen Geist. Ich weiß nicht, was mich hier zurückhält. Die Scham? Mit Sicherheit. Die Angst vor Leid? Mehr denn je. Anthony hingegen hat den Sprung gewagt. Er hat das Bedürfnis verspürt, bei seiner Großmutter zu sein, die noch vorhandenen Bande zu festigen, und wollte nicht darauf warten, bis das von mir hinterlassene Flickwerk sich gänzlich auflöste. Anders als ich hat Anthony den Mut gehabt, in seine Heimat zurückzukehren – auch wenn ich oft daran denke, es ebenfalls zu tun. Ich fühle mich hier nicht zu Hause. Aber ich bräuchte schon einen sehr besonderen Grund, um kehrtzumachen und im Land der Störche neue Kraft zu tanken. Ich schleppe schon zu viel mit mir herum, um alles ins Florival mitzunehmen, in das schöne Tal des Flüsschen Lauch bei Guebwiller!

Niedergeschlagen suche ich die Umkleidekabinen auf und achte darauf, hinter mir noch einmal über den Boden zu wischen. Jeden Abend hoffe ich erneut, meiner Einsamkeit durch das Schwimmen beizukommen, aber es gelingt mir nicht. Ich bin ein heilloser Melancholiker, der unfähig ist, sein Leben in die Hand zu nehmen.

Flüchtig rubble ich meine grau melierten Haare mit dem Handtuch trocken. Dabei bin ich so in meine Gedanken vertieft, dass ich das Vibrieren des Handys unten in der Tasche nicht sofort bemerke. Ich wühle mit der Hand danach und will den vermutlich lästigen Anruf schon wegdrücken. Zu dieser Zeit melden sich häufig Vertreter von Gas- oder Mobilfunkanbietern.

Aber die Nummer auf dem Display ist alles andere als anonym. Es erscheint lediglich der Name: »Tante Mu«.

Mein Magen krampft sich zusammen. Meine Tante ruft nie an, außer in Fällen höherer Gewalt. Bei ihrem letzten Anruf hat sie mir mitgeteilt, dass Onkel Dédé gestorben war.

Ich bewundere Muriel. Kurz Mu – sie mag es lieber, wenn man sie so nennt. Sie wohnte in unmittelbarer Nähe meiner Mutter, die ein Jahr älter ist als sie. Man hätte sie für Zwillinge halten können. Die beiden hingen seit jeher zusammen wie Pech und Schwefel, sie liebten das gemeinsame Kaffeetrinken mit einem schönen Stück Zwetschgenkuchen und gönnten sich auch gern ein kleines Glas Mirabellenlikör dazu. Sie sind achtundsiebzig und neunundsiebzig Jahre alt, beide Witwen, beide absolut selbstständig und beide ausgesprochene Liebhaberinnen von frischem Fassbier. Der Verlust ihrer Ehemänner hat ihre Beziehung noch inniger werden lassen, und es sah beinahe so aus, als wohnten sie unter ein und demselben Dach. Häufig verbrachten sie den Nachmittag miteinander, spielten Karten, Kaffee und Kuchen wurden aufgetischt oder sie standen in der Küche und backten gemeinsam mit Anthony. Als meine Mutter mit der Neuigkeit herausrückte, dass sie in ein Altenheim ziehen würde, erlitt Mu einen Zusammenbruch. Umso mehr, als sie den Verdacht hegte, meine Mutter würde nur dorthin ziehen wollen, um in der Nähe von Gégé zu sein, ihrem gemeinsamen Nachbarn, der seine Siebensachen gepackt hatte und nun im Altenheim »Les Cigognes« wohnte. Mama gab vor, sie habe nicht mehr genug Kraft, um einen Haushalt samt Gemüsegarten zu versorgen; die Einrichtung »Les Cigognes« würde ihr glückliche und friedvolle Tage bescheren. Aber wir wissen alle, dass sie putzmunter ist und mit ihrem Schwung auf jedem Volksfest im Frühling das Tanzbein schwingen könnte! Sie brauchte also eine Ausrede, um Gégé wieder nahe sein zu können, aber Mu konnte sich nicht entschließen, ihr zu folgen. Die Vorstellung, nur noch mit alten Leuten zusammenzuleben, noch dazu fern von ihrem Garten, machte sie trübsinnig. Und ich verstehe sie. Auch mir fällt es schwer, mir meine Mutter in der winzig kleinen Wohnung vorzustellen, die sie sich im »Les Cigognes« gemietet hat. Im Übrigen schaffe ich es nicht, einen Fuß in diese Einrichtung zu setzen. Es ist mir unbegreiflich, dass eine so rüstige und geistig bewegliche Person wie sie freiwillig diese Entscheidung trifft. Es setzt mir zu, all diese Omas und Opas zu sehen, die auf die Besuche ihrer Familienmitglieder warten wie auf den Heiligen Gral. Das kann doch nur zu einem verflixten Teufelskreis führen! Der Anblick der alten Generation deprimiert die Jüngeren, und so kommen sie immer seltener zu Besuch, wodurch wiederum die Älteren dann noch deprimierter sind.

Wenn ich an meine Mutter und meine Tante denke, empfinde ich Scham. Ich lasse nur sehr selten von mir hören und rufe sie fast nie an. Ich traue mich auch nicht, auf ihre Anrufe zu reagieren. Zu groß ist meine Angst, der Realität ins Auge sehen und womöglich harsche Vorwürfe einstecken zu müssen.

Auf der Bank in dem Umkleideraum vibriert das Handy immer noch. Seine Vibrationen sind in dem blitzblanken Raum gut zu hören. Die Schallwellen breiten sich um mich herum aus und prallen erbarmungslos auf die gekachelten Wände. *Brrr Brrr.* Jedes Mal fährt mein Körper zusammen. Ich fröstle ein wenig, es ist mir unangenehm, meinen Besuch bei ihnen so lange aufgeschoben zu haben.

Ich wende den Blick vom Display ab und ziehe ein T-Shirt über meinen feuchten Oberkörper.

Sicher hat meine Tante versehentlich meine Nummer gewählt. Mir fällt kein Grund ein, warum sie mich anrufen sollte. Anthony lebt im Haus gegenüber, wenn es irgendein Problem gibt, kann sie auf ihn zählen.

Erneut gerät das Telefon in Bewegung. Das Display leuchtet auf und zeigt eine Nachricht an. Von Mu.

Josette hat den Verstand verloren.

Auf der Stelle rufe ich zurück.

Ungeduldig warte ich das Freizeichen ab, und kaum meldet sich meine Tante, da überschütte ich sie auch schon mit Fragen.

»Mu? Wo ist meine Mutter? Was ist los?«

»Aha, wie ich sehe, hat mein Neffe die Sprache wiedergefunden. Guten Tag, *Oscarala*!«

»Guten … guten Tag, Tantchen.«

»Du hättest bei uns bleiben sollen. Das Leben in der Hauptstadt hat dir deine guten Manieren abtrainiert.«

»Ich habe dir schon tausend Mal gesagt, dass ich in einem Vorort von Paris arbeite, nicht in Paris selbst.«

»Das kommt für mich auf das Gleiche hinaus. Vermutlich

fehlt dir die gute Luft in den Vogesen, dass du so ins Schnaufen gerätst.«

Mu in ihrer ganzen Herrlichkeit. Glühende Lokalpatriotin, dabei mit einer unglaublich scharfen Beobachtungsgabe gesegnet, selbst am Telefon! Vor ihr kann man keine Geheimnisse bewahren. Als Jugendlicher tat ich gut daran, nicht heimlich ein Schnäpschen aus ihrem Vorrat hinunterzukippen. In Windeseile hätte sie die ganze Nachbarschaft in Alarm versetzt!

»Willst du deine Moralpredigt noch lange fortsetzen, oder sagst du mir jetzt vielleicht, was mit Mama los ist?«

»Ich predige genauso lange, bis du begreifst, dass du endlich deinen Hintern in Bewegung setzen solltest!«

Hätte ich nicht vor wenigen Minuten ihre Nachricht gelesen, hätte ich lachen müssen. Mus Unverblümtheit hat mir gefehlt.

»Ich kann nicht einfach losfahren, wenn ich will, Mu. Ich muss meinem Chef einen guten Grund liefern, um Urlaub zu bekommen.«

Schweigen.

Am anderen Ende der Leitung atmet Mu schwer und stoßweise. Wenn ich bei ihr wäre, würde ich meine schmächtige Tante fest in die Arme schließen.

»Mu, ist alles in Ordnung?«

Ich höre, wie sie mit einem Taschentuch über ihr Gesicht fährt, dessen Haut so faltig ist wie ein alter Apfel.

»Zette hat einen Termin beim Notar gemacht. Sie will ihr Testament noch einmal durchsehen. Ich weiß nicht, was sie gepackt hat, aber ich habe Angst, dass Gégé etwas damit zu tun hat!«

»Langsam, Mu! Jetzt regst du dich aber doch zu schnell auf. Es sieht Gégé doch überhaupt nicht ähnlich, dass er klammheimlich etwas einfädelt. Er war über dreißig Jahre euer Nachbar, und er ist doch eher ein hilfsbereiter und zugewandter

Mensch. Außerdem ist es natürlich Mamas Vermögen, und sie kann damit machen, was sie will.«

»Es geht um das Erbe! Um das, was sie dir und Anthony hinterlassen wird. Du wirst demnächst einen Brief von Zette erhalten, in dem sie dir einen offiziellen Termin mitteilen wird. Das klingt alles überhaupt nicht gut. Zette hat ihren Letzten Willen nach dem Tod deines Vaters aufgesetzt; und daran hat sie nichts geändert, bis sie angefangen hat, sich mit unserem Nachbarn zu treffen. Du wirst ja wohl nicht zulassen, dass ein Verehrer alles über den Haufen wirft!«

Mit ihrem alarmistischen Tonfall schafft Mu es tatsächlich, mich wachzurütteln. Ich habe meine Mutter in letzter Zeit viel zu wenig gesehen, um beurteilen zu können, ob Gégé einen schlechten Einfluss auf sie hat. Ich war bisher im Glauben, dass er lediglich ein treuer Weggefährte ist. Was, wenn ich damit falschlag? Ich habe es nie gewagt, sie über diese Beziehung auszufragen. Mama ist eine leidenschaftliche Frau, die aus Liebe zu allem fähig ist. Oh ja, sie hat offenbar allerhand angestellt zu der Zeit, als sie anfing, sich mit meinem Vater zu treffen. Was, wenn sie jetzt aus Liebe den Kopf verloren hat? Man hört immer wieder von betagten Menschen, die um ihr Geld gebracht wurden …

Ich kann mich jedoch nicht dazu durchringen, den Stab über diesen netten alten Mann zu brechen, der meine Mutter während der Krankheit meines Vaters so sehr unterstützt hat. Als treuer Gefährte beim Kartenspiel und Spazierengehen hat er ihr geholfen, über die Trauer hinwegzukommen. Nein, wenn jemand meine Mutter manipulieren will, dann muss das mit der angeheirateten Familie zu tun haben. Eine andere Erklärung sehe ich nicht. Möglicherweise ist sogar Gégé selbst ein Opfer.

Die Vorstellung, mein Elternhaus könnte in fremde Hände geraten, versetzt mir jedoch einen Stich. Ich war davon ausgegangen, dass Anthony es erben würde. Er ist schon genug hin- und hergeschoben worden. Ich will nicht, dass er einen weiteren Tiefschlag hinnehmen muss.

»Ich komme sofort.«

»Mach schnell. Du musst sie davon überzeugen, diesen Termin abzusagen.«

»Es ist nicht zu glauben. Da komme ich mal ein paar Monate lang nicht zu euch, und schon passiert so etwas!«

»Du bleibst bei deinen Besuchen immer nur ein paar Stunden hier im Elsass und bist dabei obendrein so redselig wie eine Forelle! Da ist es wohl normal, dass die Dinge aus dem Ruder laufen. Begreifst du denn überhaupt nichts? Ob das Ganze nun von Gégé oder von Zette ausgeht, ihre Entscheidung hängt mit deiner Abwesenheit zusammen. Du bist überhaupt nicht mehr für sie da, also ...«

»... enterbt sie mich, und obendrein auch noch meinen Sohn, der seit einem Jahr bei ihr lebt? Willst du mich auf den Arm nehmen? So etwas würde meine Mutter Anthony nie antun, nicht aus freien Stücken.«

»Kommst du jetzt oder nicht, *Oscarala*? Ich weiß, dass du Zette grenzenlos vertraust, aber in dem Heim ›Les Cigognes‹ geschehen seltsame Dinge, und weder du noch ich sind nahe genug dran, um zu sehen, was ihr Don Juan ausheckt!«

»Man könnte meinen, dass du Gégé überhaupt nicht mehr ausstehen kannst ...«

»Genau, und zwar seit er deine Mutter dazu gebracht hat, mit ihm in so eine Einrichtung zu ziehen, die sie eigentlich verabscheut!«

Zack! Mu mit ihrem einzigartigen Talent, Dinge in aller Deutlichkeit zurechtzurücken.

»Ich rechne morgen Mittag mit dir. Ein schönes Sauerkraut wird dich schon wieder in die Spur bringen.«

»Was hat denn dein Sauerkraut damit zu tun?«

»Weiß ich auch nicht. Aber ich trinke gern ein paar kleine Bierchen, wenn ich Sauerkraut mache, und dann bin ich angenehm angesäuselt.«

»Mit anderen Worten, das Sauerkraut ist fertig, du bist schon ein wenig beschwipst und versuchst mich mit einem guten Essen zu bezirzen?«

»Und mit ein paar elsässischen Bierchen«, säuselt sie schelmisch.

»Dann stell sie schon mal kühl.«

»Du kommst also morgen Mittag?«, hakt sie noch einmal hoffnungsvoll nach.

»Nur, wenn du Fischer-Bier im Haus hast.«

»Du glaubst doch wohl nicht, dass ich dir irgendeinen Fusel vorsetze?«

»Bei verkalkten Omas kann man nie wissen.«

Damit lege ich auf, wohl wissend, dass meine kleine Gemeinheit ihr ein Lächeln entlockt hat. Mein eigenes Lächeln hingegen geht mit der besorgten Frage einher, wie es tatsächlich um meine Mutter steht. Mit einem flauen Gefühl im Magen packe ich meine Sachen. Womöglich ist meine Mutter nicht mehr dieselbe – was dann?

2

Fitness und Heidelbeer-Crêpes

Einen Schritt nach dem anderen, Momo, du kannst das!

Schweißgebadet wiederhole ich mit gestreckten Beinen mühsam die Bewegungen, die Kevin nach einem Song von Beyoncé vollführt. Der gute Kevin! Er ist wirklich der einzige Trainer, den ich ertrage. Vor ihm gab es Kelly, Sandy oder Maria, die alle recht ansehnlich und hübsch frisiert waren, immerzu lächelten und eine Körperspannung besaßen, die Sänger und Tänzer reihenweise vor Neid hätte erblassen lassen. Das Ergebnis sah so aus, dass mir spätestens nach einer halben Stunde die nassen Haare auf der Stirn klebten, meine Leggings tief zwischen die Pobacken gerutscht war und ich saft- und kraftlos nach Luft japste wie ein Maultier. Im Ernst, niemand erträgt diese in Mode geratene Schinderei. Nur Filmheldinnen nehmen eine solche Tortur gerne auf sich. Die sehen aus, als entstammten sie spanischen Sitcoms, wackeln lächelnd mit dem Hinterteil, dopen sich mit Apfel-Kiwi-Limette-Smoothies und malträtieren glückselig ihre Knöchel mit Steppschritten.

Ich bin allerdings eher der Typ Griesgram, der sich keinesfalls eine Orange auspresst, bevor er nicht eine angemessene Dosis Koffein konsumiert hat. Ich komme nur ganz allmählich in die Gänge, wanke zuerst einmal in die Küche, wo ich einen reichlich mit Zucker und Schokolade versehenen Cappuccino trinke. Ich habe nicht die Mittel und eigentlich auch nicht die Zeit, um etwas für mich selbst zu tun … oder bemühe ich mich nur nicht ausreichend, mir welche zu verschaffen? Darüber lässt sich vermutlich streiten. An oberster Stelle steht bei mir die Erziehung meiner beiden wunderbaren Teenie-Töchter und der richtige Umgang mit ihren Jungmädchenschwärmereien.

Diese täglichen Termine mit Kevin erlauben mir zumindest, mich auszupowern, ohne meinen Geldbeutel unnötig zu strapazieren. Für dieses Internet-Sportangebot reicht mein heimisches Wohnzimmer völlig aus, da brauche ich nicht mein halbes Gehalt als Köchin in einem Altenheim für ein Fitnessstudio hinzublättern. Die Gymnastikkurse im Fernsehen haben drei unschlagbare Vorteile:

Erstens ist Kevin keine makellose Tussi, die am Ende der Sitzung nicht einen einzigen Tropfen Schweiß abgesondert hat. Meine Güte, wie ätzend ist es, von Kopf bis Fuß zu triefen vor Schweiß, während die Vorturnerin nicht einen Funken ihrer unverschämten und unerträglichen Frische eingebüßt hat!

Zweitens kann niemand mich beobachten und darüber lachen, wie meine Granatenbrüste in rhythmische Bewegungen versetzt werden.

Und drittens kann ich so tanzen, wie ich will, auch wenn mein Gefühl für Rhythmus dem einer Waschmaschine im Schleudergang gleicht!

Aber man darf sich nicht in die Tasche lügen: Besagter Kevin ist ein gut aussehender Kerl, der einem die bittere Pille versüßt. Zumindest ist es weitaus genussvoller, sich beim Abstrampeln etwas fürs Auge zu gönnen, als einfach nur dem flachen Bauch nachzutrauern, den ich nie mehr haben werde.

Hinter mir hantieren meine beiden Töchter am Herd, bevor sie sich auf den Weg zur Schule machen. Der Duft von Butter und Zucker liegt in der Luft und macht all meine sportlichen Höhenflüge dieses Morgens zunichte.

»Ich bitte darum, alle Crêpes aufzuessen, eure Mutter verzichtet lieber!«

Die kleinen Biester prusten los und kommen in den Wohnbereich gerast. Ich beachte sie nicht, bleibe auf meinen Bildschirm konzentriert und setze meine Übungen fort. Im Spiegelbild der Mattscheibe sehe ich meine beiden Mädels direkt hinter mir auf dem Sofa sitzen.

»Gib es zu, du würdest sie liebend gern probieren«, frotzelt Lucie und beißt in einen noch warmen *pancake* mit Heidelbeeren.

Ich befeuchte meine Lippen, trotze dem köstlichen Gebäck, das auf dem Teller meiner jüngeren Tochter thront. Lucie und Camille haben ein Händchen dafür, unwiderstehliche Frühstücksleckereien auf den Tisch zu zaubern. Sie wissen, dass ich gegen ihre kulinarischen Wunderwerke kaum eine Chance habe. Dieses Talent haben sie zweifelsohne von mir.

»So leicht kriegst du mich nicht. Ich werde weder bei diesem Duft noch bei deinen überzuckerten Heidelbeeren schwach!«

Unverzüglich wende ich mich wieder Kevin zu und gehe in die Hocke für eine Abfolge von Beuge- und Streckbewegungen.

»Ich glaub, ich spinne. Jetzt spricht sie schon mit den Crêpes!«, wundert sich Camille lautstark, während sie sich zu mir hinunterbeugt, um mich genau ins Visier zu nehmen. »Alles in Ordnung, Mama?«

»Habt ihr nichts Besseres zu tun, als mich zu quälen? Ab in die Schule mit euch!«

»Wut ist das erste Anzeichen einer Sucht«, tönt es jetzt von Lucie, die ihrer Schwester beispringt. »Für Zuckerabhängige ist ein Entzug besonders schwierig, ich weiß, wovon ich spreche!«

Ich brauche nicht zu Lucie hinüberzusehen, um zu wissen, dass sie gerade dabei ist, den auf ihrem Teller verbleibenden Rest zu vertilgen. Lucie und ich, wir ähneln uns wie ein Ei dem anderen, nur mit neunzehn Jahren Unterschied. Sie ist klein, rundlich, hat eine üppige Brust, sprüht vor Witz und hat ziemlich viel Selbstbewusstsein. Bei den letzten Bissen schmatzt sie jetzt zum Spaß auch noch lautstark. Es ist das gleiche störende Geräusch, das einen im Zug aufregt, wenn der Nachbar sich über eine Chipstüte hermacht. In diesen Augenblicken akustischer Bedrängnis muss ich mir auf die Zunge beißen, um nicht loszuplatzen: »Ach, lass doch bitte alle daran teilhaben!«

»Siehst du ihre Stirn? Sie wird schon langsam rot. Gleich gibt sie auf«, treibt Lucie das Ganze auf die Spitze und spielt sich als echte Spezialistin für »Zucker-Entzug« auf.

Ich richte mich auf und drücke ihr einen dicken *Schmoutz* auf die Wange.

»Lucie, niemand kann einen so gut in Versuchung führen wie du. Und weißt du was? Genau deshalb vergöttere ich dich so, du gemeines, heiß geliebtes Biest.«

»Beruht auf Gegenseitigkeit«, erwidert meine Jüngere und zwinkert mir zu. »Du hast dir dein Frühstück wirklich verdient. Aber wir müssen jetzt schnellstens los in die Schule.«

Sie umarmen mich von beiden Seiten und geben mir noch rasch ein Küsschen auf die Wange. Sosehr Lucie mit ihrer braunen Lockenpracht und ihrer runden Brille mir ähnelt, sosehr ist Camille das Gegenteil. Blond, hochgewachsen, kleine Brüste und ein zarter Teint – sie hat die Züge und die Ruhe ihres Vaters geerbt.

Ich kann ein wehmütiges Lächeln nicht unterdrücken, als ich zusehe, wie sie sich auf den Weg machen. Sie sind in den Wänden dieses alten Hauses groß geworden. Hier hat sich nichts geändert. An den Türrahmen sind noch die Striche zu sehen, die ihr Wachstum über all die Jahre dokumentieren. Hin und wieder bleibe ich tatsächlich einen Augenblick davor stehen, streiche liebevoll über die Einkerbungen und würde die Zeit gern anhalten. Oder ich wünsche mir die Zeit zurück, als meine Gegenwart ihnen genug war. Jetzt ist alles anders. Der Groll gegenüber ihrem Vater macht sie bitter, und ich muss das oft ausbaden.

Ich setze mich an den Tisch. Die Mädchen sind weg, es ist ruhig im Haus. Selbst von der alten Dame, die unter uns wohnt, ist nichts zu hören. Die wunderbare Oma Mu, die sich vor vierzehn Jahren darauf eingelassen hat, mir die obere Etage ihres Hauses zu vermieten. Noch vor ein paar Monaten konnte man zuhören, wie Mu sich stundenlang mit ihrer Schwester Zette unterhielt. Die beiden wollten unbedingt so und nicht anders genannt werden. Es gibt nichts Niedlicheres, als wenn sich zwei Großmütter mit ihren Kosenamen aus Kinderzeiten anreden lassen. Ganz unpassend ist es jedoch nicht, denn das Lächeln dieser beiden lieben alten Damen hat auch jetzt noch etwas kindlich Verschmitztes. Der Kontakt zu älteren Leuten kann eine unerschöpfliche Quelle der Freude und des Austauschs sein. Vor allem, wenn es sich um zwei Schwesterherzen handelt, die süchtig nach Tarot sind und jede noch so schräge Anekdote aus der Nachbarschaft kennen.

Heute Morgen herrscht absolute Stille. So ist es oft, seit Zette fort ist. Sie hat ihr Haus verlassen, das dem unsrigen genau gegenüberliegt, um jetzt in einer Einrichtung zu leben. Mir hat sie erklärt, dass sie diese Entscheidung getroffen hat, um zu vermeiden, dass ihre Schwester sieht, wie es mit ihr bergab geht. Immerhin hat sie den idealen Ort gewählt, um den Rest ihres Lebens zu verbringen, denn ich arbeite dort. Der Gedanke an Zette nimmt mir den Appetit. Seit sie dort eine kleine Wohnung gemietet hat, ist ihr Lächeln nicht mehr das gleiche. Ihre Schwester fehlt ihr, und ihre Schmerzen haben zugenommen. Ich kann es kaum erwarten, ihr eine gute Mahlzeit zuzubereiten und ein wenig Gesellschaft zu leisten.

Es ist sieben Uhr. Jetzt muss ich einen Zahn zulegen. Ich stürze meinen Cappuccino in einem Zug hinunter und springe unter die Dusche. Nicht einmal eine halbe Stunde später bin ich startklar. Zu einer schlichten Jeans trage ich eine rote Bluse, deren Knopfleiste an der Brust spannt. Wenn ich Glück habe, springt dem Hausmeister einer der Knöpfe ins Auge, wenn er sich mal wieder zu weit nach vorn beugt, um mir ins Dekolleté zu sehen!

Auf meinem Weg das Flusstal entlang schramme ich dreimal knapp an einem Unfall vorbei, dann erreiche ich, wie immer zu spät, meinen Arbeitsplatz. Ich kann es nicht ändern. Ich neige zum Träumen und dazu, die Zeit zu vergessen, wenn ich allein in meiner kleinen Küche über mein Leben nachsinne.

Beschwingt eile ich ins »Labor«, das bereits von Dunstschwaden erfüllt ist. Mein Küchenangestellter hat drei Töpfe auf die Flammen gestellt, und das Wasser kocht so stark, dass einer von ihnen umzukippen droht. Mit zwei Sätzen bin ich bei dem alten Möhrchen und drehe die Knöpfe zurück. Ein kurzer Blick zur Vorratskammer hinüber genügt, um Rémy ausfindig zu machen, der drei riesige Konservendosen Erbsen und Möhren in der Balance zu halten versucht. Ich gehe zu ihm hinüber und nehme ihm eine der Dosen ab.

»Eine nach der anderen, Rémy. Dein Gemüse läuft schon nicht davon.«

»Du bist zu spät dran. Mir wurde gesagt, ich soll schon mal anfangen.«

Seit sechs Monaten hilft mir dieser neunzehnjährige Senegalese und erträgt die Anfälle der Ernährungsberaterin, für die jede meiner Veränderungen an den Mahlzeiten Anlass zum Schimpfen ist … also jeden Tag. Der arme Bursche weiß nicht mehr, was er tun soll angesichts meiner Manie, alles in letzter Minute noch einmal zu ändern.

»Lass mich raten: Julie hat ein Kartoffelpüree in Auftrag gegeben, dazu Erbsen- und Möhrengemüse und Hacksteaks, stimmt's? Und weißt du, was ich jetzt mache?«

Rémy lacht hell auf und reicht mir das Schwein herüber, das uns als Sparbüchse dient, damit ich zwei Euro hineinwerfen kann. Die Münze fällt klirrend auf die anderen. Wieder einmal hat er die Wette gewonnen, und bald wird Rémy genug Geld haben, um sich ein eigenes Fahrrad kaufen zu können. Das ist meine Art, ihm für seine Freundlichkeit und seinen Eifer zu danken … und mich für meine ständigen Änderungen zu entschuldigen. Außerdem hätte er es niemals akzeptiert, dass ich ihm etwas schenke. Deshalb habe ich dieses tägliche Spiel eingeführt, das uns die schlechte Laune unserer geschätzten Ernährungsberaterin leichter ertragen lässt, die es nicht gutheißt, dass ich mich an ihren Rezepten zu schaffen mache.

»Wenn du errätst, was wir kochen, werfe ich noch eine Münze hinein.«

Er zuckt die Schultern und schaut missmutig drein. »Ich sehe hier nur Büchsen und Kartoffeln. Nichts, was das Herz höherschlagen lässt. Abgesehen von einer Pastete wüsste ich nicht, wie man diese Zutaten richtig zur Geltung bringen könnte.«

Ich nehme ein Sieb und picke unter Rémys erstauntem Blick die Karotten heraus. Er wirft einen Blick auf seine Armbanduhr.

»Mach dir keinen Kopf, wir sind rechtzeitig fertig.«

»Du willst doch wohl jetzt nicht das ganze Gemüse sortieren?«

»Warum denn nicht? Auch Pensionäre brauchen einen Hauch Abwechslung und Exotik. Da können wir sie auch gleich mit auf die Reise nehmen mit einem Gericht, das die Papillen erfreut.«

»Du meinst wohl, die ›Opi‹-llen!«, scherzt mein wunderbarer Küchengehilfe.

Obwohl er diesen Witz mindestens einmal pro Woche macht, erliege ich seinem hinreißenden Lächeln und antworte ihm mit einem Augenzwinkern.

»Opillen und Omillen werden entzückt sein. Als Dessert hat Julie sicher Naturjoghurt geplant, oder?«

»Genau. Wir haben noch einen ordentlichen Vorrat, der aufgebraucht werden muss.«

»Großartig, dann stehen Vorspeise und Nachspeise schon fest. Du kochst jetzt eine weiße Soße, um ein Mischgemüse aus Möhren und Bohnen aufzuhübschen. Es muss noch eine Konserve da sein. Mit dem restlichen Joghurt backen wir drei schön weiche und nicht allzu zuckrige Kuchen. Unsere ›lieben Alten‹ haben schließlich das Recht auf etwas Gebäck.«

»Hast du keine Angst, dass Julie dir Flötentöne beibringt?«

›Flötentöne beibringen‹ – nur mein lieber Rémy vermag solche Redewendungen zu benutzen. Ich mag ihn schon allein wegen seiner Art zu reden.

»Soll sie doch! Ich halte mich haargenau an die von ihr vorgegebenen Zutaten. Das Brot wird durch einen schönen fett- und zuckerreduzierten Kuchen ersetzt, der allen gut schmecken wird. Wir fügen noch ein wenig Zitrone hinzu, und dann ist alles tipptopp!

Rémy zieht eine Schnute. Das letzte Mal, als Julie mir wegen meiner Rezepte auf die Nerven ging, bin ich ganz schön ins Schwitzen gekommen.

»Die Leiterin schätzt meine Arbeit, da wird die neue Ernährungsberaterin es nicht schaffen, mich vor die Tür zu setzen. Versprochen! Und du stehst unter meinem Schutz, mein allerliebster Gehilfe!«

Ich drücke ihm einen *Schmoutz* auf die Wange, bevor ich mich an die Arbeit mache.

»Und das Hauptgericht?«

»Auf nach Marokko mit einer Tajine aus Fleischklößen, begleitet von Erbsen und in Kräutern geschwenkten Bratkartoffeln.«

»Ehrlich, ich frage mich wirklich, woher du deine Ideen

immer nimmst. Hätte doch bloß das übrige Personal der Einrichtung auch so viel Fantasie, um die Tage der Bewohner etwas unterhaltsamer zu gestalten.«

»Ich habe dir ja schon öfter gesagt, dass du nicht in der Küche arbeiten solltest. Mit deinem Einfühlungsvermögen wärst du genau der richtige Mann für diese Aufgabe.«

»Ein Mann ohne Abschluss, der noch dazu die Schriftsprache nicht richtig beherrscht. Ich bin schon zweimal durch die Aufnahmeprüfung für die Ausbildung zum Krankenpfleger gefallen. Vermutlich ist es doch besser, wenn ich in meine Heimat zurückkehre.«

»Sicher doch! Für einen solchen Blödsinn kannst du gerade wieder eine Münze aus deiner Goldgrube herausfischen. Hopp, ein Euro aus dem Sparschwein geht zurück an mich. So kann ich auch ein bisschen sparen. Wofür gibt dir meine Tochter denn Nachhilfeunterricht? Dein Französisch wird immer besser. Bald bist du fit genug, um deine Prüfungen zu bestehen.«

»Bis es so weit ist, würde ich gern unseren lieben alten Bewohnern behilflich sein. Ich kann es kaum mit ansehen, wie man sie versauern lässt.«

Bekümmert wendet sich Rémy wieder der Fertigstellung der Vorspeisen zu. Er macht sich Gedanken über die Bewohner des Altenheims und kann es nicht lassen, sie nach Feierabend zu besuchen. Ich höre ihm wahnsinnig gern zu, wenn er ihnen Geschichten aus dem Senegal erzählt und dazu die Djembe, eine typische Trommel aus Westafrika, spielt. Das Instrument steht immer in der Küche. Er benutzt es, um die Mahlzeiten anzukündigen und ein wenig Leben in die Einrichtung »Les Cigognes« zu bringen.

Die Senioren haben das Glück, dass ihnen ein großartiger Garten und ein Hallenschwimmbad zur Verfügung stehen. Letzteres schien der einfachste Weg zu sein, um ihren schweren Beinen Linderung zu verschaffen, aber der Physiotherapeut, der sich darum kümmern sollte, hat bereits vor ein paar Jahren das Weite gesucht und wurde nicht wieder ersetzt.

»Es bräuchte echt ein Wunder, um hier etwas Heiterkeit einkehren zu lassen«, sinniert Rémy weiter.

»Was für eines denn?«

»Es müsste jemand auftauchen, der den alten Herrschaften ihr Lächeln zurückgibt. Wie sagt ein Sprichwort aus meiner Heimat so schön: ›Du solltest einen neuen Eimer machen, solange du den alten noch hast.‹«

»Du mit deinen Sprichwörtern! Wisch mal kurz den Boden auf, anstatt zu philosophieren. Ein echtes Wunder wäre es auch, wenn du beim Kochen nicht immer den Boden versaust.«

Ich lache, um ihn aufzumuntern, aber von Herzen kommt meine Fröhlichkeit nicht. Der Junge hat recht. Das Altenheim »Les Cigognes« braucht frischen Wind.

3

Rendezvous auf bekanntem Terrain

Die Geranien blühen genauso schön wie immer. Im Licht dieses späten Vormittags strahlen ihre Farben geradezu. Auch wenn Mama nicht mehr da ist, kümmert sich Anthony anscheinend auch weiterhin um ihre Pflanzen.

Meine ganze Kindheit habe ich unter den roten, seidigen Blüten dieser im Elsass so beliebten Blumen verbracht. Mir reicht ein kurzer Blick zu den Balkonen, um angesichts der schönen roten und rosafarbenen Blütenkissen, die auf den Balustraden prangen, in Verzückung zu geraten.

Ich war so lange nicht mehr hier.

Anfangs habe ich meine Mutter oft besucht, aber ich war es schnell leid, dass man mich dauernd fragte, warum ich bei den Schwimmwettkämpfen nicht mehr zu sehen sei. In den ersten Monaten nach meiner Trennung konnte ich in kein Geschäft gehen, ohne von Neugierigen angesprochen zu werden und mich rechtfertigen zu müssen. Vom unerträglichen Mitgefühl der Nachbarschaft ganz zu schweigen. Hin und wieder brachte ich meinen Sohn hierher, verschwand aber sofort wieder, um all dem aus dem Weg zu gehen.

Heute Morgen fühle ich mich verpflichtet, vor dem Hauseingang meiner Eltern innezuhalten. Vielleicht, weil ich weiß, dass die Zukunft unseres Zuhauses ungewiss ist. Ich hätte nicht herkommen müssen, aber ich habe mich darauf eingelassen, denn ein Teil von mir hängt an diesem Ort, und offenbar habe ich Angst, ihn zu verlieren. Hier habe ich gelebt, hier war ich glücklich, bevor alles aus den Fugen geriet.

Ich hätte nicht gedacht, dass ich so an dem liebevoll gestalteten Fachwerk der Fassade hänge. Mein früheres Heim hat nichts von seinem Charme eingebüßt. Die Sitzecke im vorderen Teil des Gartens wirkt immer noch freundlich und einladend. Ein weißer schmiedeeiserner Tisch samt Stühlen mit herzförmiger Rückenlehne steht unter dem Küchenfenster. Als ich klein war, machte ich es mir dort gemütlich für das Kaffeetrinken, und Mama hatte ein großes Vergnügen daran, die Küchentür offen zu lassen, damit der Duft einer frisch aus dem Ofen kommenden Tarte den ganzen Garten erfüllte. Wie lieb war mir dieser Abschnitt meines Lebens gewesen!

Gerührt stütze ich mich auf das blaue Tor und lasse meinen Blick eine Weile auf dem stolz aufgerichteten Fahrrad ruhen, das Mama aufgehübscht und dann zu einem prächtigen Blumenkasten umgestaltet hatte. Aus zwei daran aufgehängten Körben quellen blaue und rosafarbene Hortensien hervor. Jetzt, am Ende des Sommers, werden ihre Farben immer zarter und gehen ins Pastellfarbene über. Man könnte meinen, dass sie gar nicht fort ist. Jedes Element des Gartens zeugt von ihrer Gegenwart, bis hin zu dem köstlichen Duft einer Apfeltarte, die meine Geschmacksknospen wach kitzelt.

»Hast du vor, den ganzen Tag dort herumzuhängen?«

Ohne mich umzudrehen, mustere ich den Blumenrasen mit seinen unzähligen kleinen, bunten Blüten.

»Du hast den Garten großartig in Schuss gehalten, Mu.«

»Spar dir deine Komplimente für später. Dein Sohn hat diese Lorbeeren verdient, nicht ich.«

Anthony.

Mit einem Mal fällt mir das Atmen schwer. Mu legt eine Hand auf meinen Rücken, da sie an meine Schulter nicht heranreicht, und tätschelt mich sanft.

»Du schläfst heute Abend bei mir. Ich weiß, dass du dich hier nicht mehr wohlfühlst. Alles wird gut. Jetzt sind wir alle zusammen, der Rest ist unwichtig.«

Ich bin gerührt über das Mitgefühl meiner Tante. Anthony ist mit sehr viel mehr Getöse gegangen als seine Mutter. Wieder einmal hatten wir heftig über sein Studium am Konservatorium in Mulhouse gestritten, aber dieses Mal verschwand er einfach. Und ich weiß sehr wohl, dass ich auf die gleiche Art und Weise reagiert hätte, wenn meine Eltern mir Knüppel zwischen die Beine geworfen hätten.

»Nur Mut, Oscar. Bleib doch einfach das ganze Wochenende hier. Das bringt dich auf andere Gedanken.«

Ich fasse nach ihrer Hand. Ihr Parfum weckt zärtliche Erinnerungen. Sie duftet nach dem angenehmen Seifengeruch, den alte Frauen oft verströmen: eine Mischung aus Kamille und Jasmin. Als Anthony klein war, hatte er immer ein Halstuch seiner Oma Zette bei sich, wenn er einschlafen sollte. Er hing sehr an ihr, da sie sich während meiner vielen Sportwettkämpfe oft um ihn kümmerte.

»Alles klar, mein Lieber?«

Um mir Mut zu machen, atme ich noch einmal den Duft von Mus weißen Haaren ein, bevor ich ihr ein Küsschen auf die Wange gebe.

»Ich hoffe, du hast eine Flasche Bier kalt gelegt. Ich brauche etwas Stärkendes.«

»Lieber zwei Flaschen als eine!«, ruft sie freudig und drückt meine Hand.

Mu ist sichtlich begeistert, dass sie mich hier begrüßen kann, und zieht mich mit sich über die Straße, wobei sie auf ihren zarten Beinen fast ins Hüpfen gerät. Sie hat tatsächlich nichts von ihrer guten Laune und ihrem kindlich-überschwänglichen Eifer eingebüßt, den ich so geliebt habe, als ich in Anthonys Alter war. Gleichwohl hat meine sanftmütige Tante mehr

Falten bekommen, und ihr Lächeln ist müde geworden. Das Strahlen ihrer tiefblauen Augen hat sich getrübt und ihre einst glänzenden weißen Haare sind fahl geworden.

»Es tut gut, dich während dieser schönen Jahreszeit hier zu haben. Ich weiß gar nicht mehr, wann ich das letzte kühle Bier in deiner Gesellschaft getrunken habe«, sagt sie wehmütig.

»Ich gebe zu, das ist ewig her …«

»Du solltest mehr Zeit hier in deiner Heimat verbringen. Du weißt doch, wie schön und gastlich die Gegend ist, wenn der Sommer kommt. Außerdem ist genug Platz in meinem Haus, sodass du sehr gut bei mir unterkommen könntest, bis es mit Anthony besser läuft …«

»Zäum das Pferd nicht von hinten auf, Mu. Es wird sich nicht alles wie von Zauberhand auflösen lassen. Ich will nicht mein Leben damit verbringen, mich zu rechtfertigen und die Vergangenheit durchzukauen. Ich habe eine Arbeit, Mama ist im Altenheim … und mein Sohn meidet mich wie die Pest.«

»Mein armer Liebling, auch auf die Gefahr hin, dass du das nicht gern hörst: Dein Bekanntheitsgrad ist ziemlich zurückgegangen. Und du bist auch sichtlich gealtert! Wahrscheinlich erkennt man dich gar nicht mehr so wie zu deinen besten Zeiten.«

Ihr Seitenhieb trifft mich wie ein Vorschlaghammer.

Meine so verehrte Tante versteht es, den Finger in die Wunde zu legen und darin herumzubohren. War ich dumm genug, allen den Rücken zuzukehren, während längst klar war, dass ich ohnehin in Vergessenheit geraten würde? Mu hat genau auf den Knopf gedrückt, dem ich so sorgsam ausgewichen war. Jetzt ist das Unglück geschehen. Jetzt muss ich wohl oder übel die Augen öffnen, und ich schäme mich vor mir selbst.

Eitelkeit. Das charakterisiert mich wohl am besten.

In gewisser Weise hat es mich verletzt, als derjenige erkannt zu werden, der alles verloren hatte; noch mehr Angst habe ich aber wohl davor, niemand mehr zu sein. Das trifft es. Ich bin einfach nur noch Oscar Klein. Ein armseliger Typ, der durch die Straßen stolziert und dabei vergisst, die Hand seines Jungen festzuhalten.

Dank an die elsässische Offenheit von Tante Mu – sie öffnet die Augen und rüttelt genauso auf wie ein ordentlicher Schnaps!

Aus diesem Blickwinkel hatte ich die Dinge noch nie betrachtet. Dabei hat Anthony mir immer wieder vorgeworfen, ich sei egoistisch. Und ich habe mich dann damit gerechtfertigt, wie hart ich für meinen Erfolg gearbeitet habe. Manchmal macht uns der Erfolg aber auch blind.

»Steh doch nicht wie angewurzelt herum. Ich habe allmählich Durst und Lust auf ein Bier«, grummelt Mu.

Kleinlaut, die Hände in den Hosentaschen vergraben, folge ich ihr.

Als sie das weiß gestrichene hölzerne Gartentor aufstößt, trottet uns ein riesiger Hund entgegen.

»Meine Güte, *Schötzi!* Das freut mich aber, dass du noch da bist!«

Die deutsche Dogge hat einen Großteil ihrer Pracht eingebüßt. Das tiefschwarze Fell der Hündin ist grau und borstig geworden. Einige Stellen an ihrem Hinterteil sind in einem jämmerlichen Zustand, denn Schötzi hat die dumme Angewohnheit, sich dort zu beißen, wenn sie entnervt ist.

»Na, Schötzi, kennst du mich noch?«

Ich gehe in die Knie, um auf einer Höhe mit ihr zu sein. Mit ihren umgerechnet fast einhundert Menschenjahren kommt sie gemächlich näher und misst mich mit unsicherem Blick – ganz so, als frage sie sich, ob sie ihren Augen noch trauen könne. Denn jahrelang hat sie nur von mir träumen können, davon, wie wir früher in den Weinbergen von Guebwiller herumtollten und den großartigen Blick über die Hügel genossen, die die

Stadt einrahmen. Tag für Tag rannte ich mit ihr den steilsten Anstieg hinauf, um meine Ausdauer nicht zu verlieren und mein Atemvermögen bei Anstrengung zu testen. Die Hündin war jung, noch nicht einmal ein Jahr alt. Sie liebte es, im Wald herumzukraxeln und ihrem Herrchen zu folgen, das immer auf der Jagd nach Medaillen war.

»Vergiss nicht, dass sie jetzt ziemlich taub und blind ist«, erinnert mich Mu. »Die Zeit vergeht und lässt niemanden ungeschoren davonkommen. Nicht einmal die lieben Wauwaus.«

Und noch viel weniger so Unbelehrbare wie mich, denke ich, während ich die Hündin beobachte, die sich jetzt in den Schatten des blühenden Flieders zurückzieht. Schlagartig wird mir die Last der Jahre bewusst. Schötzis traurige und leere Augen halten mir meine eigenen wie einen Spiegel vor.

Ich gehe zu ihr hinüber und streichle sie unter Tante Mus gerührtem Blick. Das arme, vom Alter gezeichnete Tier richtet seine traurigen Augen auf mich, ohne mich wirklich zu sehen. Trotzdem glaube ich so etwas wie ein schwaches Leuchten auszumachen. Vergleichbar mit einem kurzen Aufklaren an einem Regentag. Das Elsass macht mich ein wenig romantisch, das hatte ich vergessen.

Der Garten bringt innige und zärtliche Erinnerungen zurück, die ich jahrelang geleugnet hatte. Noch im letzten Winter hatte ich keinen Blick für diese Details. Ich kam am 25. Dezember, um meine Geschenke abzugeben, und bin gleich darauf mit schwerem Herzen wieder zurückgefahren. Heute ruft meine unter dem duftenden Flieder liegende Hündin bunte Bilder vor meinen Augen wach, sei es eine Verfolgungsjagd in dem blühenden Garten oder ein unter glutheißer Sonne gelutschtes Wassereis. Ich kann mich dieser Erinnerungen nicht erwehren, empfinde sie mit Haut und Haaren. Was ich auslöschen wollte, ist intakt geblieben. Merkwürdig: Die Liebe hat Bestand, wenn sie aufrichtig ist – sollte ich am Ende ein Lokalpatriot sein?

Ich liebe diesen Ort, das lässt sich nicht bestreiten, und heute Morgen bin ich irgendwie in der Lage, diesen Augenblick zu genießen. Liegt es vielleicht an der warmen Luft des Sommers oder dem süßen Duft der Blumen, die meine Sinne beleben?

Tränen steigen mir in die Augen. Meine Güte! Ich werde jetzt doch hoffentlich nicht losheulen wie ein Kind! Ich war immer sehr kühl und distanziert gegenüber dieser Region, in der mein Unglück seinen Lauf nahm, und doch spüre ich heute, wie mein Herz klopft, so heftig klopft, dass ich ganz benommen bin. Mitfühlend leckt mir Schötzi über die Wange und entlockt mir ein Lächeln.

Als ich den Kopf wieder hebe, fällt mein Blick auf Mus blaue Schürze. Schon fühle ich mich zurückversetzt in eine Zeit, als ich nachmittags bei ihr in der Küche saß und sie bei ihren Tätigkeiten beobachtete. Wie konnte ich diese Liebe vergessen?

»War das etwa gerade ein Lächeln, das ich da über dein Gesicht habe huschen sehen?«, neckt mich Mu.

»Ich bin so viele Jahre nur aus Pflichtgefühl hierhergekommen. Mir kommt es vor, als sei ich nie wirklich hier gewesen …«

»Oh ja! Zette und ich sprechen oft darüber, dass ein Gespenst präsenter wäre als du!«

»Na, dass ich nicht der Typ bin, der das Haus seiner Kindheit heimsucht, steht ja wohl fest.«

»Sei da nicht so sicher. Die Gespenster kehren wieder zurück, weil sie ihre Aufgaben auf Erden noch nicht erledigt haben. Mach dir klar, dass deine Wurzeln und dein Schicksal hier liegen. Was du auch tust und wohin du auch gehst, du wirst irgendwann ins Haus deiner Eltern zurückkehren. Ich sehe zwar, dass du noch nicht bereit bist, einen Fuß hineinzusetzen … aber das wird schon kommen.«

»Angesichts der Dringlichkeit deines Anrufs habe ich mir den Freitag frei genommen …«

»Um dann möglichst schnell wieder zurückzufahren, oder?«

Ich nicke leicht verstimmt, da ich mich ertappt fühle.

»Geht das schon wieder los! Oscar, das ist deine letzte Chance. Wenn du deinen Arsch jetzt nicht bewegst, wirst du uns alle verlieren. Mach diesmal keinen Rückzieher.«

Peng! Noch ein herrlicher rechter Haken von Tante Mu. Der Schlag sitzt und lässt sich nur schwer wegstecken, aber er bewirkt, dass ich aufwache.

»Mag sein, dass es eine Weile braucht, aber du musst an die Zukunft glauben. Du und Anthony, ihr habt beide einen guten Kern, und ich bin davon überzeugt, dass es euch besser geht, wenn du dich traust, in Reichweite zu bleiben! Solange du als Vater immer nur auf dem Sprung bist, werden die Dinge nicht in Ordnung kommen.«

»Jetzt warte mal kurz, Mu. Hast du mich herbestellt, weil Mama den Kopf verliert, oder weil du willst, dass ich mich um Anthony kümmere?«

»Warum nicht zwei Fliegen mit einer Klappe schlagen? Du gehst ins Altenheim, überzeugst Zette, dass sie wieder hierher zurückzieht, und ich helfe dir, dich mit Anthony zu versöhnen. Das ist doch ein gutes Geschäft, oder etwa nicht?«

»Wie ich sehe, hast du reichlich Hintergedanken!«

»Wie immer, mein *Oscarala*! Vor allem, wenn es um dein Glück geht!«

Mus liebevoller Gesichtsausdruck beschämt mich ein wenig, als ich jetzt wieder aufstehe.

»Ganz ehrlich, Oscar, du könntest hierbleiben und bräuchtest nicht zu arbeiten, stimmt's? So wie du lebst und mit deinen Ersparnissen kannst du mir nicht weismachen, dass es nicht möglich wäre, alles aufzugeben und hier mit deinem Sohn noch einmal von vorn anzufangen.«

»Ich habe Ersparnisse, aber das ist nicht der Punkt. Als ich beschlossen habe, woanders zu leben, habe ich das für Anthony getan. Ich wollte ihn schützen. Er hat es nicht verkraftet, einen Vater zu haben, der nur seine Leidenschaft im Kopf hat und ständig unterwegs ist. Also habe ich ein sehr viel einfacheres Leben gewählt, um mehr Zeit mit ihm zu verbringen. Aber es hat nichts gebracht.«

»Weil du nur eine Rolle gespielt hast. Verflixt noch mal! Du solltest diese Komödie endlich beenden, aus deinen Fehlern lernen und sie ein für alle Mal ausräumen! Es ist oft schmerzhaft, der Wahrheit ins Auge zu sehen, aber es ist auf jeden Fall besser, als sich ein Leben lang etwas vorzumachen.«

Ich fühle mich zwei Jahre zurückversetzt. Genau diese Rede hat Mu mir schon einmal gehalten. Ich versuche mich auf den Grund meines Besuches zu konzentrieren, um einer weiteren endlosen Strafpredigt zu entgehen.

»Um welche Uhrzeit können wir Mama besuchen?«

»Dann bleibst du also hier?«

»Das steht jetzt nicht zur Debatte. Versuch nicht, mich dazu zu zwingen, Mu. So hilfst du mir nicht weiter.«

»Wir besuchen Zette zum Kaffeetrinken«, sagt sie sanft.

Sie öffnet die Eingangstür und fordert mich auf, ihr zu folgen. Ich richte mich noch ein wenig mehr auf und setze einen Fuß auf die erste Stufe. Ich hole tief Luft und sauge gierig den zarten Duft von Rose und Lavendel auf. Kein Vergleich zu der abgestandenen Luft in meiner Wohnung und dem Chlor, das ich jeden Tag einatme. Das Leben hier hat seine Vorzüge, das lässt sich nicht leugnen. Aber wäre ich hiergeblieben, dann wäre ich vermutlich verrückt geworden. Ich konnte keinen Schritt vor die Tür machen, ohne von Neugierigen angesprochen zu werden. Das musste einfach aufhören. Und jetzt? Ich bin wieder inkognito. Ich konnte sogar in das kleine Lebensmittellädchen gehen, ohne dass man an der Kasse auf mich aufmerksam geworden wäre. Noch vor ein paar Jahren war überall in der Presse von mir zu hören und man grüßte mich auf der Straße, aber jetzt kennt mich keiner mehr. Muss ich da weiter so abgeschottet leben, wo mich meine Familie doch mit offenen Armen aufnehmen würde?

Mir schnürt es das Herz zusammen. Je weiter ich in das kleine Wohnzimmer meiner Tante hineingehe, desto mehr lässt mein Schmerz nach. Es ist so freundlich und gemütlich dort. Der niedrige Eichentisch, der alte bordeauxfarbene Teppich mit den verblichenen Fransen. Nichts hat sich verändert.

»Die Küche ist noch immer an der gleichen Stelle, und der Rest auch«, beteuert Mu mit einem Anflug von Ironie.

»Stehe ich hier schon zu lange herum?«

»*A bessala* – ein bisschen! Aber das macht nichts. Du darfst ruhig etwas nostalgisch sein. Du weißt ja, dass die obere Etage immer noch vermietet ist. Wir wollen nicht stören …«

»Ach ja, Mauricette und ihre Töchter«, erinnere ich mich und habe die kleine Frau vor Augen, die mir bei meinen Besuchen hin und wieder über den Weg lief.

»Ich dachte, du könntest dich nicht gut an Vornamen erinnern.«

»Das ist ja auch kein gewöhnlicher Vorname …«

»Genau wie deiner!«, spottet Mu.

Diese kleine Hexe von Mu! Wenn sie keine Arthrose hätte, würde ich ihr einen ordentlichen Klaps auf die Schulter verpassen.

»Vermutlich warst du diejenige, die Mama diesen unsäglichen Vornamen vorgeschlagen hat, du Spaßvogel!«

Mu öffnet die Küchentür, dort steht in der Mitte eines runden Tisches aus Kirschbaumholz eine wunderbare Apfeltarte. Jetzt wird mir klar, warum ich diesen Duft schon von Weitem wahrgenommen habe. Ich hatte vergessen, dass eine Apfeltarte bei Mu stets einen ganz ungewöhnlichen Umfang hat, da sie in Ermangelung einer Kuchenform ein einfaches Backblech benutzt und mindestens ein Kilo in hauchdünne Scheiben geschnittene Äpfel darauf verteilt. Trotzdem überlagert ein Anflug von Sauerkrautgeruch die Karamellnote des Desserts und macht mir Lust, eine der weichen, leicht säuerlichen Kartoffeln zu naschen.

»Du hättest deine Tarte ruhig etwas kleiner machen können. Ich war zwar ein paar Stunden unterwegs, aber trotzdem schaffe ich es nicht, dreihundert Gramm Butter und Zucker zu verdrücken …«

»Wir werden sehen, mein Lieber. Jetzt setz dich erst mal hin, du musst doch ganz schön müde sein.«

»Ich habe gerade einmal sechs Stunden hinter dem Steuer gesessen, da …«

Sie wirft mir einen Blick zu, der keinen Widerspruch duldet. Also mache ich es mir an dem Tisch gemütlich, während sie ein kühles Getränk für mich holt.

Nachdenklich lasse ich meinen Blick eine Weile schweigend auf den Äpfeln ruhen, die eine wunderschöne, feinblättrige Rose auf dem Mürbeteig bilden. Ich beuge mich vor, um den angenehmen Duft nach Zimt und Zucker einzuatmen.

»Du hast wirklich nichts verlernt!«

Keine Antwort. Habe ich meine liebe, redselige Tante mit meinen kleinen boshaften Spitzen etwa zu sehr verärgert? Ich drehe mich um. Das bereits geöffnete Bier steht auf der Arbeitsfläche, Mu hingegen ist offenbar so leise wie eine kleine Maus hinausgehuscht.

»Mu?«

Die Tür geht auf. Aber nicht Mu in ihrer unvermeidlichen blauen Schürze taucht auf – zur Salzsäule erstarrt, sehe ich mich meinem Sohn gegenüber.

4

»Mon fils ma bataille« – Mein Sohn, mein Kampf

Ich bringe keinen Ton heraus. Der Titel des Songs von Daniel Balavoine kommt mir in den Sinn, aber ich wage es nicht, etwas zu sagen. Wir haben uns monatelang nicht gesehen, und beim letzten Mal hat er es bei einem kühlen, distanzierten »Hallo« belassen.

Er steht mit über der Brust verschränkten Armen in der Tür und fixiert einen Punkt in der Ferne. Als gäbe es mich nicht. Da liegt er nicht ganz falsch, ich war nicht da, nicht einmal dann, wenn ich mich um ihn gekümmert habe. Gerade durch meine rein mechanische und materielle Fürsorge habe ich Schaden angerichtet. Ich werde Mut brauchen, um diesen hochgewachsenen, bärtigen Mann mit seinen Holzfällerarmen und seiner zerzausten Haarmähne anzusprechen.

Ich erkenne ihn kaum wieder. Das liegt zunächst einmal an den langen Haaren und dem Bart. Ganz besonders aber trifft mich sein kraftvoller Blick. »Augen wie ein Revolver«, so drückt Marc Levoine es in einem seiner Songs aus – diese Assoziation geistert mir durch den Kopf. Peng! *Adieu*, Versager-Papa, gut, dass er weg ist!

Es herrscht eine unheimliche Stille. Mein unversehens zum Mann gewordener Junge ballt jetzt vor Anspannung die Fäuste.

Er könnte mich mit einem kleinen Schubser aus dem Weg räumen, und ich sehe, dass es in ihm brodelt. Aber er tut nichts, vermutlich aus Respekt vor seiner Großtante. Ich ahne, dass

Mu ihn herbestellt hat, diese nette Begegnung ist nicht zufällig zustande gekommen. Sie hat auch schon früher versucht, uns zu helfen, aber ich habe stets das Weite gesucht.

Was hat sich seither geändert? Nicht viel, außer der Tatsache, dass ich mehrere Haken in Folge einstecken musste und ganz langsam etwas Klarheit in meine Gedanken gekommen ist. Mu hat meine Abwehrmechanismen ausgehebelt und meinen Egoismus mit ihren scharfen und treffenden Seitenhieben niedergekämpft. Ein Boxer wäre nun angeknockt und hätte Watte im Kopf, bei mir hingegen ruckelt sich langsam alles wieder zurecht. Und ich muss sagen, dass dies weitaus schmerzhafter ist als ein klassischer Wettkampf. Mu hat einen verteufelt guten rechten Haken, wenn es darum geht, die empfindlichen Stellen zu treffen. Es ist mein Stolz, auf den sie zielt. In meinem unerschütterlichen Egoismus habe ich mir nicht klargemacht, dass mich tatsächlich die Eitelkeit geleitet hat. Ich, ich, ich … immer die gleiche Leier in meinem Idioten-Schädel. Ich dachte, es ginge bei meiner Reise hierher letztlich darum, Entscheidungen zu treffen und vor allem Papierkram zu erledigen, aber jetzt fällt es mir wie Schuppen von den Augen, worum es wirklich geht.

Vielleicht wäre es an der Zeit, sich bei dem baumlangen Kerl vor mir zu entschuldigen, der mich mit immer strengerer Miene mustert.

Jedenfalls muss ich mir ein Herz fassen. Anthony wird kein Wort mit mir wechseln, wenn ich nicht den ersten Schritt tue. Ich könnte versuchen, gleich zum Kern der Sache zu kommen. Aber das wäre übertrieben und würde falsch klingen, vor allem nach so vielen Monaten des Schweigens zwischen uns.

Ich stehe auf, ohne recht zu wissen, was ich vorhabe. Ich würde es mir nicht erlauben, ihn in meine Arme zu schließen. Das würde er als einen Versuch meinerseits deuten, mich freikaufen zu wollen. Aber ein bloßes Händeschütteln würde noch mehr Distanz zwischen uns schaffen. Ich will schließlich nicht, dass er mich wie einen Fremden betrachtet. Trotz all der Jahre, die ins Land gegangen sind, sehe ich noch immer den kleinen Jungen, der neben einem schweigsamen und reizbaren Vater groß geworden ist.

In seiner Verlegenheit kratzt er sich nervös am Bart. Er sieht älter aus als seine neunzehn Jahre. Wie viele Scheidungskinder ist er zu schnell erwachsen geworden. Seine hellblauen Augen scheinen mir – ähnlich wie bei Mu – ihre Lebhaftigkeit verloren zu haben. Sein glückliches Kinderlächeln ist verschwunden, weggewischt von der jahrelangen Hoffnung auf einen Vater, dessen Anwesenheit das vergebliche Opfer seiner Mutter wettmachen würde.

Auch aus der Ferne war Marie weitaus fürsorglicher und zugewandter als ich. Sie hat ihn ermutigt, seine Träume nicht aufzugeben, hat ihn bei den meisten seiner Konzerte begleitet und in allen Phasen seiner Jugend unterstützt, von der ich so wenig mitbekommen habe. Sie war eine aufmerksame Mutter und ist es die ganze Zeit geblieben, selbst als viele Kilometer sie von ihrem Kind getrennt haben. Anthony lebte unter meinem Dach, und trotzdem wusste ich kaum etwas von ihm – im Wesentlichen nur, dass er nicht den Weg einschlug, den ich für ihn vorgesehen hatte. Einen Weg, der nicht der seine werden konnte.

»Ich wollte gerade ein Bier trinken, möchtest du auch eins?«, schlage ich vor.

»Du willst tatsächlich etwas mit mir trinken, mit mir?«

»Bier schmeckt immer besser, wenn man es nicht allein trinkt.«

Anthony wirkt nicht so, als wolle er sich verweigern. Eher beobachtet er mich so, wie man einen hinter Plexiglas eingesperrten Verrückten ansehen würde. Mein Verhalten passt so gar nicht zu unseren letzten Begegnungen. Da wagte ich nicht, etwas zu sagen, so groß war meine Angst vor einem neuerlichen Streit. Konfrontationen jagen mir Angst ein. Ich gehöre nicht zu den Menschen, die Kritik leicht hinnehmen – umso mehr, als ich schon reichlich unter meinen Fehlern gelitten habe. Mir wäre es das Liebste gewesen, dass alles ganz einfach wieder in Ordnung kommt, ein paar Entschuldigungen, dazu eine dicke Umarmung zwischen Vater und Sohn, und schon ist alles wieder gut. Aber das gibt es nur im Film. In unserem Fall fragt es sich außerdem, wer eigentlich das Kind gewesen ist. Wohl eher ich: Derjenige, der eine Dummheit nach der anderen gemacht hat und vor seinen Eltern nicht dazu steht – aus lauter Angst, ihre Liebe zu verlieren. So sieht die Wahrheit aus. Und heute? Wie sieht es heute aus? Die Vogel-Strauß-Politik ist gescheitert, und der Blick meines Sohnes ist kalt.

Wie lange werde ich noch vor der Realität davonlaufen, anstatt mich ihr zu stellen? Ich habe die letzten fünf Jahre damit verbracht, mich in meiner jämmerlichen Bleibe zu verschanzen, ohne jedoch etwas dafür zu tun, dass meine Wunden heilen. Das war wohl der falsche Weg. Hat mir ganz einfach nur der Mut gefehlt, mich dem Blick der anderen auszusetzen? Bin ich einfach nur feige gewesen? Ich hätte meinen Sohn hier großziehen und damit verhindern können, dass sein Leid ihn ein paar Jahre später dazu treibt, auszureißen und mich sitzen zu lassen, um bei Zette Unterschlupf zu suchen.

Mu hat recht. Ich muss der Wahrheit ins Auge sehen, selbst wenn es schmerzhaft ist. Ich mache den Kühlschrank auf und hole ein Bier heraus. Nur ein paar Schritte trennen uns. Er rührt sich nicht vom Fleck. Er ist es nicht gewohnt, dass ich auf ihn zugehe. Die wenigen Male, als wir miteinander diskutiert haben, herrschte eine so angespannte Stimmung, dass einer von beiden schließlich den Raum verließ. Ich will nicht, dass es jetzt zu einer Aussprache kommt, denn dies ist nicht der richtige Augenblick dafür. Es braucht noch Zeit.

Wir bleiben immer noch stehen, jeder in einer Ecke der Küche, und taxieren uns verlegen.

»Na, dann lass uns auf deine Oma Zette anstoßen.«

»Höchste Zeit, dass du dich endlich aufraffst, sie zu besuchen«, erwidert er, und der Vorwurf ist nicht zu überhören.

Er hebt sein Bier und nimmt einen großen Schluck, der etwas Schaum auf seinem Schnurrbart hinterlässt.

»Ich hatte gehofft, du hättest meine mürrische Art nicht geerbt«, erwidere ich ironisch.

»Die Lebensumstände verändern den Menschen. Wenn man zu lange mit einem verbitterten Menschen zusammen ist, wird man es irgendwann auch.«

Ich belasse es dabei, einen Schluck zu trinken, und gehe nicht auf seine Kritik ein. Mir ist klar, dass ich mich auf vermintem Gelände bewege.

»Wir können die Welt nicht wieder in Ordnung bringen, indem wir hier ein Bier zusammen trinken, aber wir könnten doch versuchen, miteinander zu reden, ohne uns gleich in die Wolle zu kriegen, oder?«

»Ich habe nicht die geringste Lust zu streiten«, antwortet er abweisend. »Wir sind wegen Oma Zette hier, nicht um unsere Probleme breitzutreten.«

»Wenigstens in diesem Punkt sind wir einer Meinung …«

»Ich sehe, du bist jetzt auf dem Boden der Tatsachen angekommen«, sagt er ironisch. »Du hast begriffen, dass uns Welten trennen. Es ist also nicht verwunderlich, dass wir nicht miteinander klarkommen können.«

»Ich habe begriffen, dass ich nicht mit dir ›klargekommen‹ bin. Ich habe dir nie zugehört und wollte dich dazu bringen, so zu sein wie ich. Ich wollte dich nach meinem Bild formen.«

»Ein Bild von …«

»Sag nichts mehr dazu. Es ist schon schmerzhaft genug, der Wahrheit ins Auge zu sehen.«

»Dann hat es also endlich bei dir geklingelt? Du bist bereit, deine Verantwortung zu übernehmen?«

Die Flasche in Anthonys Hand zittert leicht. Er hat seit ein paar Minuten keinen Schluck mehr genommen. Seine Augen glänzen, und es sieht so aus, als könnten seine Gefühle ihn jede Sekunde übermannen. Ich will das Fass keinesfalls »zum Überlaufen bringen«.

»Mu erwartet vermutlich, dass wir gleich einträchtig und lächelnd hier aus dem Zimmer kommen. Fühl dich nicht genötigt, ihr etwas vorzuspielen, nur um ihr einen Gefallen zu tun. Es ist dein gutes Recht, wütend auf mich zu sein.«

»Du kennst mich schlecht, Papa. Mir geht es nicht um unsere Vergangenheit. Ich bin wütend, weil du nichts getan hast, um Zette davon abzuhalten, ihre Sachen zu packen; weil du immer nur auf einen Sprung vorbeischaust, ohne dir die Zeit für ein echtes Gespräch mit ihr zu nehmen. Hör auf, die Komödie des verlorenen Sohns zu spielen. Wenn du Zette jetzt besuchst, um anschließend wieder in deine Vorstadt-Wohnung zurückzukehren, wird sie sich nicht mehr davon erholen.«

Das ist klar und deutlich: Wenn ich heute wieder fahre, brauche ich nicht mehr wiederzukommen. Sollte tatsächlich hier und jetzt alles auf dem Spiel stehen? Die Begegnung mit Anthony hier in dieser Küche ruft die alten Verletzungen wach und die Liebe, die ich für ihn empfinde. Die Situation ist schmerzhaft, aber ich fühle mich lebendig. Ich brauche ihn, ich brauche mein Dasein als Vater.

Ich setze mich an den Tisch und nehme einen Schluck.

»Ich werde euch nicht hängen lassen.«

Atemlos habe ich die Worte hervorgestoßen. Meine Stimme bebt ein wenig und verrät, wie aufgewühlt ich bin. Anthony steht reglos da, starr vor Staunen.

»Ich bin wegen Zette gekommen, aber ich glaube, dass ich auch gekommen bin, um dich wiederzusehen, wenn du dich darauf einlässt, dich ein wenig mit deinem idiotischen Erzeuger abzugeben.«

»Du tust gut daran, dein Wort zu halten und nicht wieder abzuhauen. Oma braucht dich.«

Es fühlt sich seltsam an, so über meine Mutter zu sprechen – als stünde fest, dass ich den Rest meines Lebens hier verbringe. Haben sie am Ende beschlossen, mich bei Bier und Sauerkraut einzusperren? Irgendwie habe ich den Eindruck, dass mein Kommen Teil eines Plans ist und dass mein Sohn in das Ganze verwickelt ist, ohne mir den wahren Grund eröffnen zu wollen. Wenn meine Mutter ihr Testament tatsächlich ändern wollte, warum sollte sie mich dafür brauchen? Irgendetwas stimmt nicht. Ich bringe das Verhalten von Mu, ihre Panik, dass Zette alles verkaufen könnte, und das meines Sohnes, der mit mir redet wie mit einem ungezogenen Kind, nicht zusammen. Warum hat man mich wirklich hierherkommen lassen?

In unserem Rücken knarzt die Tür. Ich muss schmunzeln, als ich die Spitze eines *schlopa*, eines Hausschuhs von Mu, dahinter hervorscheinen sehe.

»Setz dich doch endlich, Anthony, und trink dein Bier mit mir. Es ist nicht der richtige Zeitpunkt, um sich zu streiten, schon gar nicht, wo Mu hinter der Tür lange Ohren macht. Komm zu uns, Mu, das schafft eine entspanntere Atmosphäre.«

Sofort geht die Tür auf, Mu tritt herein, holt sich ein Bier aus dem Kühlschrank und nimmt am Tisch Platz. Ermutigt vom Beispiel seiner zweiten ›Oma‹, tut Anthony es ihr gleich.

»Ich schlage vor, wir nehmen das Sauerkraut in Angriff. Es schadet nicht, ein bisschen zu Kräften zu kommen, bevor wir Zette treffen!«, wirft sie leichthin in die Runde.

»Du versuchst nicht zufällig, mich davon zu überzeugen, hier einzuziehen?«, scherze ich.

Mus Augen schimmern feucht. Ich spüre ihre riesige Enttäuschung, und auch die meines Sohnes. Zettes Auszug hat ihnen zugesetzt. Es scheint so, als würde meine Familie immer wieder von Trennungen gebeutelt. Und eine weitere Trennung wäre einfach zu viel.

Meine Lippen beben. Ich bin innerlich so aufgewühlt, dass ich zunächst kein Wort mehr hervorbringe. Ich mache mir furchtbare Vorwürfe, denn ich habe das Gefühl, dass meine Scheidung der Auslöser für das Ganze war und ich eine große Schuld den Meinen gegenüber auf mich geladen habe … Soll ich wirklich zurückkehren? Und hier endlich Verantwortung übernehmen?

Ich schiebe zaghaft meine Hand über den Tisch, um nach Mus Hand zu greifen.

»Mach dir keine Sorgen, du kannst auf mich zählen.«

5

Meisterin im Austricksen

Diesmal hat sie mich wirklich reingelegt. Verflixte Zette!

Noch gestern hat sich Mu um das Wohlergehen ihrer Schwester gesorgt, aber heute gibt es keinerlei Zweifel: Die freundliche Seniorin im Altenheim »Les Cigognes« ist im Vollbesitz ihrer geistigen Kräfte und kann wahrlich verteufelt gute Pläne aushecken. Jetzt stecke ich wohl oder übel mit unter der Decke, bin aus Freundschaft zu meiner früheren Nachbarin zur Komplizin geworden, denn sie hat mich davon überzeugt, ihr bei ihren Machenschaften behilflich zu sein.

Der Schlagkraft ihrer Argumente hatte ich nichts entgegenzusetzen. Zette hat recht: Wenn Oscar einen Hoffnungsschimmer für »Les Cigognes« darstellen kann, muss man ihn unbedingt hierherbringen. Ein wenig nervös rücke ich mein Stirnband zurecht, das meine Lockenmähne zusammenhält, und durchquere die Eingangshalle. Rémy wird glücklich sein! Er wünscht sich nichts sehnlicher als etwas Veränderung, und wenn Zettes Mauscheleien Erfolg haben, dann werden unsere ›lieben Omas und Opas‹ demnächst ganz schön wach gerüttelt.

Ein rascher Blick zur Wanduhr hinüber zeigt mir, dass ich alles andere als früh dran bin. Mu ist stets sehr pünktlich, und sie hat ihrer Schwester Bescheid gegeben, dass sie zum Kaffeetrinken aufkreuzen wird. Ich lege einen Zahn zu, grüße im Vorbeigehen zu den Bewohnern hinüber, die im Aufenthaltsraum Schach oder Dame spielen, und erreiche den Besuchereingang.

Oscar muss gleich auftauchen.

Plötzlich ist mein Mund ganz trocken. Ich habe ihn ewig nicht gesehen und mich in seiner Gegenwart nie besonders wohlgefühlt. Er wirkt seltsam kühl und abweisend. Obwohl er nur fünf Jahre älter ist als ich, komme ich mir neben ihm wie ein kleines Mädchen vor. Er sieht abgehärmt aus. Womöglich sind seine Gesichtszüge von den vielen Problemen und nicht zuletzt auch der Scheidung gezeichnet. Aber so gesehen hätte auch ich vorzeitig altern können. Vor allem, weil ich mit achtzehn Jahren Mutter geworden bin. Ich habe jede Menge Probleme gehabt, und ich habe mich ihnen gestellt, ohne mich vollkommen von ihnen aufsaugen zu lassen. Oscar vermittelt hingegen den Eindruck, ein Schwamm zu sein, der von Gewissensbissen und Kummer trieft. Man bekommt geradezu Lust, ihn mit aller Kraft auszupressen, um herauszubekommen, was ihn so griesgrämig macht. Ich habe da meine Zweifel, ob man einen solchen Vogel hier im Altenheim braucht!

Trotzdem, wenn Zette der Meinung ist, dass er uns helfen kann, will ich das erst einmal glauben. Ich kenne sie gut genug, um zu wissen, dass ihre Mutterliebe sie keineswegs blind macht. Als sie von ihrem Plan sprach, lag ein intensives und aufrichtiges Leuchten in ihren Augen. Ohne dieses Leuchten hätte ich mich nicht darauf eingelassen, ihr zu helfen. Es ist schwer, über die Hoffnung hinwegzusehen, die im Blick eines älteren Menschen schimmert.

»Guten Tag, Mauricette! Was für eine Überraschung, dich zu dieser Zeit hier anzutreffen!«, ruft Mu erfreut und umarmt mich.

Ich weiß, dass ich Zettes Plan zuwiderhandele, aber ich sehe mich außerstande, ihren Sohn ins offene Messer laufen zu lassen. Er könnte mir das auch sehr übelnehmen. Zette hat ihren Coup gelandet, denn ihr Sohn ist hergekommen. Jetzt ist es sicher besser, wenn er sich nicht noch stärker manipuliert fühlt und eine eigene Entscheidung treffen kann. Ich gehe ein Risiko ein, aber ich bin bereit, alle Konsequenzen zu tragen.

»Kommt mit mir, alle drei. Wir haben nicht viel Zeit.«

»Wo ist denn der Notar? Zette hatte mir doch gesagt …«

»Vertrau mir einfach, Mu, du wirst es nicht bereuen.«

»Seltsamer Empfang«, stellt Oscar fest. »Du bist nicht zufällig Notar oder Gerichtsvollzieher geworden?«

»Nein, und wenn es dich beruhigt – du wirst heute weder den einen noch den anderen zu Gesicht bekommen. Aber reg dich nicht auf, deine Mama will nur das Beste für dich.«

Oscar zieht die Augenbrauen hoch. Er hat allen Grund, überrascht zu sein. Ich habe mich für meine Verhältnisse sehr taktvoll ausgedrückt, um ihn zu beschwichtigen. Das passt eigentlich gar nicht zu mir, denn normalerweise sage ich ziemlich unverblümt meine Meinung. Bei unseren wenigen Begegnungen hat er sicher schon festgestellt, dass ich nicht dazu neige, Süßholz zu raspeln. Aber weil Zette mich darum gebeten hat, gebe ich mir heute Mühe.

Ich gehe voraus und schlage den Weg zur Vorratskammer neben der Küche ein. Dort wird uns zumindest niemand stören. Außerdem könnte ich Oscar immer noch mit einer Pfanne umhauen, wenn er sich dazu entschließt, Zettes Pläne zu durchkreuzen!

So stehen wir schließlich zwischen Bergen von Kartoffeln und Zwiebeln sowie von der Decke herunterbaumelnden geräucherten Würsten einander gegenüber. Hier fühle ich mich auf meinem eigenen Terrain und das flößt mir Zutrauen ein. Oscar verschränkt die Arme vor der Brust und mustert mich mit einem Anflug von Verärgerung. Ich habe es genau gesehen. Der Schlauberger mag es nicht, wenn man ihn in die Irre führt. Jetzt muss ich aufpassen, dass er sich nicht rundweg angeschwindelt fühlt.

»Ich komme doch lieber ohne Umschweife zur Sache: Zette hat euch alle verschaukelt. Sie hat sich einen Trick ausgedacht, um euch zusammenzubringen. Es geht weder um den Verkauf des Hauses noch um eine Änderung ihres Testaments. Zette geht es bestens und sie ist vollkommen klar im Kopf.«

Ich sehe, wie Mus Kiefer wortlos nach unten klappt, so schockiert ist sie.

»Halt, warte mal«, sagt Oscar. »Du meinst, ich bin … völlig umsonst hierhergekommen?«

»Keineswegs. Ihr seid beide hier, weil ihr Zette fehlt und sie euch braucht. Sie möchte gern, dass du, Mu, sie öfter besuchst. Sie weiß, dass du diesen Ort nicht magst, aber sie ist davon überzeugt, dass auch du irgendwann die Vorteile einer solchen Einrichtung sehen wirst …«

Oscar fährt sich mit zitternder Hand über die Stirn. Er hat Mühe, seiner Gefühle Herr zu werden. Der Ärmste ist verblüfft, aber gleichzeitig sehe ich auch einen Anflug von Erleichterung in seinen Zügen. Die Sorge, seine Mutter nicht mehr wohlbehalten anzutreffen, ist von ihm gewichen.

»Es kommt überhaupt nicht infrage, dass ich hier einziehe …«

»Jetzt atme erst mal tief durch, Mu. Im Moment geht es lediglich darum, mit Zette und ihren neuen Freunden eine Runde Belote zu spielen.«

»Da hätte sie nur zu Hause bleiben müssen! Ich warte jeden Tag zur Kaffee-und-Kuchen-Zeit auf sie! Sie war schließlich diejenige, die mich im Stich gelassen für ihren Gégé!«

»Du hast wohl vergessen, dass die Initiative von dir ausging. Du hast Gégé eingeladen, mit euch zu spielen. Dass du nicht so leben willst wie deine Schwester, sollte dich nicht davon abhalten, sie zu besuchen. Ich arbeite hier, ich kann dich mitnehmen, wann immer du willst. Das habe ich dir schon so oft vorgeschlagen, aber du findest immer wieder eine andere Entschuldigung. Doch heute ist Schluss damit, es gibt keine Entschuldigung mehr! Man wartet bereits auf dich zum Kartenspielen. Du tust gut daran, nicht abzulehnen! Ich habe extra einen Kirschkuchen für diesen Anlass gebacken.«

»Ich weiß nicht, da muss ich erst mal überlegen …«

»Schluss jetzt, das ist doch viel besser als ein Treffen mit einem Notar! Zette weiß, dass du der Versuchung nicht widerstehen kannst, ihr vor ihren Freunden zu zeigen, wo es langgeht.«

Mu unterdrückt ein Lächeln, bevor sie zur entscheidenden Frage ausholt:

»Wie sieht es denn mit einem Bierchen aus in euerm Aufenthaltsraum?«

»Die Bewohner dürfen ein Bier am Tag trinken, und das tun sie meistens beim Kartenspiel.«

Ein kühles Glas Bier, ihre Schwester in Reichweite, die Aussicht aufs Kartenspielen – das zaubert das Lächeln zurück auf Mus Gesicht.

»Anthony, du kennst dich doch schon gut aus hier. Könntest du deine Tante begleiten? Ich muss noch etwas mit deinem Vater besprechen.«

Anthony gehört jetzt schon so lange zu meinem direkten Umfeld. Als kleiner Junge spielte er mit meinen Töchtern im Garten seiner Tante Mu. Jetzt, wo wir Nachbarn sind, ist es mir stets eine Freude, ihn zum Essen einzuladen, wenn er nicht gerade damit beschäftigt ist, an seinen Liedern zu feilen oder Auftritte zu planen.

Er klopft mir sogleich einvernehmlich auf die Schulter, während sein Vater uns wie versteinert beobachtet. Es sieht so aus, als sei ihm gar nicht klar, welch innige Verbindung sein

Sohn zu seiner Großmutter hat. Er war sehr viel früher in ihre Pläne eingeweiht als ich!

Jetzt stehe ich Oscar gegenüber. Er hat sich nicht einen Zentimeter bewegt und fingert nervös an einer Stange Lauch herum, die über ein Regalbrett hinausragt.

»Lass diesen Lauch in Ruhe. Er hat dir nichts getan.«

»Hast du Angst, dass ich dich damit erschlage?«

Jetzt bleibt mir allerdings die Spucke weg. Mit einer solchen Retourkutsche hatte ich nicht gerechnet, obwohl ich ja einen ähnlichen Gedanken auf dem Weg hier in die Vorratskammer hatte. Freilich würden Pfannen weitaus größere Schäden anrichten. Diese Anekdote behalte ich aber lieber für mich, wenn ich verhindern will, dass Oscar gleich das Weite sucht.

»Denk nicht, dass dein Sohn etwas gegen dich im Schilde führt. Er wollte nur seiner Oma helfen. Da musst du jetzt durch. Zette hat das große Ganze im Blick gehabt und sich Gedanken gemacht, wie es mit dir weitergehen soll.«

»Jetzt mal unter uns, was soll dieses abgekartete Spiel? Anthony hatte Mühe, sich nicht zu verhaspeln. Und jetzt würde ich gern noch begreifen, warum sie dich als Mittlerin benutzt?«

»Ich bin ihr zuvorgekommen. Zette weiß nicht, dass ich hier mit dir rede. Sie wollte dich ins kalte Wasser werfen, aber ich fand dieses Vorgehen zu brutal.«

»Je mehr du sagst, desto mehr glaube ich, dass sie tatsächlich nicht mehr ganz bei Verstand ist!«

Jetzt ist der Augenblick gekommen, alles auf den Tisch zu bringen. Gut möglich, dass meine Worte wie eine Bombe einschlagen, aber Oscar wird sich von meinem Gemüse und einigen Konservendosen weniger in die Enge gedrängt fühlen als von unbekannten Menschen.

»Das habe ich auch erst geglaubt, als sie mir erzählte, dass sie ein gefälschtes Bewerbungsschreiben auf den Tisch der Leiterin gelegt hat. Du bist hier, um ein Vorstellungsgespräch mit ihr zu führen, weil du angeblich der künftige Wassergymnastik-Lehrer unserer Einrichtung werden willst.«

Oscar lacht los. Ein nervöses Lachen, aus dem ich aber auch so etwas wie Erleichterung heraushöre.

»Mein Gott, Mama! Ich hätte mir denken können, dass sie einen Weg sucht, um mich aus meinen vier Wänden herauszulocken.«

»Wenn es darum geht, etwas auszuhecken, ist sie ziemlich begabt«, gebe ich zu. »Aber was die Ausführung betrifft, da geht sie ein wenig grobschlächtig vor. Sie wollte dich nicht vorwarnen. Ich fürchte allerdings, dass dieses Vorgehen nicht zum Erfolg führen wird und du dann vor der Leiterin dumm dastehst.«

»Du glaubst doch nicht ernsthaft, dass ich mich auf so etwas einlasse! Das ist ja total verrückt! Ich kann unmöglich von einem Tag auf den anderen alles stehen und liegen lassen.«

»Was meinst du denn damit? Eine Wohnung im Dunstkreis von Paris, eine langweilige Arbeit? Man kann durch alte Menschen so viel lernen, du wirst reich belohnt durch sie.«

»Ich glaube kaum, dass ich mich auf so etwas einlassen könnte. Ich bin fortgegangen, um meine Vergangenheit zu vergessen, und jetzt bin ich schon wieder drauf und dran, in sie einzutauchen …«

»Was wäre schlecht daran, wenn du wieder in deine frühere Leidenschaft eintauchst? Zette wollte mit ihrer Aktion dem Heim etwas Gutes tun, aber dir genauso. Sie hat Anthony gebeten, in früheren Briefen von dir nachzusehen, als du eine Arbeit als Animateur in einem Erlebnisbad gesucht hast. Sie meinte, dass er dort Anregungen für die ›Bewerbung‹ finden würde. Du kannst übrigens stolz auf ihn sein, was das Schreiben angeht. Und schließlich denkt Zette, dass du hier viel besser aufgehoben wärst als – ich zitiere – in deinem ›gottverlassenen Loch‹.«

Oscar verdreht die Augen. Er ist blass. Offensichtlich treffen ihn Zettes Worte, und zwar viel mehr, als ich gedacht hätte. Er ist verletzt. Das ist ein gutes Zeichen. Sein Leben muss alles andere als rosig sein.

Er verharrt einen Augenblick schweigend und schaut ins Leere. Er denkt nach, wägt wohl das Für und Wider ab. Zettes Vorschlag hat ihn offensichtlich durcheinandergebracht. Man spürt, dass er kurz davor ist, nachzugeben, ein wenig so, als hätte er sich bereits damit abgefunden, im Elsass zu bleiben.

»Meine Mutter wollte mir tatsächlich ein Bewerbungsgespräch aufzwingen, ohne mich einzuweihen?«, fragt er schließlich.

Ich lächle. In seiner Niedergeschlagenheit ist er fast schon liebenswert. Ich habe ihn mit meiner Aktion aber auch vor einer wilden Achterbahnfahrt bewahrt.

»Zette macht keine halben Sachen. Im Grunde stimmt es doch, dass es ihr nicht gelungen wäre, dich mit der bloßen Bitte um ein Gespräch hierher zu locken. Du hättest ihr ins Gesicht gelacht. Jetzt aber, wo du hier bist und mit ihren Sorgen und denen deines Sohnes konfrontiert wirst, da gerätst du schon ein wenig ins Wanken und lässt dich vielleicht wirklich auf diese Erfahrung ein.«

»Versuch nicht, das Denken für mich zu übernehmen.«

»Entschuldige, ich sage nur, was ich empfinde und was ich sehe. Ich habe zwei Töchter; wenn ich sie enttäuscht hätte und man mir die Möglichkeit böte, etwas wiedergutzumachen, dann würde ich die Gelegenheit beim Schopf packen. Jedes Elternteil braucht die Liebe seiner Kinder …«

»Was hat denn diese Arbeit mit Anthony zu tun?«

»Wenn du hier arbeitest, wärst du in seiner Nähe. Abgesehen davon kommt dein Sohn häufig ins Heim und musiziert hier, um etwas Abwechslung in den Alltag der Bewohner zu bringen.«

Oscar setzt sich auf eine Trittleiter und schweigt wieder. Ich bin zu schnell vorgeprescht. Er saust bereits auf der Achterbahn in die Tiefe und ist unten angekommen.

»Komm schon, Oscar, reiß dich zusammen. Die Leiterin wartet auf uns. Wir sollten keinen schlechten Eindruck machen.«

»Glaubst du ernsthaft, dass ich mich darauf einlasse, dieses Gespräch zu führen?«

»Keine Ahnung. Das entscheidest du. Auch wenn das jetzt ein wenig kitschig klingen mag, hör auf dein Herz.«

Er steht auf und fährt sich mit einer Hand durch seine Haare. Schlecht rasiert, schlecht frisiert, grau meliertes Haar, müder Blick. Vermutlich ist er nachts gefahren, und Mu hat ihn mit dem verführerischen Sauerkraut von gestern Abend vollgestopft. Mit vollem Bauch schlafen zu gehen ist eine elsässische Tradition, die Mu hingebungsvoll pflegt.

»Du solltest heute Abend früher ins Bett gehen. Du siehst ganz schön *schlass*, ganz schön erledigt aus.«

Ein zaghaftes Lächeln schleicht sich in Oscars Gesichtszüge, und er versucht jetzt, etwas Ordnung in seine Haare zu bringen.

»*Schlass*«, wiederholt er. »Ich muss zugeben, dass mir die elsässische Unverblümtheit gefehlt hat.«

»Sieht ganz so aus, als hätte dir Mus Sauerkraut nicht weniger gefehlt: Ein Knopf von deinem Hemd ist aufgesprungen.«

Er kümmert sich nicht darum.

»Wassergymnastiklehrer für betagte Menschen. Das ist vermutlich weniger langweilig als mein bisheriger Job, nicht wahr?«

Ich lächele. Geschafft, seine Begeisterung für Chlor und Wasser gewinnt Oberhand. Oscar kann sich nicht selbst verleugnen. Er ist dafür gemacht zu schwimmen und seine Begeisterung für diese Bewegungsform weiterzugeben, nicht dafür, tatenlos auf dem Sitz eines Bademeisters festzuhängen.

»Ganz sicher! Unsere Alten sind wie Kinder. Sie brauchen Unterhaltung und Aktivität, um auf Trab zu kommen. Zette hat mir erzählt, dass du früher einmal solche Kurse für Kinder gegeben hast. Da werden sicher Erinnerungen bei dir wach.«

»Allerdings. Ich habe diese Arbeit sehr gern gemacht.«

»Warum zögerst du dann noch? Bleib hier! Zette wird glücklich sein, wenn du hier bei uns bist.«

Ich öffne die Tür der Vorratskammer und bedeute ihm, mir zu folgen. Oscar wirkt zwar ein wenig widerwillig, aber er überwindet sich dann doch. Ich spüre, dass unsere Unterhaltung ihre Wirkung getan hat.

Gemeinsam gehen wir den Flur entlang, der zum Büro von Iris führt, der Heimleiterin. Als wir am Aufenthaltsraum vorbeikommen, sehe ich dort Mu gemeinsam mit Zette auf einer Bank sitzen. Als ihr Blick auf uns fällt, steht sie auf und hält uns an.

Oscar erstarrt. Zette trägt eine feine weiße Leinenkombination. Ihre langen weißen Haare fallen lockig bis auf die Bluse herab. Sie lächelt ihn zärtlich an – ein Lächeln, wie nur eine Mutter es ihrem Kind schenken kann.

»Guten Morgen, *mi liebe Bua*, mein lieber Sohn.«

Oscars Augen werden feucht. Rasch fährt er sich mit dem Handrücken darüber. »Du hast mir ganz schön Angst eingejagt. Das hättest du mir wirklich ersparen können.«

Ruhig und mütterlich kommt sie auf ihn zu.

»Es sieht ganz so aus, als hätte Momo das Geheimnis schon ausgeplaudert.«

»Immer noch besser, als mich vollkommen unvermittelt unter Zugzwang zu setzen. Mir ist es schon lieber, wenn man mir die Wahl lässt …«

»Hätte ich dich einfach nur gebeten zu kommen, wärst du jetzt nicht hier. Da musste man schon schärfere Geschütze auffahren. Ich brauche jemanden, der hier am Schwimmbecken Kurse gibt und für etwas Bewegung sorgt. Und ich weiß, dass du der Beste dafür bist.«

»Und du bist sicher, dass das kein Vorwand ist, um mich in deiner Nähe zu behalten?«

»Es geht nicht immer nur um mich«, antwortet sie und legt eine Hand an die Wange ihres Sohnes. »Wir alle können deinen kreativen Geist, deine Erfahrung und dein Wissen gebrauchen. Wir sind alt, wir langweilen uns in unserem Alter recht schnell, und wir achten nicht auf unseren Körper und unsere Fitness. Ich will mich rüstig und stark fühlen, ich will mich lebendig fühlen – und das mit deiner Unterstützung.«

»Da legst du die Latte aber ganz schön hoch, Mama …«

»So hoch liegt sie gar nicht. Ich weiß sehr gut, wozu du fähig bist. Es wäre durchaus an der Zeit, dass du deine Talente nutzt, um deinen Lieben zu helfen.«

»Ich will kein Spaßverderber sein, aber ich warte schon eine ganze Weile auf Sie«, macht sich Iris, unsere Leiterin, bemerkbar. »Wenn mein Büro Ihnen unangenehm ist, können wir das Gespräch auch hier führen.«

Wir folgen ihr in das kleine mit Papierkram und Kartons vollgestopfte Zimmer. Niemand bemerkt, dass auch ich dabei bin. Iris fährt sich durch das kurze rote Haar, was sie ein wenig aussehen lässt wie Julia Roberts in *Hook*. Eine echte Fee, hochgewachsen und mit einem strahlenden Lächeln, wie ›Glöckchen‹ eben in besagtem Film. Ich sehe beinahe schon vor mir, wie sie hin und her tanzt und dabei »La vie en rose« singt. Auf den ersten Blick wirkt Iris herzlich und zuvorkommend.

»Bitte entschuldigen Sie«, sagt Zette, »ich habe meinen Sohn eine ganze Weile nicht gesehen!«

»Nun, ich hoffe, dass er ab jetzt öfter bei Ihnen vorbeischaut«, antwortet Iris lächelnd. »Monsieur Klein, nehmen Sie doch bitte Platz.«

Oscar setzt sich auf einen Stuhl dem Schreibtisch der Heimleiterin gegenüber. Zette ebenso. Ein wenig ratlos lehne ich mich an die Wand, verschränke in meiner Verlegenheit die Arme vor der Brust und hoffe, dass ich nicht auffalle.

»Es ist tatsächlich so, dass wir nur recht schwer Personal für die Freizeitgestaltung unserer Einrichtung finden. Ich muss zugeben, dass es mich umso mehr erstaunt hat, ein Bewerbungsschreiben von Ihnen zu erhalten. Ich habe meine Zweifel, ob Sie bei hinfälligen Menschen Ihr Glück finden. Sie haben schließlich renommierte Teams trainiert. Es kann gut sein, dass diese Arbeit Sie langweilt.«

Autsch, Iris versucht, ihm eine Falle zu stellen. Das geht schon einmal schlecht los.

Oscar lässt seinen Blick etwas haltlos durch den Raum schweifen, als suche er irgendwo Hilfe, bis sich schließlich sein Blick mit dem seiner Mutter kreuzt. Ein Dialog ohne Worte entspinnt sich zwischen beiden. Zettes Hand nähert sich vorsichtig der ihres Sohnes, fasst nach dieser und drückt sie dann fest, als wolle sie ihm befehlen zu antworten und ihm begreiflich machen, dass er sie nicht im Stich lassen soll.

»Da kennen Sie mich schlecht«, bringt er mühsam hervor. »Zu Beginn meiner Karriere habe ich mich um junge Schwimmer gekümmert. Ich habe es geliebt, ihnen die Begeisterung für den Schwimmsport zu vermitteln, und mein gegenwärtiger Job als einfacher Bademeister erlaubt mir das nicht. Da wäre eine Arbeit hier weitaus interessanter.«

»Was genau interessiert Sie denn daran? Ihr Lebenslauf ist mehr als bemerkenswert. Warum sollte ein Mann wie Sie versuchen, sein Glück in einem bescheidenen Altenheim zu finden? Ich weiß auch, dass Sie derzeit Angestellter in einem einfachen öffentlichen Schwimmbad sind. Wollen Sie am Ende einfach nur ein paar Gänge herunterschalten?«

Die Stimmung ist nicht gerade herzlich. Iris hegt ein ganz schönes Misstrauen. Sie scheint Zweifel an den Beweggründen des ehemaligen Schwimm-Champions zu haben und versucht, ihn unter Druck zu setzen. Und das gelingt ihr auch. Ich sehe, wie es um die kleine Vene an Oscars Schläfe herum zuckt.

»Machen Sie sich nicht die Mühe, mich so auszuquetschen«, platzt er heraus. »Ich habe diesen Brief nicht geschrieben. Ich habe gerade erst erfahren, dass meine Mutter alles eingefädelt hat, damit ich zurückkomme. Um aufrichtig zu sein, ich habe das Elsass in den letzten Jahren gemieden, weil ich mich vor Verurteilungen fürchtete. Heute begreife ich zumindest eine Sache: Meine Familie braucht mich und ich brauche sie.«

Oscar hat jetzt beide Hände seiner Mutter gefasst. Trotzdem schafft er es nicht, ihr in die Augen zu sehen. Er hat die Lider geschlossen, ohne Zettes Hände loszulassen, führt sie an seine Lippen. Dieser zärtliche, liebevolle Kuss ist der eines reumütigen Sohnes.

»Ich möchte gern hier unterrichten, wenn ich dadurch vielleicht zu einem besseren Menschen werde.«

»Zu einem besseren Menschen?«, wiederholt Iris. »Wie sollte eine Beschäftigung als Animateur und Trainer einen guten Menschen aus Ihnen machen?«

»Der Sport verbindet Menschen, er gestattet es ihnen, zusammenzukommen und gemeinsam sehr intensive Gefühle zu empfinden. Ich kann Ihnen versichern, dass Ihre Bewohner sich durch eine angemessene sportliche Betätigung sehr viel lebendiger fühlen werden. Und ich mich selbst vermutlich auch.«

»Sie meinen gewissermaßen ein Glück durch Teilhabe?«

»Genau. Wenn diese Menschen sich dank einer sportlichen Betätigung besser fühlen, würde mich das sehr glücklich machen.«

Iris lächelt. Oscar spricht mit großer Aufrichtigkeit, und das gefällt ihr. Sie weiß Menschen zu schätzen, die sich mit Überzeugung und Einsatz den alten Menschen widmen und nicht nur wegen eines festen Gehaltes hier arbeiten. Man muss mit dem Herzen und mit sehr viel Liebe dabei sein, wenn man in diesem Berufsfeld arbeitet.

»Die Stelle ist ab sofort frei«, verkündet Iris. »Ich weiß, dass Ihre Kompetenzen unsere Erwartungen bei Weitem übersteigen, aber wir werden alles tun, damit Sie sich bei uns wohlfühlen.«

»Das war alles? Einem Vertrag mit mir steht nichts mehr im Wege? Geht das tatsächlich so schnell?«

»Monsieur Klein, unser Schwimmbecken wird seit sechs langen Monaten nicht mehr richtig genutzt. Wir brauchen jemanden, der den Betrieb wieder in Gang bringt. Es ist offensichtlich, dass Sie überqualifiziert sind. Also ist die entscheidende Frage: Wollen Sie diese Stelle oder nicht?«

»Ja«, sagt er mit Nachdruck.

Zette stößt einen Seufzer der Erleichterung aus. Der Zauber hat gewirkt.

»Gut«, fährt Iris fort. »Dass es sich lediglich um einen Vertrag für ein paar Stunden pro Woche handeln kann, ist Ihnen hoffentlich klar. Sie müssten also eine zweite Anstellung finden …«

»Ich möchte nicht für Geld hier arbeiten. Stellen Sie mich als ehrenamtlichen Mitarbeiter ein.«

Iris staunt nicht schlecht, fasst sich aber rasch wieder. Mein Herz schlägt bis zum Hals. Diese Aussage von Oscar poliert sein Image endgültig auf.

»Ihre Entscheidung ist sehr ehrenwert, ich danke Ihnen für Ihre Großherzigkeit. Was Ihre Anstellung betrifft, so geht es nicht darum, Schwimmkurse zu geben, sondern eher so etwas wie Wassergymnastik. Unsere betagten Bewohner brauchen eine Aktivität, die den ganzen Körper sanft stimuliert. Ich kann Ihnen jedoch nicht mehr als zehn Stunden pro Woche anbieten. Allerdings suchen wir, wenn das für Sie infrage kommt, immer Freiwillige, die unseren Bewohnern Gesellschaft leisten. Geschichten vorlesen, ihnen einfach nur zuhören, mit ihnen spielen oder was auch immer Ihnen sonst noch an Aktivitäten einfällt. Außerdem kann ich Ihnen ein kostenloses tägliches Mittagessen bei uns anbieten. Unser Restaurantbetrieb ist ganz ausgezeichnet, und Mauricette ist eine hervorragende Köchin. Sie werden begeistert sein.«

Oscar unterdrückt mühsam ein Lachen.

»Wenn ich gewusst hätte, dass man mich mit Nahrung zu ködern versucht! Ein so originelles Argument habe ich tatsächlich noch nie gehört!«

»Die Angestellten hier sind sehr glücklich über diese Zusatzleistung. Sie werden nicht enttäuscht sein. Momo ist die reinste Küchenfee. Nun, wie sieht es aus?«

»Ich sage zu, unter der Bedingung, dass ich einmal pro Woche das Menu aussuchen darf. Auch die Liebe zum Job geht durch den Magen!«

6

Pinot gris und Schlaflosigkeit

Wie soll man nach einem solchen Tag in den Schlaf finden? Ich habe die letzten Jahre damit verbracht, in einem unvollständigen Puzzle herumzuirren, und jetzt bin ich wieder in meine Heimat zurückgekehrt, halte die fehlenden Teile in der Hand, und mir wird geradezu angst bei der Vorstellung, sie dort einzufügen, wo sie hingehören, um endlich meinen Weg vor mir zu sehen.

Diese Teile – mein Sohn, meine Mutter und meine Heimat – hatte ich beiseitegelegt, aus Angst, mit der Realität konfrontiert zu werden. Jetzt ist es geschehen! Meine verrückte Erzeugerin ist mir zuvorgekommen. Und nun sitze ich hier hellwach um zwei Uhr morgens in der Küche von Tante Mu und nasche von einem mit Liebe gebackenen Apfelkuchen.

Noch gestern habe ich mich auf meinem Posten im Schwimmbad »Les Coquelicots« gelangweilt und eine Veränderung herbeigesehnt, ein Ereignis, das mich dieser dumpfen Niedergeschlagenheit entreißen könnte. Die Idee hierherzukommen war mir allerdings nicht gekommen, zumindest nicht so rasch und unvermittelt. Dennoch weiß ich, dass ich die richtige Entscheidung getroffen habe. Mauricette hat mir dabei geholfen, mich aus freien Stücken auf alles einzulassen. Hätte ich in Iris' Büro plötzlich ahnungslos meiner Mutter gegenübergesessen und mich gewissermaßen vor vollendeten Tatsachen gesehen, dann hätte ich allenfalls mit reichlich Magenschmerzen akzeptiert, allein aus der Angst heraus, meine Mutter erneut zu enttäuschen. So hingegen habe ich die Entscheidung selbst getroffen – auch wenn Mama die Falle ausgelegt hat.

Es fällt mir schwer zuzugeben, dass ich mich in der Nähe meiner Familie besser fühle als ganz allein. Es schmerzt, wenn man sich selbst eingestehen muss, eine falsche Entscheidung getroffen und an dieser jahrelang festgehalten zu haben. Aber genauso ist es, und das verstärkt meine Schuldgefühle noch. Vor allem gegenüber Anthony.

Missmutig lese ich einen Krümel des Mürbeteigs auf und warte, bis er unter meiner Zunge zergeht. Währenddessen tauchen lang vergessene Bilder aus meiner Kindheit vor meinen Augen auf und spenden wohltuende Wärme. Hier bin ich an meinem Platz. Dass ich diese Tatsache so lange nicht wahrhaben wollte, hat mich mir selbst fremd werden lassen. Jetzt muss ich nur noch herausfinden, ob ich bereit bin, wieder der zuversichtliche und in sich ruhende Mensch zu werden, dessen Traum es früher einmal war, im Ruhestand ein Schwimmbad zu eröffnen, um dort den Bedürftigsten das Schwimmen beizubringen.

Hinter mir knarzt die angelehnte Tür. Ich rechne damit, Schötzi schlurfend hereinkommen zu sehen, aber auf den weißen Bodenfliesen zeichnet sich der Schatten einer kleinen Frau mit lockigem Haar ab.

»Was für ein Tag, nicht wahr?«

»Das kannst du laut sagen.«

»Da braucht es mehr als einen Apfelkuchen, um alles zu verdauen«, sagt sie und geht zum Kühlschrank hinüber.

Sie trägt einen schlichten rosafarbenen Kimono, der so lang ist, dass er ihre Beine vollständig bedeckt. Ich muss beinahe lachen: Man könnte meinen, sie hätte das Kleidungsstück ihrer hochgewachsenen Chefin gestohlen, denn sie versinkt förmlich in dem riesigen Gewand.

Sie setzt sich vor mich und stellt zwei Weingläser und eine Flasche Pinot auf den Tisch.

»Bedienst du dich oft an Mus Kühlschrank? Ganz schön dreist für eine Mieterin!«

»Hier handelt es sich ja wohl um höhere Gewalt«, erwidert sie und zwinkert mir zu. »Ich höre schon seit Stunden, wie du auf und ab gehst, und meine Töchter schlafen. Da habe ich gedacht, dass du vielleicht etwas Gesellschaft brauchst … und den Pinot hat Mu extra für dich kühl gestellt. Sie hat alles vorbereitet, damit du dich wohlfühlst. Also, wie sieht es aus? Trinkst du ein Glas mit der Person, die du am Schlafen hinderst?«

»Mir scheint, ich habe keine andere Wahl.«

»Im Grunde hat dir seit deiner Ankunft niemand eine Wahl gelassen. Also stoßen wir auf Zette an, ohne die du nicht hier wärst … in mehr als einer Hinsicht.«

Ich greife nach dem Glas, das sie mir reicht, und nehme den Trinkspruch an.

»Auf Zette.«

»Auf das Schicksal«, setze ich noch hinzu, bevor ich das Glas an die Lippen führe.

Der Wein ist säurearm und passt mit seinem reichen Körper ganz wunderbar zu der fruchtigen Tarte, die ich gerade gekostet habe. Beides ist weich und geschmeidig. Ich verstehe jetzt besser, warum ich so verbittert geworden bin. Die Entfernung hat mich verändert. Die Menschen, die in dieser Ecke Frankreichs leben, haben alle das gleiche Funkeln in den Augen und das gleiche offene und mitfühlende Lächeln. Sie hören zu und helfen einander, ohne sich dadurch belästigt zu fühlen. Mauricette verhält sich mir gegenüber freundschaftlich-vertraut. Sie hat sich nicht die Mühe gemacht, sich umzuziehen oder zu frisieren, sondern zeigt sich vollkommen natürlich. Im Schutz der Nacht erscheint sie als bescheidene und freundliche Frau, die sich um den Mann sorgt, der in der Küche im Stockwerk unter ihr das Grübeln nicht lassen kann.

»Aber trotzdem, du musst vollkommen durcheinander sein nach all den Wendungen; ich an deiner Stelle könnte da auch nicht schlafen.«

»Dabei habe ich ja noch Glück gehabt, dass du mich unter deine Fittiche genommen hast.«

Sie sieht von ihrem Glas auf und schenkt mir ein breites Lächeln.

»Ich habe das für deine Mutter getan. Ich kenne Zette schon so lange, und ich kann ihr keinen Wunsch abschlagen, schon gar nicht, wenn ich sie damit glücklich mache.«

»Verbringst du viel Zeit mit ihr, wenn du dort arbeitest? Geht es ihr … gut?«

Mauricette beugt sich vor, um sich ein Stückchen der Tarte zu nehmen. Sie sieht aus wie eine Göre, die nachts in die Küche schleicht, um ein wenig Süßes zu stibitzen. Meine Tante liebt diesen Menschenschlag. Leckermäuler, die sich nichts versagen und die gute Küche schätzen, haben eine beruhigende Wirkung auf sie. Mu fühlt sich nützlich, wenn sie die Geschmacksknospen ihrer Freunde erfreuen kann. Da ist es nicht weiter erstaunlich, dass sie diese Mieterin ausgewählt hat.

»Deiner Mama geht es blendend. Sie hat einfach den besten Weg entdeckt, ihren Sohn in ihrer Nähe zu haben. Eines ist sicher: Sie ist sehr stolz auf dich und hat absolutes Vertrauen in deine Kompetenzen.«

»Es ist verrückt, aber mir kommt es vor, als befände ich mich in einer anderen Dimension. Versteh mich nicht falsch, aber ich habe das Gefühl, dass wir seit fast vierzehn Jahren zum ersten Mal offen miteinander reden … Ich hätte gedacht, dass ich mich unwohl dabei fühle, aber es kommt mir ganz natürlich vor.«

»Ich werde wohl kaum über Regen oder schönes Wetter mit

dir reden, wenn wir mitten in der Nacht ein Glas Wein zusammen trinken und ich nicht einmal richtig angezogen bin. Das wäre sehr merkwürdig, aber echt! Wo wir schon alle Förmlichkeiten haben fahren lassen, brauchen wir auch kein Blatt vor den Mund zu nehmen!«

Ich muss lachen. Na, darauf lässt es sich doch anstoßen!

»Du hast recht, alles andere wäre absurd. Abgesehen davon werden wir uns bei der Arbeit regelmäßig sehen, und wir laufen uns ja auch schon seit vielen Jahren immer wieder über den Weg. Darf ich mich trotzdem vorstellen: Oscar, vierzig Jahre, geschieden, Egoist und neuer Sportlehrer für die Senioren im ›Les Cigognes‹.«

»Glaub bloß nicht, dass du echte Athleten aus ihnen machst, es wird ihnen einfach guttun, wenn sie ihren Hintern etwas hochkriegen.«

Eine leichte Röte schleicht sich auf ihre Wangen, sie nimmt einen Schluck Wein und wendet den Blick ab.

»Ich habe dich irgendwie redseliger in Erinnerung.«

»Tut mir leid, Oscar. Ich bin auch ein wenig von der Situation überrumpelt worden. Ich hab dich dieses Haus kaum je wirklich betreten sehen. Du warst ja schneller wieder weg als jeder Windstoß, hast dich darauf beschränkt, vorbeizuschauen und deinen Sohn abzuholen, wenn Zette ihn das Wochenende über bei sich hatte. Wir sind so unterschiedlich, du und ich. Du wirkst so, als würdest du dich davor fürchten, Wurzeln zu schlagen, wenn du irgendwo länger bleibst, während ich zu den Menschen gehöre, die gern Kontakte zu anderen aufbauen, und am liebsten will ich dort bleiben, wo ich mich gut fühle. Aber ich bringe die Vorstellungsrunde gern zum Abschluss: Ich heiße Mauricette, bin fünfunddreißig Jahre alt, habe zwei Teenie-Töchter zu versorgen, zehn Kilo zu viel auf den Rippen und ein besonderes Talent für die Herstellung von Backwerk und Kreativität in der Küche. Da verschlägt es dir wohl die Sprache!«

»Mitnichten! Alle kennen deine Fähigkeiten, nur hatte ich noch nie Gelegenheit, deine Gerichte zu kosten …«

»Weil du ständig auf Achse warst«, fällt sie mir ins Wort. »Es lief ja immer gleich ab in den vergangenen Jahren. Wenn du dir die Mühe gemacht hättest, einen der Festtage, und sei es auch nur einen einzigen Heiligabend, mit deiner Mutter zu verbringen, würdest du wissen, dass ich meinerseits nicht einen ausgelassen habe, und dass ich jedes Mal mit ihr zusammen das Essen zubereite. Ortswechsel hin oder her, ich bin davon überzeugt, dass du es vermieden hast hierherzukommen, einfach, weil du am Wochenende zu Atem kommen wolltest zwischen den Dreharbeiten für einen Werbespot und deinem Trainingsprogramm. Du warst am Ende. Da brauchte man dich nur anzusehen, um zu erkennen, dass du geschuftet hast und Ruhe brauchtest.«

»Du meinst, alle wussten, dass ich aus dem letzten Loch pfeife?«

»Oscar, jedem wäre das so gegangen bei deinem Zeitplan. Der war ja schlimmer als der eines Ministers. Man brauchte nur eine Zeitung oder eine Zeitschrift aufzuschlagen, schon warst du zu sehen. Du warst überall gleichzeitig. Da ist es nicht weiter erstaunlich, dass du deine Familie vernachlässigt hast. Aber nun gut, das liegt alles hinter dir. Du wirst dich bei uns wieder fangen. Gelegenheiten wie diese kommen nicht oft im Leben.«

»Allerdings schon eine sehr komische Gelegenheit. Mir einen solchen Bären aufzubinden, das ist kaum zu glauben.«

»Natürlich, niemand lässt sich gern in dieser Weise an der Nase herumführen. Es wäre also durchaus normal, wenn du sauer auf die Drahtzieher dieses kleinen ›geriatrischen‹ Komplotts wärest. Aber sei nicht böse auf deinen Sohn. Hätte Zette ihn nicht überzeugt, ihr zu helfen, hätte er vermutlich keine Anstrengung unternommen, mit dir zu reden.«

Sie kennt meine Familie gut, zweifellos besser als ich.

Ich habe selten eine Frau erlebt, die so direkt ist. Ihr Humor und ihre Art zu reden passt perfekt zu meiner Familie. Man könnte glauben, dass Mauricette eine heimliche Tochter von Mu ist. Dieser Gedanke tut mir gut. Solange meine Tante mit ihr unter einem Dach wohnt, wird sie nicht unter Einsamkeit leiden, und Spaß hat sie auch.

Ich schenke mir ein weiteres Glas ein, ohne Mauricette zu antworten, die sich erneut am Kuchen bedient.

»Du hast unerhörtes Glück, hier mit Mu zusammenzuleben. Mitten in der Nacht ihre Kuchen zu verdrücken, das ist schon ein großartiges Privileg.«

»Ist das vielleicht eine versteckte Art zuzugeben, dass du glücklich über deine Rückkehr bist?«

Ich fahre mir flüchtig durch die Haare. Mama wüsste jetzt sofort, dass ich mich unwohl fühle. Diesen Tick hatte ich schon immer und habe ihn nie abgelegt.

»Ich kann nicht nachtragend gegenüber einer Frau sein, die mich dazu bewogen hat zurückzukommen. Es ist nicht leicht zuzugeben, aber ich habe schon viel zu lange die Augen davor verschlossen, wer ich bin und woher ich komme.«

»Das ist ja ganz schön tiefgründig, wie du das ausdrückst«, sagt sie erstaunt und schaut mich neugierig an.

Ich verschlucke mich beinahe an meinem Glas, so lustig sieht sie aus. Fast wie eine Disney-Figur. Eine Art Eichhörnchen, dessen Neugierde kein Halten kennt und das immer und überall bestens zurechtkommt. Mit anderen Worten, sie zeigt mir, dass ich gerade wirke wie ein tapsiger Teddybär, der sein Herz ein wenig zu sehr ausschüttet.

»Mach dich nicht lustig über mich!«

»Ich mache mich überhaupt nicht lustig. Es hat etwas sehr Anrührendes, wenn du dich nicht hinter deinem Woody-Allen-Gehabe versteckst.«

»Was habe ich denn von Woody Allen? Ich möchte darauf hinweisen, dass ich ein klein wenig größer als 1,50 Meter bin und ungefähr so gesprächig wie ein Fisch, der Beruhigungsmittel eingenommen hat!«

»Ich meinte deine ›freundlich-depressive‹ Seite, aber dein Vergleich ist auch nicht von der Hand zu weisen. Obwohl … eigentlich redest du im Augenblick ganz schön viel.«

»Trotzdem gibt es keine Parallelen. Ich bin nur ein wenig angeheitert.«

»Dann nimm noch ein letztes Glas. Deine Gesellschaft ist ziemlich angenehm, wenn du ein wenig besäuselt bist.«

»Ich verstehe. Vielleicht ziehe ich mich jetzt in mein Zimmer zurück, bevor du dir noch mehr herausnimmst, Mau-ricette!«

»Das ist echt gemein! Wie hast du erraten, dass ich meinen Vornamen nicht ausstehen kann?«

»Ich kann mir vorstellen, dass du als Kind alle möglichen Witze hast einstecken müssen. Aber glaub mir, ich mochte die *Moricettes* immer unglaublich gern. Einfach superlecker, dieses elsässische Laugengebäck, vor allem mit deftiger Mettwurst. Vielleicht versöhnt dich das etwas!«

»Das passt dir jetzt wohl gut in den Kram! Dich mit vierzehn Jahren Verspätung über meinen Namen lustig machen. Wie ein kleiner Lausbub, der nach den Sommerferien etwas zu übermütig in die Schule zurückkehrt.«

Das Lächeln vergeht mir mit einem Schlag.

Wie konnte ich nur so viele Jahre eine solche Distanz halten? Wenn man bedenkt, dass meine Familie meine Abwesenheit hingenommen hat, ohne sie mir jemals wirklich vorzuwerfen …

»Ich wollte dir nicht zu nahe treten. Jeder weiß, was du durchgemacht hast, aber ich bin eben ziemlich unternehmungslustig und grüble nicht so viel. Der Blick zurück, die

Gewissensbisse und die Schuldgefühle führen zu nichts. Es tut mir leid, wenn ich dich jetzt verletzt habe.«

»Jeder trägt sein Päckchen mit sich herum. Manche Menschen haben mehr Kraft, ihren Kummer oder das, was sie quält, anzugehen. Lachen ist ein gutes Mittel, um seine Traurigkeit zu vergessen ...«

»Glaubst du denn, dass ich traurig bin?«, fragt sie ernst.

Trotz ihres verschmitzten Blicks verraten mir die leichten Schatten um ihre Augen herum, dass sie schon allerhand erlebt hat, auch wenn sie noch keine vierzig Jahre alt ist. Hinzu kommt, dass ihre Töchter, wenn ich mich richtig erinnere, fast so alt sind wie Anthony. Frauen, die sehr jung Mutter werden, müssen viel Mut an den Tag legen und schneller erwachsen werden als andere.

»Hinter diesem glücklichen und heiteren Gesicht versteckt sich eine Frau, die gegen alte Dämonen kämpft. Tut mir leid, aber Woody-Allen-Figuren erkennen einander.«

»Du meinst, ich bin eine von denen, die tagsüber wegen allem und jedem lachen und nachts alleine in ihre Kissen weinen?«

»So habe ich das nicht gemeint, außerdem bist du ja nicht allein.«

»Ich sehe weit und breit kein männliches Wesen«, erwidert sie mit zusammengekniffenen Augen.

»Na, ein männliches Wesen hast du im Moment ja vor dir, und einen Freund obendrein. Das ist doch schon mal nicht schlecht.«

»Einen Freund?«

»Ist ein Freund nicht eine Person, mit der man zu höchst ungewöhnlicher Stunde lange Gespräche führen kann?«

»Der Pinot hat mir wohl ein bisschen zu sehr zugezwinkert, mehr kann ich als Entschuldigung nicht vorbringen.«

»Eine ausgezeichnete Entschuldigung, um mich mit deinem Lächeln wieder auf den rechten Weg zu bringen. Ob es nun geplant war oder nicht, ich danke dir auf jeden Fall. Ich habe seit Ewigkeiten nicht mehr gelacht, und auch schon lange nicht mehr so nett mit einer Frau zusammengesessen.«

Ich weiß nicht, ob es das schummrige Licht ist oder meine Fantasie mir einen Streich spielt, aber ich könnte schwören, dass sie rot wird. Dieser Anflug von Schüchternheit zaubert eine natürliche Farbe auf ihre Wangen, die ihre Augen noch strahlender wirken lässt. Mauricette wirkt unversehens wie ein junges Mädchen, und auch ich fühle mich wie ein Schuljunge. Ein Junge, der die Anwesenheit einer gleichermaßen spitzfindigen und einfühlsamen Freundin zu schätzen weiß.

»Ehrlich gesagt, hatte ich ganz schön Bammel, dass du mich direkt abbügelst.«

»Bin ich so Furcht einflößend?«

»Eigentlich nicht«, murmelt sie und senkt den Blick. »Aber du trägst deine Traurigkeit mit dir herum wie die Figuren von Woody Allen, die Trübsal blasen und die …«

»Nur keine Sorge! Ich habe nicht vor, andere Menschen ins Jenseits zu befördern, um mich lebendig zu fühlen.«

»Ach, kennst du seine Filme gut? Ich dachte, du machst mir etwas vor, damit die Unterhaltung nicht ins Stocken gerät.«

»Was ist so Erstaunliches daran, ›Irrational Man‹ gesehen zu haben?«

»Mich erstaunt eher, dass ich jemanden gefunden habe, der meine Vorlieben teilt!«

»Ach, das war nicht schwer! Während du deinen Kuchen gegessen hast, habe ich mal schnell auf meinem Handy nachgeschaut«, flunkere ich.

»Das ist jetzt nicht wahr?«, empört sie sich und steht auf.

»Wer weiß das schon? Ich bin so lange in meiner Höhle gewesen, da musste ich schon etwas unternehmen, um die Unterhaltung in Gang zu halten …«

Sie beißt sich auf die Unterlippe.

»Jetzt hast du den Rest der Nacht Zeit, um darüber nachzudenken, ob ich mich über dich lustig gemacht habe oder nicht. Aber ich gehe jetzt schlafen. In drei Stunden muss ich schon wieder aufstehen, und ich will einigermaßen frisch sein, wenn ich zum ersten Mal auf meine Schüler treffe.«

»Du wirst mich doch jetzt nicht so stehen lassen?«, sagt sie fragend, als ich mich erhebe, um wieder in das Gästezimmer hinüberzugehen, das Mu liebevoll für mich zurechtgemacht hat.

»Das ist kein zu hoher Preis für all eure Machenschaften. Gute Nacht, Mau-ri-cette!«

Ich lasse sie lachend stehen und schließe die Tür hinter mir. Ich weiß, dass sie lächelt.

In meinem Zimmer lege ich mich einigermaßen unbeschwert ins Bett. Ich fühle mich befreit durch die gute Laune meiner freundlichen Arbeitskollegin. Diese drei Stunden Schlaf werden aller Voraussicht nach wohltuender und erfrischender sein als mein Schlaf in den letzten fünf Jahren, in denen ich tagsüber wie benebelt war und mich nachts, geplagt von Gewissensbissen, im Bett gewälzt habe.

7

Erste Schwimmstunde

Noch einmal rasch die Haare kämmen, dann bin ich bereit.

Die Umkleidekabinen sind leer. Die Bewohner sind im Schwimmbecken und warten geduldig auf mich. Es ist mucksmäuschenstill.

Ich habe Angst vor meiner ersten Stunde. Es ist schon so lange her, dass ich zum letzten Mal unterrichtet habe, und damals hatte ich kleine Kinder vor mir, bei denen es hauptsächlich darum ging, ihre überschäumende Begeisterung im Zaum zu halten und die Schwimmflügel richtig anzuziehen. Wie soll ich mich jetzt betagten Personen gegenüber verhalten, die ungefähr im Alter meiner Mutter sind? Und was meine Mutter betrifft, soll ich sie mit ›Mama‹ anreden? Oder bringe ich sie damit womöglich in Verlegenheit vor ihren Freunden? Wird sie mir in aller Öffentlichkeit einen ordentlichen *Schmoutz* verpassen und mich dafür rügen, nicht gut rasiert zu sein? Das ist noch schlimmer als der erste Schultag in der 5. Klasse, an den ich mich noch sehr gut erinnere! Mama hatte darauf bestanden, mich bis ins Schulgebäude zu begleiten, und mich dort – in meinen Augen unendlich lang – geherzt und geküsst und obendrein auch noch einen nicht vorhandenen Fleck von meiner Wange entfernt.

Auf geht's! Es wird schon alles klappen. Im Grunde hätte ich gar nichts gegen einen Kuss einzuwenden. Vielleicht möchte ich sogar etwas bemuttert werden, um mit mehr Selbstvertrauen aufzutreten?

Jetzt dringt ein Raunen und Tuscheln zu mir herüber. Meine Schüler werden ungeduldig. Ich ziehe noch einmal meine Badehose zurecht, lege mir ein Handtuch über die Schulter und durchquere den Umkleidebereich bis zu dem eiskalten Fußbad.

Sie sind alle in dem kleinen Becken. Es sind allerdings nur fünf Personen, und noch hat mich keiner bemerkt. Ich bleibe einen Augenblick abseits stehen und beobachte sie durch ein mit Schwimmnudeln und Schwimmbrettern vollgestopftes Metallregal hindurch. Mit einem prüfenden Blick versuche ich, die Gegebenheiten zu erfassen und mich mit ihnen vertraut zu machen.

Meine neuen Schüler planschen im Chlorwasser herum. Sie bewegen sich in dem kleinen Becken mit langsamen Schritten im Kreis – sehr langsam, und stöhnen bereits dabei hörbar. Manche wirken erschöpft. Es ist halb neun Uhr morgens. Aber wie war das noch mal: Senioren stehen nicht mit den Hühnern auf, oder? Vielleicht sollte ich in Erwägung ziehen, die Unterrichtszeiten zu ändern, denn sie wirken auf mich recht energielos, eher so, als könnten sie eine erste Siesta gebrauchen. Einer von ihnen gibt tatsächlich bereits den ›Toten Mann‹. Jetzt komme ich mir fast vor wie ein Dompteur vor einem Sprung in die Bärengrube, wo zahnlose Grizzlys auf mich warten. Immerhin beißen diese nicht. Sie erinnern mich nur an jene Tiere, die man lange hinter einer Scheibe oder Gitterstäben gehalten hat und die mit traurigem, verstörtem Blick und abgestumpfter Miene die tägliche Langeweile und Leere ertragen.

»Ein trauriger Anblick, nicht wahr?«

Ich drehe mich um und entdecke meine Mutter. Sie trägt einen blauen Badeanzug mit hübschen Fransen auf der Brust, den sie, wenn ich mich recht erinnere, auch während unserer in der Normandie bei Onkel Émile verbrachten Sommerferien anhatte. Aber ich muss wirklich zugeben, dass er ihr immer noch wunderbar steht und das Blau ihrer Augen gut zur Geltung bringt.

»Willst du mich testen?«

Sie zuckt mit den Schultern, bevor sie mir einen Kuss auf die Wange gibt. Einen sanften und zärtlichen Kuss, den nur Mütter zu geben verstehen. Ich habe vielleicht schon vierzig Jahre auf dem Buckel, aber vor ihr bin ich ein kleiner Junge.

»Ich wollte dir einfach nur viel Glück wünschen, aber nicht vor den Augen meiner Mitbewohner.«

»Ist nicht vielleicht das Gegenteil der Fall«, necke ich sie, »und du hast am Ende Angst, deinen Sohn deinen Bekannten hier vorzuführen?«

»Ach, du meinst, die Rollen sind vertauscht und ich könnte es gebrauchen, dass du mir Glück wünschst?«, fragt sie lächelnd.

»Wer weiß? Je länger ich sie beobachte, desto mehr habe ich das Gefühl, Jugendliche vor mir zu sehen. Am Morgen sind sie erst einmal etwas tranig, aber man spürt genau, dass sie von einer Sekunde auf die andere allerhand anstellen können! Schau doch nur mal dieses Omilein mit den kurzen Haaren an, das gerade anfängt, sich mit dem netten Rothaarigen zu kabbeln. Sie spritzen sich ja sogar ins Gesicht!«

»Thérèse ist sauer, dass Louis ihr gestern Abend nicht ihre Gute-Nacht-Schokolade gebracht hat. Diese kleinen Leckereien sind wichtig in unserem Alter.«

»Und was hat Louis stattdessen gestern Abend gemacht?«

»Er ist bei den Zwanziguhrnachrichten eingeschlafen, und dann hat Mireille Thérèses Ration stibitzt … was diese aber nicht weiß.«

»Du bist ja schlimmer als jedes Klatschmaul! Hast du sie belauscht? Oder gehörst du zu einer der berüchtigten Milizen in den Altenheimen?«

»Ist das eine ernsthafte Frage? Ich beobachte gern, und ich finde es hier stinklangweilig.«

Sie legt ihre Hand vor den Mund, um ihre unfeine Wortwahl anzudeuten. Ich kann nur mühsam ein Lachen zurückhalten, denn ich bin nicht daran gewöhnt, sie so reden zu hören.

»Mireille wird immer rot im Gesicht, wenn sie zu viel Süßkram isst, und heute Morgen war sie krebsrot. Sie muss sich ihre Schokolade und auch noch die von Louis gegönnt haben.«

»Da komme ich hierher und muss mir solchen Tratsch anhören … faszinierend! Dabei sollte ich mich schon längst mit ihnen beschäftigen.«

»Deine Unterrichtsstunde hat bereits begonnen. Deine Lehrerin steht genau vor dir«, sagt sie und stemmt stolz ihre Hände in die Hüften.

»Wie bitte?«

»Um diesen *Alti Trutzkopf* etwas beizubringen, musst du sie besser kennen.«

Ich beuge mich ganz nah zu meiner Mutter und flüstere ihr ins Ohr: »Möchtest du mir vielleicht erklären, warum mir Mireilles Vorliebe für Schokolade hilfreich sein sollte?«

»Wenn du sie dazu bringen willst, dir zu folgen, musst du versuchen, ein wenig mehr darüber zu erfahren, was sie gern mögen. Mit völlig durchgeplanten Stunden wirst du nichts erreichen. Sie und ihre Schwester Thérèse, die wir alle die Schwestern Brontë nennen, zum Beispiel …«

»›Brontë‹? Gibt es da einen Bezug zu den Schriftstellerinnen?«

»Wir nennen sie so, weil sie eine sehr hitzige und sentimentale Ader besitzen. Sie sind gleichermaßen romantisch und hysterisch. Etwas überspannt, wenn du so willst. Aber Schokolade entlockt ihnen immer ein Lächeln.«

»Jetzt verstehe ich allmählich. Du willst mir beibringen, wie ich sie besänftigen kann, stimmt's?«

»Du bist gar nicht so schwer von Begriff«, sagt sie schelmisch und tätschelt mir die Wange.

»Süßigkeiten als Motivationsquelle, sonst noch was?«

Ich erinnere mich an Oma Germaine und ihre Leidenschaft für den *Kougelhopf*. Es war zum Kaputtlachen. Sie konnte nur noch schlecht gehen, aber sobald Mama diese elsässische Spezialität, einen Briocheteig mit Rosinen, für sie im Backofen hatte, sah man sie mit ihren Krücken quer durch das Wohnzimmer humpeln. Mit wachem, gierigem Blick wurde sie für einen kurzen Moment wieder zu einem kleinen Mädchen, das sich sein Lieblingsgebäck schmecken lässt. Zucker und Butter – das sind zwei wesentliche Zutaten für die kleinen Glücksmomente der älteren Generation hier bei uns im Elsass. Mit einem Hauch von Humor und etwas Spaß werden diese lieben »Grauköpfe« schon ihre kindliche Seele wiederfinden.

Ich drücke meiner Mutter ein Küsschen auf die Wange und bedanke mich für ihre wertvolle Hilfe.

»Geh zu deinen Freunden und sag ihnen, dass sie sich noch kurz gedulden sollen. Ich bin in einer Minute zurück.«

»Wir haben alle Zeit der Welt in unserem Alter … oder eben nicht! Die Blase meines Gégé sollte nun nicht gerade im Schwimmbad schlappmachen, wenn du verstehst, worauf ich hinauswill …«

Als Antwort lächele ich ihr zu und mache noch einmal kehrt. Und zwar in Richtung Küche. Ich muss nur dem Duft folgen, der durch die Flure zieht, um den richtigen Weg zu finden. Es ist noch nicht einmal neun Uhr, aber es riecht bereits nach einer ›Ente mit Orange und Ingwer‹, die sanft im Ofen vor sich hin schmort.

»Sieh mal einer an, du hier?«, wundert sich Mauricette, als sie mich auftauchen sieht.

»Salut, Momo, ich habe nur ganz kurz Zeit. Ich brauche Schokolade.«

»Haben die netten alten Herrschaften dich so geschafft, dass dein Magnesiumspiegel im Keller ist?«

»Es geht eher um den der alten Herrschaften. Ich glaube, sie brauchen einen kleinen Schub, und da habe ich mir gesagt …«

»Dass eine kleine Süßigkeit sie motivieren würde«, errät sie und öffnet einen Wandschrank.

»Man sieht, dass du in dieser Hinsicht vorgesorgt hast.«

»Man sollte das nur nicht ausplaudern. Julie, unsere Ernährungsberaterin, nimmt es peinlich genau mit dem Zucker. Ich bin allerdings der Meinung, dass man in diesem Alter hin und wieder das Recht auf eine süße Leckerei hat. Schließlich sind längst nicht alle zuckerkrank!«

Sie stellt sich auf die Zehenspitzen und beginnt, ganz oben auf einem Regalbrett herumzutasten. Immer hilfsbereit, diese liebe Mauricette, und zwar so sehr, dass sie darüber den Reis vergisst, der auf dem Herd steht. Ich schaffe es nicht schnell genug, zum Herd zu springen und das Gas herunterzudrehen, denn in dem Moment kommt ihr Küchengehilfe herein, vollbepackt mit Dosenfrüchten, und ruft sofort:

»*Flûte*! Momo! Siehst du nicht, dass der Reis überkocht?«

Flûte. Ich hätte nicht gedacht, dass man diesen Ausdruck noch verwendet, und noch erstaunlicher ist es, ihn aus dem Mund eines etwa zwanzigjährigen hochgewachsenen Farbigen zu vernehmen. Er macht sich sofort am Gas zu schaffen und beseitigt die bereits entstandene Überschwemmung. Mit einem Holzlöffel prüft er, ob der Reis angesetzt hat. Etwas ruhiger und erleichtert darüber, dass das Essen keinen Schaden genommen hat, wendet er sich nun zu mir um.

»Ich bin Rémy, der Küchengehilfe.«

»Oscar, Lehrer für Aquagymnastik.«

Jetzt verrät sein Blick einen leichten Vorbehalt. Ich meine, eine gewisse Befangenheit wahrzunehmen.

»Dann sind Sie Anthonys Vater?«

»Ja, und du scheinst nicht gerade begeistert zu sein, dass du mich kennenlernst …«

Er kratzt sich am Kopf und zieht eine beinahe kindliche Schnute.

»Nehmen Sie es mir nicht übel, Monsieur, ich habe nicht damit gerechnet, Ihnen hier in unserer Küche zu begegnen. Aber mir war schon klar, dass ich Ihnen irgendwann einmal über den Weg laufen werde. Ich gehe hin und wieder bei Mu vorbei, da Mauricette ja dort in der oberen Etage wohnt. Ihre ältere Tochter gibt mir Unterricht, damit mein schriftliches Französisch besser wird, und da Anthony sich um Mu kümmert, haben wir uns kennengelernt.«

»Es freut mich zu hören, dass mein Sohn Freunde gefunden hat.«

»Nicht gerade viele, Anthony ist ja ziemlich introvertiert. Er ist meistens mit seiner Musik und seiner Kunst beschäftigt. Zum Glück mache ich auch gern Musik, wenn ich etwas Muße habe. Deshalb verbringen wir oft Zeit miteinander.«

Ich weiß nicht, warum dieser junge Mann sich mir so rasch anvertraut, was seine Beziehung zu meinem Sohn angeht, aber es beruhigt mich irgendwie. Zumindest hat Anthony hier ein wenig Anbindung. Und die Aufrichtigkeit seines Freundes beeindruckt mich. Er scheint die gleiche direkte Art zu haben wie Momo.

Mauricette, die auf einen Stuhl gestiegen war, um an die im Wandschrank versteckten Süßigkeiten zu gelangen, kommt wieder herunter. Ihre Wangen sind hochrot.

»Ganz schön heiß dort oben! Mach schon, Oscar, lauf zu deinen Schülern zurück. Du wirst noch genug Zeit haben, um mit Rémy zu quatschen. Er ist oft bei Mu. Anthony und er sind echt ein Kopf und ein Arsch.«

Rémy wirft ihr einen entsetzten Blick zu.

»Also wirklich! Ich bin kein … *Arsch.*«

Mauricette hält mühsam ihr Lachen im Zaum und ich auch.

»Mein lieber Rémy, du solltest häufiger Unterricht bei meiner Tochter nehmen.«

Sie reckt sich auf ihren kurzen, etwas rundlichen Beinen in die Höhe, um ihn liebevoll in die Wange zu kneifen. Mit der anderen Hand reicht sie mir eine Tüte, in die sie eine Tafel Schokolade und ein paar Madeleines geschoben hat. Sozusagen nach Prousts Geschmack, genau richtig für die betagten Herrschaften.

»Ein großes Dankeschön an euch beide für euren freundlichen Empfang. Ich glaube, ich werde viel Spaß bei der Arbeit hier haben.«

Ich schnappe mir die Tüte und gebe Gas. Hinter mir vernehme ich jemanden, der mich auf leisen Sohlen einzuholen versucht. Es ist klar, wer das sein muss. Ich bleibe stehen, drehe mich um und lächele Mauricette zu.

»Ich wollte dir noch rasch einen Rat geben«, sagt sie, als sie zu mir tritt.

»Um meine lieben Alten zu bändigen?«

»Nein, um deinen wilden Sohn zu bändigen!«

»Es stimmt, dass seine Mähne und sein Bart ihm das Aussehen eines Raubtiers verleihen«, gebe ich zu. »Da hast du schon recht mit deinem Vergleich. Beim nächsten Wiedersehen halte ich einen Reifen und eine Peitsche bereit, das könnte hilfreich sein.«

»Sei nicht so sarkastisch, Oscar. Du solltest das Ganze schon ernst nehmen.«

»Tut mir leid, aber ich weiß nicht so recht, warum ich Ratschläge annehmen sollte. Ich muss doch ganz allein eine Lösung finden, oder etwa nicht?«

»Wie du willst. Später wirst du es bedauern, dass du nicht die Nähe zu Rémy gesucht hast, denn über ihn würdest du leichter Zugang zu deinem Sohn finden. Aber ich will nichts gesagt haben!«

»Was Sarkasmus betrifft, bin ich tatsächlich große Klasse. Aber in Sachen Geheimniskrämerei hältst du dich auch ganz schön gut.«

»Wir sehen uns später«, sagt sie etwas ernsthafter. »Ich bringe den Alten gewöhnlich einen Kamillentee samt einem *Bredala*, einem kleinen Mürbegebäck. Ausnahmsweise bekommen sie heute auch einen kleinen Zwischenimbiss auf der Veranda neben dem Schwimmbecken.«

Während wir im Grunde noch von Rémy sprechen, kommt nun auch der des Weges und reicht mir eine weitere Tüte mit Leckereien.

»Diese hier sind für die darauffolgenden Stunden, damit Sie nicht jedes Mal so viel Zeit verlieren. Man darf unsere Bewohner nicht zu lange warten lassen.«

Wäre ich sentimental veranlagt, würde ich beinahe so etwas wie einen Anflug von Poesie in seiner Stimme erkennen. Nun, ein wenig sentimental bin ich wohl, wenn ich es recht bedenke. Fest steht, dass Rémy mir sympathisch ist. Ich mag seine Anteilnahme und seine Freundlichkeit. Momo hat ein gutes Händchen bewiesen bei der Auswahl ihres Mitarbeiters in der Küche, denn menschlich gesehen bewegt er sich mit ihr auf Augenhöhe.

»Wunderbar. Wir sehen uns nach der Stunde.«

Ich laufe los und spüre, wie sehr diese Worte Balsam für meine Seele waren. Die Gegenwart der beiden tut mir gut. Ich glaube, die Einsamkeit hat nicht gut zu mir gepasst.

Mit einem offenen Lächeln treffe ich bei der Gruppe im Wasser ein. Meine Mutter hat sich zu den anderen gesellt und unterhält sich angeregt mit Gégé. Die beiden scheinen sich verliebt anzusehen. Mama war zwar glücklich, als sie allein in ihrem Haus gegenüber von Mu lebte, aber die Begleitung eines Mannes muss ihr wohl gefehlt haben. Im Übrigen wiegt das Lächeln einer verliebten Frau dasjenige einer glücklichen, aber einsamen Frau bei Weitem auf. Ich grüße mit einem Kopfnicken zu dem alten, wohlbeleibten Mann hinüber, der mit ihr herumalbert.

»Was ist jetzt? Können wir loslegen? Wir wollen ja nicht den ganzen Tag hier verbringen!«, macht sich Mireille bemerkbar.

Ich habe das Glück, ein ausgezeichnetes Gedächtnis zu besitzen, und so gelingt es mir dank der Ausführungen meiner Mutter rasch, die beiden Zwillingsschwestern auseinanderzuhalten.

»*Hopla Geiss!* Los geht's! Jetzt wird sich bewegt.«

Und schon ziehen Mireille und Thérèse eine Grimasse. Sie ähneln sich wirklich sehr, nur ihre Haarschnitte unterscheiden sich. Mireille trägt langes, zu einem Knoten hochgebundenes Haar, während ihre Schwester einen Kurzhaarschnitt hat wie die Sängerin Barbara. Man hat das Gefühl, dass sie jederzeit einen ihrer traurigen und melancholischen Klassiker anstimmen könnte, so sehr gleicht sie einer schwermütigen Diva. Oder einer Figur des Regisseurs Tim Burton. Ein rascher Blick durch die Runde genügt mir, um neben den beiden Schleckermäulern auch die anderen Teilnehmer zu identifizieren. Ich erkenne den leicht schielenden Louis, ein unscheinbares Kerlchen mit rötlichem Haarkranz, der – seinen schmachtenden Blicken zufolge – ganz verrückt nach Mireille zu sein scheint. Bernadette, eine kokette Omi mit blumenverzierter Badekappe und dicken Brillengläsern. Und natürlich Gégé, Mamas Schatz, der groß und stämmig ist, Schultern wie ein Boxer und ein Gesicht wie Jean Gabin hat. Ein wahrer Apollon der dritten Generation, wenn auch offenbar gepeinigt von einem gravierenden Problem mit der Blase.

Ich ziehe mein T-Shirt aus und springe ins Becken, wobei die Schwestern Brontë eine ordentliche Dusche abbekommen und genervt zum Himmel blicken.

»So, jetzt wünsche ich allen erst einmal einen guten Morgen. Wir werden mit kleinen, spielerischen Übungen beginnen, um unsere Muskeln aufzuwärmen.«

»Vorausgesetzt, man hat noch welche«, flüstert Mireille.

»Nur keine Angst, selbst wenn du klapperdürr bist, hast du noch welche!«, ruft Bernadette, die offenbar eifersüchtig auf die schlanke Linie der Brontës ist.

Ich hebe streng den Finger, um sie zurechtzuweisen. Es geht hier wirklich zu wie in der Schule.

»Bitte keine Sticheleien, die Damen! Wir sind hier, um Spaß zu haben und eine schöne Stunde miteinander zu verbringen. Die erste Übung ist der Storchengang. Sie halten sich mit einer Hand am Beckenrand fest und stolzieren langsam vorwärts, indem Sie die Beine betont anheben. Etwa so!«

Von meiner Vorgehensweise überrascht, werfen mir die alten Herrschaften einen ungläubigen Blick zu.

»Derjenige, der noch dazu das Klappern am besten nachmacht, bekommt einen Frosch … aus Schokolade!«

Mireille hebt auf der Stelle das Bein und beginnt lautstark zu klappern. Es ist kaum zu glauben. Thérèse eifert ihr sogleich nach. Diese elegante ältere Dame verausgabt sich nach Kräften, um eine Süßigkeit zu ergattern. Es hat ganz den Anschein, als würde sie ihrer Schwester immer noch übelnehmen, ihr am Abend zuvor die Schokolade weggeschnappt zu haben. Die Aussicht auf Zucker ist eine verteufelt gute Motivation für die Leckermäuler.

Gégé fällt es schwer, das Bein wirklich zu heben, ebenso wie meiner Mutter. Die Übung ist wichtig, denn sie reaktiviert die Muskeln und stimuliert den Blutkreislauf. Die Aussicht auf eine Belohnung elektrisiert meine Teilnehmer, jeder gibt sein Bestes beim Stolzieren und Klappern. Ihre Anstrengungen wirbeln das Wasser auf, und ihre lautlichen Imitationen hallen im ganzen Schwimmbereich wider, das auf diese Weise an den Storchenpark in Hunawihr erinnert.

»Gut, jetzt gehen wir zur *Bierebüch*-Übung über«, verkünde ich nach einer Weile lachend.

»Ah, die kenne ich gut! Kann ich vielleicht im Voraus ein Schokolädchen bekommen?«, lässt Gégé sich lautstark vernehmen und reckt seine beeindruckende Brust heraus.

»Dafür muss dieses ansehnliche Bäuchlein erst einmal kräftig eingezogen werden! Die Übung sieht so aus, dass beim Einatmen die Arme nach vorn gestreckt und die Beine gleichzeitig gebeugt werden. Dann atmen Sie aus und tauchen wieder auf …«

»Wie die Schaumkrone eines schönen Biers«, merkt meine Mutter an.

»Da erkennt man doch gleich die Liebhaberin von Fischer-Bier!«

»Météor-Bier«, erwidert meine Mutter tiefernst. »Werfen wir nicht alles in einen Topf. Bier ist schon eine Sache für sich!«

Météor – mein Gott! Mama hat wirklich einen seltsamen Geschmack, was Bier angeht.

»Nun, egal ob Fischer oder Météor. Raus aus dem Wasser mit euren Bäuchen und dann wieder die Beine beugen!«

Alle folgen meiner Anweisung.

Ich stelle fest, dass es mir viel Spaß macht, sie zum Lachen zu bringen, denn auch sie bringen mich zum Lachen. Ich habe diese Art Unterricht bereits früher einmal in Spaßbädern oder Schwimmzentren gegeben, wo Aquagymnastik für Kinder und Jugendliche angeboten wurde. Ich fand es großartig, Spiele zu erfinden, Figuren wie den Frosch, die Biene oder das durchs Wasser galoppierende Pferd. Es gab so viele Ideen, nach denen die Kinder ganz verrückt waren. Jetzt habe ich mein Element wiedergefunden, bade gewissermaßen im eigenen Saft. Einem Saft allerdings, der nach Kernseife und Chlor riecht. Trotzdem fühle ich mich gut, und weder ich noch die Achtzigjährigen merken, wie die Zeit vergeht. Schließlich kollidiert die Übungsstunde schon mit der Uhrzeit für den Imbiss.

»Hier kommt eure Zwischenmahlzeit!«, macht sich Mauricette unversehens am Beckenrand bemerkbar.

Hurtig verlassen die Senioren das Becken, vergessen ihre Arthrose, werfen sich einen Bademantel über und eilen zu Mauricette, die sie jetzt bei der Veranda erwartet.

»Hey! *Oscarala*, vergiss die Schokolade nicht!«, erinnert mich Thérèse, während sie ihren Bademantel zubindet.

Mama hat ihr also meinen Spitznamen bereits verraten.

»Es ist genug für alle da. Verstecken Sie Ihre diesmal gut genug«, rate ich ihr und zwinkere ihr zu.

Ich verweile noch einen Augenblick am Becken, nachdenklich und erleichtert über diesen ersten Kontakt. Ich habe meinen Job damals im Schwimmbad von Guebwiller wirklich geliebt. Da war ich zwanzig Jahre alt, und der Kontakt mit den Kindern, ihr Lachen, ihre Lust zu lernen machten mich glücklich. Hier finde ich die gleiche Einstellung bei den alten Leuten vor. Das Altern ist irgendwie auch eine immerwährende Rückkehr zu den jungen Jahren.

»Steh hier nicht so rum, komm und iss einen Happen mit uns«, ruft mich meine Mutter, gut eingehüllt in einen langen blumigen Bademantel, zur Räson.

Ich lege meinen Arm leicht um ihre Schulter und hauche ihr ein flüchtiges Küsschen auf die Wange.

»Siehst du, ich wusste, dass es dir guttun würde, zurückzukommen.«

»Eine Mutter hat selten unrecht, und außerdem fühle ich mich bei Tante Mu wie ein Fisch im Wasser.«

»Mmmh, ich nehme an, sie hat sich ein Bein ausgerissen, um deine Lieblingsgerichte zu kochen.«

»Genau. Ich habe ihr natürlich auch schon gesagt, dass sie sich nicht meinetwegen den Kopf zerbrechen soll. Aber du weißt ja, wie stur sie ist.«

Meine Mutter lässt mir keine Zeit, es mir bei der Veranda

gemütlich zu machen, sondern winkt bereits gebieterisch Mauricette zu sich: »Momo, wärest du damit einverstanden, dass mein Sohn abends erst einmal bei dir isst? Mu wird es mit der Essensvorbereitung übertreiben, und ich will nicht, dass sie sich überanstrengt.«

»Da hast du sicher recht!«, antwortet Mauricette, während sie die Kursteilnehmer bedient, die sich jetzt an ihren Butterkeksen erfreuen. »Du bist willkommen, Oscar. Wir essen um 19 Uhr. Mach dir keinen Kopf, es wird eine ganz einfache Mahlzeit sein.«

Mama und Momo lassen mir keine Wahl. Doch es ängstigt mich nicht besonders, den Abend mit ihr zu verbringen: In Anbetracht ihrer Fähigkeiten als Köchin wird es mir sicher ganz hervorragend schmecken. Außer sie nimmt mich in die Mangel, was meinen Sohn betrifft. Das könnte mir natürlich übel aufstoßen.

8

Was ein bœuf au chocolat alles vermag

Um zu Mauricettes Wohnung zu gelangen, muss man um Mus Haus herumgehen und eine große Holztreppe benutzen, die außen zum Obergeschoss hinaufführt. Es ist eine Konstruktion aus früheren Zeiten, die dem Personal ein Privatleben ermöglichte. So konnten sie kommen und gehen, ohne die Eigentümer in ihren vier Wänden zu stören. Es war eine andere Zeit, die insgesamt sicher nicht einfach war, aber es muss dennoch angenehm gewesen sein für die Hausmädchen, sich in ihrer Freizeit auf dem Balkon aufzuhalten und an einem Sommermorgen den herrlichen Blick in den Garten zu genießen.

Von unten ermutigt Mu mich, kräftig an die Tür zu klopfen, da Momo die Musik beim Kochen gern *a bessala* zu laut hört.

»Du solltest mit uns essen und nicht allein bleiben, wo wir direkt über dir sitzen.«

»Ich wusste gar nicht, dass du so schüchtern bist, *Oscarala*«, neckt sie mich. »Heute Abend habe ich eine Verabredung mit *CSI* und Zette. Wir tauschen uns am Telefon über die Klamotten der Ermittler aus. Das erinnert uns an die guten alten Zeiten!«

»Ach ja. Dieses Ritual hatte ich ganz vergessen. Als ich klein war, wart ihr in Chuck Norris verknallt. Ich hatte echt genug von *Walker, Texas Ranger* …«

»Irrtum, junger Mann. Mir war sein indianischer Kumpel

lieber. Aber wie dem auch sei, wenn du dich nicht entscheiden kannst zu klopfen, dann muss ich das wohl für dich übernehmen. Momo wird dich schon nicht fressen!«

»Aber ihre Töchter vielleicht«, murmele ich, während ich mich der Tür nähere.

Jetzt mal ehrlich: Was soll schon passieren? Einfach ein Essen unter Arbeitskollegen. Aber ich habe eben über lange Zeit sehr viele Abende allein in meinen traurigen vier Wänden zugebracht. Außerdem schwebte mir eher vor, den Abend mit meinem Sohn zu verbringen, der im Haus seiner Großmutter wohnt, aber es sieht so aus, als habe Anthony andere Pläne. Schon seit sechs Uhr steht ein Fahrrad vor der Gartenpforte. Ich nehme an, Anthony will den Abend lieber mit seinem Freund Rémy verbringen als mit seinem Loser-Vater.

Da stehe ich nun also vor Mauricettes Tür und fühle mich etwas unbehaglich in meinen Turnschuhen. Ich habe ewig gebraucht, um mich anzuziehen. Was sollte ich wählen? Meinen Trainingsanzug? Aber wenn Momo für mich kocht, ist es vielleicht respektlos, in Arbeitskleidung aufzutauchen. Doch was dann? Ein weißes Hemd? Um es mit Soße zu bekleckern? Das ist nichts für mich. Ich habe jahrelang allein gegessen, ohne solche Überlegungen anzustellen oder auf irgendetwas achtzugeben. Heute Abend muss ich mich benehmen. Die letzte Option: das schlichte marineblaue Poloshirt. Kombiniert mit einer Jeans ist das doch genau das richtige Outfit für einen Kollegen, der nur eben ein frisches Oberteil übergezogen hat, ohne weiter darüber nachzudenken. Schließlich komme ich auch ohne besondere Absichten hierher. Abgesehen davon, dass ich einen Mordshunger habe.

»Sind Sie der Schlüsseldienst?«, höre ich eine vorwitzige Stimme.

Aus meinen Gedanken aufgeschreckt, entdecke ich ein junges Mädchen mit lockigem Haar, das auf dem Balkon ganz in der Nähe der Treppe steht. Sie sieht Mauricette zum Verwechseln ähnlich, nur die Ironie ist etwas angriffslustiger.

»Ich nehme an, du bist eine von Momos Töchtern?«

»Und Sie müssen unser Gast sein … total nervös, oder einfach nur begeistert von unserer Tür? Jedenfalls haben Sie ein Gedächtnis wie ein Goldfisch. Wir sind uns schließlich schon öfter über den Weg gelaufen in den letzten Jahren.«

»Ich habe kein gutes Gedächtnis für Gesichter …«

»Sieht ganz so aus …«

»Macht mir vielleicht jemand auf?«

»Sie sollten schon erst einmal klingeln!«, ruft sie und hebt den Blick zum Himmel.

Ganz schön frech, die Kleine. Aber auch schlagfertig. Ich drücke folgsam auf die Klingel. Die Tür wird beinahe augenblicklich geöffnet. Vor mir steht eine zweite Jugendliche, die größer ist als die erste, außerdem hat sie blondes Haar und blaue Augen, liebliche und zurückhaltende Züge. Ziemlich das Gegenteil von dem Wildfang, der jetzt durch den Flur rennt, um mein Erscheinen anzukündigen.

»Guten Abend, ich bin Camille. Mama hat mir aufgetragen, Sie zu begrüßen. Ihre Hände sind gerade voller Teig.«

»Und damit lässt sich die Tür nicht gut öffnen!«, ruft Mauricette aus der Küche herüber.

»Macht nichts, Momo!«

Camille bittet mich, ihr zu folgen. Ich gehe durch den kleinen Flur, der über Tante Mus Wohnzimmer entlangführt. Diese Räumlichkeiten sind mir vertraut, denn ich habe einen Teil meiner Kindheit hier verbracht, bevor die Etage später vermietet wurde. Im oberen Stockwerk des Hauses liegen vier Zimmer: ein kleines Badezimmer, zwei Schlafräume und am Ende des Flurs eine große Wohnküche. Dort erwarten mich Mauricette und ihre zweite Tochter Lucie.

Meine Kollegin hat ihren rosafarbenen Kittel gegen Freizeitkleidung getauscht, trägt schwarze Leggings und ein Oberteil von Decathlon in grellen Farben. Alles sieht nach einem Abendessen in entspannter Atmosphäre aus. Ich habe gut daran getan, ein schlichtes Polo zu wählen.

»Salut, Oscar! Nimm doch schon mal auf dem Sofa Platz und bedien dich. Ich habe einen kleinen Aperitif vorbereitet.«

Klein. Das ist leicht untertrieben. Auf dem niedrigen Tisch steht eine große, mit afrikanischen Motiven bemalte Platte, auf der kleine, mit Münster-Käse gefüllte Windbeutel, frittierte Fischbällchen und sternförmige Mini-*Bredala* liegen, die köstlich nach Käse duften.

»Erwartest du noch weitere Gäste?«

»Nein, wir sind nur einfach eine gefräßige Familie!«, verrät Lucie, die sich gerade im Schneidersitz auf dem Sofa niederlässt und einen Windbeutel vertilgt.

»Lucie, benimm dich ein klein wenig!«, rügt ihre Mutter vorwurfsvoll.

»Pardon!«, entschuldigt sich das Mädchen mit vollem Mund. »Möchten Sie schon mal ein Bier?«

Sie hält mir eine Flasche hin, bevor sie die Krümel aus ihren Mundwinkeln entfernt. Ich setze mich neben sie und nehme gern einen *Schlück*.

»Wie du siehst, werde ich gut erzogen«, sagt sie schelmisch.

Ihre Schwester nimmt auf einem großen Kissen Platz und runzelt die Stirn. Es amüsiert mich, wie unterschiedlich die beiden sind. Absolut komplementär, ein perfektes Duo.

Die Einrichtung des Raums ist bunt durcheinandergewürfelt. An einer Wand hat Mauricette eine Sammlung afrikanischer Masken aufgehängt, direkt daneben ist noch die elsässische Tapete von meiner Tante zu sehen. Zu beiden Seiten eines mit Kochbüchern und unterschiedlichsten Romanen reich bestückten Bücherregals stehen einige Grünpflanzen. Auf dem Boden fällt mein Blick auf zwei afrikanische Trommeln neben einer üppig ausschlagenden Grünlilie. Die Oberfläche der Djembe scheint fast noch warm zu sein. Oft stehen solche Instrumente vergessen in einer Ecke herum, verstauben dort oder finden bestenfalls als Hocker Verwendung, aber hier sieht es so aus, als würden sie regelmäßig benutzt. Beinahe kommt es mir vor, als könne ich ihren Nachhall noch hören.

»Ich hoffe, dass dich der Geruch von Frittiertem nicht stört«, sorgt sich Mauricette, während sie Beignets in Öl taucht.

»Abgesehen davon, dass mir das Wasser im Mund zusammenläuft, Momo, stört mich gar nichts. Aber das ist natürlich eine echte Qual.«

Sie lächelt nur still und widmet sich weiter dem Frittieren ihrer Krapfen.

Die kleine Wohnung ist voller Leben, sie atmet und verströmt verlockende Gerüche, die alle aus der Küche kommen, dem Herzstück der Wohnung – das haben schon Tante Mu und meine Mutter mir beigebracht. Und Mauricette ist eine würdige Nachfolgerin. Auch wenn sie nur die Mieterin ist, haucht sie diesem Ort Seele ein, wie sie so den Teig in das brutzelnde Fett taucht.

Ich brauche mich nur auf das olfaktorische Spiel der Erinnerungen einzulassen, um zu mir selbst zu finden und Tante Mus wunderbare Krapfen vor Augen zu haben und im Mund zu spüren. Sie aromatisierte sie stets mit ein paar Tropfen Kirschwasser oder Rum, um ihnen eine »exotische« Note zu geben, aber meine Lieblingskrapfen waren diejenigen, die nach frisch abgeriebenen Zitrusfrüchten dufteten. Mauricette ist eine wahre Zauberin. Mit ihrem Zauberstab – oder doch eher mit ihrem Schaumlöffel – beschwört sie die süßesten Augenblicke meiner Kindheit herauf.

»Ach, dieser Geruch ist doch einfach nur herrlich, Momo. Ich bin an einem Ort groß geworden, wo die *Schenkele* und die

Krapfen nicht nur zu Karneval, sondern das ganze Jahr über gebacken wurden.«

»Da hast du allerdings recht! Mu hält sich weder an Jahreszeiten noch Feste«, antwortet sie lächelnd. »Ihre Lust auf Leckereien ist nicht auf bestimmte Zeiten beschränkt …«

»Genau wie ihr Cholesterin«, bekräftige ich und beiße in eines der kleinen Gebäckstücke. »Meine Güte! Das schmeckt ja wirklich umwerfend!«

Momos Töchter prusten los, zwinkern ihrer Mutter liebevoll zu und bedienen sich nun ebenfalls. Abgesehen von meinem gestrigen Essen bei Mu ist es Ewigkeiten her, dass ich eine mit Liebe zubereitete Mahlzeit zu mir genommen habe, und schon gar nicht etwas Selbstgebackenes. Sollen sie doch lachen, ich genieße es in jedem Fall. Im Grunde wird nicht nur meinen Papillen geschmeichelt, sondern Mauricettes vielfältige Aromen helfen mir auch, meine einstige Freundlichkeit wiederzufinden.

»Ich hab dir ja gesagt, dass er deiner Küche erliegen wird. Also alles paletti«, fasst Lucie die Situation zusammen und wischt sich mit dem Handrücken über den Mund.

Camille nimmt eine Serviette und wedelt Lucie damit vor der Nase herum, aber diese achtet nicht darauf und wendet sich an mich, während sie an einem zweiten Gebäckstück knabbert.

»Mama hatte Angst, dass sie den Anforderungen nicht gewachsen sein könnte. Ganz schön verrückt, extra *Bredala* mit Parmesan und Basilikum aufzufahren!«

Mauricette, die ihren Teller mit frittierten Fischbällchen angerichtet hat, kommt zu uns herüber, nachdem sie ihre Schürze achtlos über die Schulter geworfen hat. Sie sieht aus wie eine Boxerin, die eine besonders harte Runde hinter sich gebracht hat. Ihre Sportkleidung passt genau dazu. Der bitterböse Blick, den sie Lucie zuwirft, verrät mir, dass das heute Abend nicht die erste Stichelei ihrer vorwitzigen Tochter war.

»Du hättest wirklich nicht so viel kochen müssen«, bemerke ich bewundernd und gleichzeitig ein wenig beschämt, während ich den Blick über die Köstlichkeiten auf dem niedrigen Tisch gleiten lasse.

»Ach, das ist die Minimalausführung bei uns«, sagt sie und schenkt sich ein Bier ein.

»Wen meinst du mit ›bei uns‹?«

Statt einer Antwort nimmt sie durstig und ein wenig erschöpft erst einmal einen großen Schluck und legt den Kopf in den Nacken. Sie ist völlig ungezwungen und schnörkellos. Mauricette bleibt sich selbst treu. Das erleichtert mir, mich ebenfalls so zu geben, wie ich bin. Ich bin es ihr gewissermaßen schuldig, es ihr gleichzutun.

»Sie meint, bei den Kreolen«, erklärt mir Camille. »Mama hat Vorfahren aus Guadeloupe. Das ist lange her. Ich glaube, unser Ururgroßvater war ein französischer Kolonist, der sich in ein Sklavenmädchen verliebt hat …«

»Jaaa, diese sagenumwobene Uroma muss verteufelt gut gekocht haben! Mama hat ein dickes Buch geerbt, eine Art Zauberbuch mit Unmengen von Rezepten aus der kreolischen Küche. Und so erschöpft sich unser Erbe darin, wahre Festmahle zuzubereiten!«, trumpft Lucie auf.

Jetzt wird mir klar, woher Mauricette ihre wunderbaren Locken und den sonnengebräunten Teint hat. Und genauso wenig lässt sich verleugnen, von wem Lucie ihre Art und Weise geerbt hat, kein Blatt vor den Mund zu nehmen. Aber ich werde mich hüten, ihr zu eröffnen, wie sehr sie darin ihrer Mutter gleicht, denn die Beziehung zwischen den beiden ist spannungsgeladen, so viel habe ich bereits mitbekommen. Bei einer so innigen Verbindung fühlt man sich zueinander hingezogen, prallt aber auch immer wieder ordentlich aufeinander, vor allem, wenn beide eine solche Stärke besitzen.

»Wenn man bedenkt, wie du dir den Bauch vollschlägst,

muss ich ja wohl das Maximum auffahren«, erwidert ihre Mutter. »Oscar, nimm doch bitte eines der mit Karpfen gefüllten Teigbällchen und tauch es in diese Soße.«

»Karpfen in einem Teigbällchen? Ich dachte, dass sie mit Stockfisch zubereitet werden«, bemerke ich und rieche an einem der *Beignets*.

Sein Duft betört mich geradezu. Ich kann kaum glauben, dass ich ein Appetithäppchen von den Antillen koste, so sehr erinnert mich dieses Teigbällchen an die frittierten Karpfen meiner Mutter.

»Verwirrend, nicht wahr?« Offenbar ahnt Mauricette, was mir durch den Kopf geht.

»Hast du beschlossen, das Elsass neu zu interpretieren mit einem Aperitif, der von Mulhouse bis Pointe-à-Pitre auf Guadeloupe reicht?«

»Ich wollte dich in die Ferne schweifen lassen. Mu hat mir gesagt, dass du deine Wohnung seit Jahren kaum verlassen hast, da kannst du dir ruhig mal einen kulinarischen Ausflug gönnen. Wie du dir denken kannst, ist es mir bei der Arbeit im Altenheim nur bedingt möglich, meine Fantasie auszuleben, ganz zu schweigen von Julie, die mich ständig damit nervt, alles zu überprüfen. Dabei halte ich mich ziemlich streng an die Ernährungsvorschriften, aber Mademoiselle beklagt sich, dass ich ihre Essenspläne abändere. Hier und jetzt habe ich das Zepter in der Hand, und zwar von A bis Z! Mit guten Zutaten, Produkten von erstklassiger Qualität und allem, was einen Junggesellen, der sich viel zu lange nur von Ravioli ernährt hat, wieder auf den richtigen Geschmack bringt!«

Mu hat unserer reizenden Nachbarin offenbar so einiges über mich erzählt … Der Gedanke, dass sie solche Mühen auf sich genommen hat, ist mir ein wenig unangenehm.

»Du kannst stolz auf dich sein, dieses Essen ist ein voller Erfolg.«

Mauricette wischt sich mit dem Handrücken über die Stirn, um einen imaginären Schweißtropfen fortzuwischen, dann beißt sie genussvoll in ein Käsegebäck.

»Hui! Schon wieder eines weniger!«

»Hattest du tatsächlich Angst, mich zu empfangen? Obwohl du wusstest, dass ich daran gewöhnt bin, mich von Büchsen und Tiefgefrorenem zu ernähren ...«

»Da war es ganz besonders wichtig, deinen Gaumen wieder auf Trab zu bringen.«

»Ich bin also dafür da, die Körper der betagten Herrschaften auf Trab zu bringen, und du hast das Gleiche mit meinen Geschmacksknospen vor? Womit habe ich eine solche Vorzugsbehandlung verdient?!«

Mauricette errötet ein wenig und senkt den Blick. Jetzt stellt sich auch bei mir Verlegenheit ein. Anscheinend bin ich mit meiner letzten Bemerkung über das Ziel hinausgeschossen. Andererseits ist mir gar nicht klar, was sie an meinen Worten so gestört hat, dass sie sich jetzt derart zurückzieht.

Zum Glück schaltet sich Lucie ein und löst die Befangenheit auf, allerdings mit der ihr eigenen schonungslosen Direktheit.

»Machen Sie sich nichts draus, Oscar. Mama ist die reinste Samariterin, wird aber nur sehr ungern darauf hingewiesen. In dieser Hinsicht ist sie sehr verschämt. Sie zählt zu denen, die jeder herumstreunenden Katze etwas zu fressen geben und jedes verletzte Tierchen hegen und pflegen. Und man muss Sie ja nur anschauen, um zu verstehen, dass das, was Sie sonst so futtern, nur ...«

»Lucie!«, fährt Camille vorwurfsvoll dazwischen. »Hören Sie nicht auf sie. Sie muss immer gleich ein wenig gemein sein.«

»Sie redet vor allem geradeheraus«, entgegne ich. »Das ist gut, ich mag Offenheit sehr. Ich rede auch eher so, wie mir der Schnabel gewachsen ist, wenn ich das so sagen darf. Also kannst du auch mit mir reden, wie du willst. Der alte Straßenköter ist sehr froh, dass deine Mama Mitleid mit ihm hatte. Ich muss gestehen, dass es mir unglaublich guttut, eine so tolle Mahlzeit in eurer Gesellschaft genießen zu dürfen.«

Ich hebe mein Glas, um meiner freundlichen Gastgeberin zu huldigen, die sich auch um »alte Straßenköter« kümmert und die mit so großem Herzen kocht, dass sie im Altenheim »Les Cigognes« sogar Schokolädchen versteckt, um immer eine kleine freudige Überraschung für die Bewohner zur Hand zu haben. Schon aus diesem Grund kommt Momo gerade richtig. Der schwer angeschlagene Champion von einst brauchte eine barmherzige Seele und zugleich einen Tritt in den Hintern.

»Wir kommen jetzt zum Hauptgang. Ich hoffe, du hast noch etwas Platz gelassen«, scherzt Mauricette und begibt sich wieder an den Herd.

»Ich bin Elsässer. Ein paar leckere Häppchen machen mich noch lange nicht satt!«

»Du hast so lange bei Paris gelebt, wer weiß da schon, ob du meine Küche noch würdigen kannst.«

Sie öffnet den Backofen, dem sofort eine himmlische Duftwolke nach Gewürzen und Fleisch entweicht. Es gelingt mir nicht wirklich, die einzelnen Nuancen genau zu benennen. Erstaunlicherweise erinnert mich der Geruch an Weihnachtsmärkte, an Glühwein und Zimtplätzchen. Diese Assoziation ist umso merkwürdiger, als Mauricette gerade einen prachtvollen Rinderbraten auf der Arbeitsplatte abgelegt hat.

»Deckt bitte den Tisch, ihr beiden. Der Braten ist fertig!«

»Das wurde auch langsam Zeit«, frotzelt Lucie und steht auf.

Camille seufzt, was mich innerlich zum Schmunzeln bringt.

Ich bleibe sitzen und beobachte die Mädchen, die in dem winzigen Esszimmer hantieren. Behutsam holen sie schöne elsässische Teller aus dem Geschirrschrank. Mein Blick fällt auf die typischen Bilder, die die berühmte Keramik aus Soufflenheim zieren, und schon versinke ich erneut in Erinnerungen an meine Kindheit. Ein Reiter am Waldrand, eine Hirtin, die ihre Schafe auf die Weide führt, eine Schar Kinder, die auf einem Dorfplatz im Kreis tanzen; diese friedvollen, idyllischen Szenen haben Momos Kindheit mit Sicherheit genauso geprägt wie meine eigene.

»Mama hat sich echt ins Zeug gelegt!«, stellt Camille fest.

»Wir benutzen das Geschirr von Oma nur ganz selten«, flüstert Lucie mir ins Ohr. »Sie genießen eine Vorzugsbehandlung!«

»Lucie, lass unseren Gast doch in Ruhe!«, schimpft Mauricette.

Obwohl sie konzentriert damit beschäftigt ist, den Inhalt eines Topfes in eine reich bemalte Porzellan-Sauciere umzufüllen, hat Momo ihre Schlagfertigkeit nicht eingebüßt.

»Entschuldige Lucies schlechtes Benehmen. Sie ist es nicht gewohnt, dass wir hier Männer empfangen. Sobald sich die Gelegenheit bietet, verwandelt sie sich in eine Heiratsvermittlerin … mit ziemlich armseligen Fähigkeiten!«

»Ich habe ein feines Näschen für gute Exemplare. Und dieser Meisterschwimmer sieht durchaus passabel aus«, erwidert Lucie und tätschelt mir die Schulter.

Ich schwanke, ob ich mich lieber in ein Mauseloch verkriechen oder laut loslachen soll, und entscheide mich dann für die zweite Option.

»Sag bloß, du würdest einen Stiefvater aus Paris akzeptieren? Na? Ich würde dich schon aushalten. Und für deine Mama wäre das am Ende sogar eine Entlastung. Ich glaube, sie hat mit einem Biest wie dir reichlich zu tun!«

»Aha, da haben wir's! Siehst du, er mag mich gern. Wenn das kein gutes Zeichen ist!«

»Dann seid ihr ja ein perfektes Paar, du und Oscar!«, stellt jetzt auch Camille ihren Humor unter Beweis.

»Jetzt reicht es aber! Ich habe von Mama gesprochen. Ich gebe mich doch nicht mit einem so alten Knochen ab!«

Sie stemmt schmollend die Arme in die Hüften.

»Du hast recht. Er ist zu alt für dich«, fährt Mauricette fort, während sie den Braten auf den Tisch trägt. »Und was mich betrifft, so habe ich andere Sorgen. Nichts für ungut, Oscar. Ich bin alleinstehend aus Überzeugung.«

»Da passen wir gut zusammen, denn mir liegt es fern, mich fest zu binden.«

»Ihr seid ja nicht mehr zu retten«, seufzt Lucie.

»Und hungrig sind wir noch dazu«, ergänzt Momo und bedeutet mir, am Esstisch Platz zu nehmen. »Kommt schon, die Spätzle werden sonst kalt.«

Wir setzen uns an den Tisch, und die von den Schüsseln aufsteigenden Düfte steigern meinen Appetit noch. Das Fleisch ist perfekt gegart, leicht rosafarben, feinfasrig und saftig – ein echter, zarter Hochgenuss. Die Nudeln sind ganz nach elsässischer Tradition zubereitet. Weich und knusprig, leicht in Butter geschwenkt, vergleichbar mit denen, die meine *Mamama*, wie ich meine Oma gern nannte, früher zubereitet hat. Mauricette zollt den Klassikern der regionalen Küche Respekt und erfindet sie gleichzeitig mit Bravour neu. Die Glanznummer der Mahlzeit befindet sich jedoch in der Sauciere. Noch nie habe ich einen so intensiven und harmonischen Rinderfond aufgetischt bekommen. Er wirkt wie eine Liebkosung, eine köstliche Soße mit süßlichen und zugleich kräftigen Noten geheimnisvoller Gewürze.

»Meine geheime Zutat errätst du wohl nicht, oder?«

»Ich muss passen.«

»Ich runde meine Soße mit rohem Kakao ab.«

»Einen Augenblick lang dachte ich, es sei Kaffee darin.«

»Nicht schlecht. Dann ist dein Gaumen noch nicht ganz verkümmert. Kakao besitzt ein ähnlich kräftiges Aroma wie Kaffee, vor allem weil er auch geröstet ist.«

»Ich wusste nicht, dass man Schokolade auch in einem deftigen Gericht benutzen kann. Da hast du meinen Horizont ganz schön erweitert.«

»Mama besitzt ein großes Talent für überraschende Kombinationen. Sie liebt es, die französische Küche mit exotischen Geschmacksrichtungen zu verbinden«, erklärt Camille, die mit ihrem Finger dezent, aber gründlich die letzten Reste der Soße von ihrem Teller aufwischt.

Camille hätte neben einer so temperamentvollen Schwester wie Lucie verblassen können, aber gerade Lucies überschäumende Lebensfreude setzt die stille Aufrichtigkeit und einfühlsame Milde ihrer älteren Schwester ins rechte Licht. Die beiden Schwestern sind Komplizinnen, die sich bei all ihren Unterschieden wunderbar ergänzen. Zwei Personen, die durch ihre schwesterliche Liebe so tief miteinander verbunden sind, wie ich es selten gesehen habe. Sie brauchen keine Worte, um sich zu verständigen. Ein einziger Blick reicht aus, um über das Gleiche loszulachen. Dieses stillschweigende Einverständnis hat eine beruhigende Wirkung auf mich. Ich habe so lange nicht mehr im Kreis einer Familie gegessen, dass ich diese sehr intimen Augenblicke in Mauricettes Leben aufs Schönste genieße.

»Ich bewundere deinen Wagemut, Momo, und ich danke dir für diese wundervolle Mahlzeit. Ich habe seit Ewigkeiten nicht mehr so gut gegessen.«

»Ich nehme an, dass du selten richtig kochst«, sagt sie und legt mir eine weitere Scheibe Rinderbraten auf den Teller. »Zumindest hat uns Anthony das anvertraut. Er isst nämlich regelmäßig bei uns zu Abend und hat sich offenbar sehr nach guter Kochkunst gesehnt. Er ist nur ausnahmsweise heute nicht hier. Ich glaube, er war noch nicht bereit dafür, eine solche Mahlzeit gemeinsam mit dir an einem Tisch zu teilen … Ich hoffe, meine Offenheit verletzt dich nicht.«

»Ich schätze deine Aufrichtigkeit sehr. Für Anthony gab es meistens nur Kartoffelpüree aus der Tüte oder Suppennudeln; es freut mich, dass er Versäumtes ausgleicht, indem er bei dir isst.«

»Kartoffelpüree, der arme Junge!«, bedauert Lucie ihn lautstark.

»Luce, sei höflich! Manche Menschen haben eben nicht die Möglichkeit, viel Zeit in die Zubereitung von aufwändigen Gerichten zu …«

»Deine Tochter hat recht. Ich bin in einer Familie groß geworden, in der Kochkunst ein tragender Pfeiler des gemeinschaftlichen Lebens war. Aber ich habe dieses Gefüge zum Einsturz gebracht und meinen Sohn mit Fertigprodukten vollgestopft. Ich war faul und viel zu egoistisch. Eine seelenlose Küche gleicht ein wenig einem aufgegebenen Musikinstrument. So wie man die Noten einer Melodie nie vergisst, ist es auch mit den Aromen eines Gerichts, die wie klingende Saiten das Herz anrühren und ewig währen.«

Ich weiß nicht, was mich dazu getrieben hat, meine Gefühle so zu offenbaren. Ich bin bewegt, beinahe überwältigt von dieser schokoladendurchwobenen Symphonie, die meine Sinne verwirrt hat.

»Ich glaube, es fehlt noch der gewisse Pfiff, um dieses Essen unvergesslich zu machen«, schlägt Mauricette vor und deutet auf einen Gegenstand hinter sich.

»Mama, das meinst du nicht im Ernst!«, wundert sich Camille. »Es ist schon zehn Uhr, wir werden Mu doch jetzt nicht mehr stören!«

»Aber natürlich meine ich das!«, ruft sie. »Ein wenig Musik wird unserem Gast nicht schaden. Und Mu geht noch lange nicht schlafen. Na los! Zeig uns, was Rémy dir beigebracht hat.«

Lucie steht auf und greift nach der Djembe, die neben dem

Fernsehgerät liegt. Strahlend legt sie den Lederriemen um ihre Schulter, löst ihr Haar und schüttelt ihre Mähne im Rhythmus zu dem von ihr auf der Trommel geschlagenen Takt.

»Los, Oscar! Lassen Sie die Musik in Ihr Herz, wenn Mamas Essen es Ihnen nicht bereits gestohlen hat!«

Ich lächele, erliege dem Reiz dieser übermütigen Göre, in deren Augen der Schalk blitzt. Ich weiß nicht, wie das Zusammenleben mit ihrer Mutter aussieht, aber Lucie und Camille strahlen ebenfalls vor Freude und Liebe.

Ausgelassen schnappt Mauricette sich eine Fernbedienung und schaltet die Stereoanlage ein. Karibische Zouk-Musik erklingt. Die Melodie klingt schmeichelnd und warm wie ein Sommerabend. Ideal, um sich zu entspannen und etwas Exotik aufkommen zu lassen. Lächelnd bewegt sie ihre Schultern im Takt, steht auf und reicht mir die Hand.

»Komm und tu etwas gegen das Fett, damit du das Dessert noch genießen kannst.«

»Ich habe noch Platz, und was das Tanzen angeht, da musst du dich auf eine Enttäuschung gefasst machen. So wohl ich mich im Wasser fühle, so ungeschickt bewege ich mich außerhalb meines Elements. Ich habe nicht mehr Anmut als eine Krabbe, die über glühend heißen Sand krabbelt.«

»Dann zeig uns doch den Krabbentanz«, fordert Mauricette mich auf und macht einen ausladenden Schritt zur Seite, um den krummbeinigen Gang der Krustentiere nachzuahmen.

Auch Camille reiht sich jetzt ein und nimmt das Spiel ihrer Mutter auf, indem sie mit den Händen die Scherenbewegungen nachahmt. Und nach einer Weile taucht sogar Mu auf, die den Klängen der Tanzmusik offenbar nicht widerstehen konnte und sich nun ebenfalls an dem seltsamen Gewatschel beteiligt!

Es sieht beinahe aus wie eine Darbietung in der Vorschule – eine jener Veranstaltungen, bei denen die Eltern zuschauen, Beifall klatschen, lächeln und Begeisterung vorgeben, trotz des oft kitschigen und affektierten Charakters einer vermeintlich exquisiten Choreografie.

»Auf geht's! Kommen Sie, man wird Sie schon nicht fressen!«, insistiert Camille freundlich.

»Die alte Krabbe versteckt sich lieber unter einem Stein, als mit uns herumzuhampeln!«, spottet Lucie.

Da springe ich auf, mache drei Sätze und füge mich in die Choreografie des Quartetts ein. Ich bin lächerlich, und ich lache darüber. Ganz schön beachtlich für eine alte Krabbe, deren Herz durch jahrelange Einsamkeit verdorrt ist! Ich dachte eigentlich, ich wäre zu einem derart kindlichen Gebaren nicht mehr fähig, aber die Mädchen haben mich so angerührt, dass sie meine Scherenhände meinetwegen sogar mit Mayonnaise fressen könnten, ohne dass es mich stören würde!

9

Gut drauf!

Die melodiösen Klänge einer Djembe treiben mich sanft aus dem Bett. Es kommt mir so vor, als wäre der gestrige Abend noch nicht zu Ende und als wäre ich auf dem Sofa eingeschlafen, während Lucie noch immer Musik macht. Aber das ist nicht der Fall. Ich habe mich gegen zwei Uhr morgens in Mus Gästezimmer zurückgezogen und bin sehr schnell eingeschlafen – im Wohlgefühl eines in netter Gesellschaft verbrachten schönen Abends.

Die Klänge der Djembe stören mich nicht. Man könnte sich darüber ärgern, aber für mich verlängern sie einfach die herzliche Atmosphäre, die ich bei Mauricette genossen habe. Die Nacht war kurz und angenehm.

Zeit mit anderen Menschen verbringen, Spaß an gemeinsamen Mahlzeiten haben, zusammen lachen und tanzen … So viele einfache Dinge, die ich von mir fortgeschoben hatte. Kleinigkeiten, die vor langer Zeit auch zu meinem Alltag gehörten. Aber nachdem alles zusammengebrochen war, habe ich mir selbst verboten, glücklich zu sein, und damit das Glück meiner Familie verhindert. Von Mauricettes Töchtern ging jedoch ein solches Strahlen aus, dass auch ich mit meiner Melancholie es nicht zum Erlöschen bringen konnte. Der gestrige Tag war ein einziges Vergnügen für mich. Momos Familie führt mir vor Augen, was auch ich hätte haben können. Marie hatte recht, Glück kann man nicht kaufen.

Der Klang der Djembe wird lauter. Ich habe beinahe den Eindruck, als würde der Spieler sich unmittelbar hinter meiner Tür befinden. Sollte Lucie sich einen weiteren Scherz erlauben?

Ich schlüpfe in meine Hausschuhe, öffne meine Zimmertür und sehe mich plötzlich meinem Sohn gegenüber, der in Mus Wohnzimmer auf der Djembe spielt. Er setzt ein breites Lächeln auf, offenbar zufrieden darüber, mich aus dem Bett geholt zu haben.

»Du kommst wohl nur hierher, wenn die Aussicht besteht, mich schon frühmorgens aufzustören, oder?«

»Klar«, erwidert er, ohne sein Spiel zu unterbrechen. »Ich habe mir gesagt, dass mein alter Vater es bestimmt schlimm fände, aus dem Schlaf getrommelt zu werden.«

»Nun, das ist wohl schiefgegangen.«

»Ach ja? Immerhin bist du aufgestanden.«

»Aber mit guter Laune. Ich muss zugeben, dass es mir gefallen hat.«

Ich gebe mir einen Ruck und setze mich neben ihn. Anthony weicht ein klein wenig zurück, bleibt aber auf seinem Platz.

»Du brauchst mir nichts vorzumachen, Papa. Du hast meine Begeisterung für die Musik nie gutgeheißen. Ich bin nur hier, um dich zu ärgern. Morgen bringe ich meine Trompete mit.«

»Eine hervorragende Wahl, wenn du den Marsch von *Der Gendarm von Saint-Tropez* spielst.«

Anthony lächelt mir zu. Er hat sich nicht rasiert und scheint es auch nicht tun zu wollen. Dieser Dreitagebart steht ihm unheimlich gut.

»Das ist nicht gerade die Reaktion, mit der ich gerechnet habe.«

»Wenn ich nicht schon den gestrigen Abend damit verbracht hätte, zu afrikanischen Rhythmen zu tanzen, hättest du möglicherweise sogar ins Schwarze getroffen.«

»Die Zeiten ändern sich offenbar, denn ich weiß noch, wie oft du mit mir geschimpft hast, weil ich lieber Kurse am Konservatorium besuchen wollte, als eine Profischwimmerkarriere zu verfolgen.«

Beim Gedanken an die Vergangenheit blitzt es in seinen Augen auf. Er hat seine Djembe beiseitegelegt. Mit geballten Fäusten und aufeinanderpressten Kiefern bohrt er seinen Blick in meinen. In früheren Zeiten hätte ich schon bei einem weniger heiklen Gesprächsverlauf kapituliert und das Weite gesucht. Ich weiß nicht wirklich, wie ich mich verhalten soll und welche Art der Entschuldigung angebracht sein könnte. Ein wenig unbeholfen schiebe ich meine Hand auf dem Sofa in seine Richtung. Überrascht, dass ich mich nicht davonstehle, bleibt er regungslos sitzen.

Ich lege meine Hand auf seine, wohl wissend, dass dies seit langer Zeit die erste zärtliche Geste meiner Zuneigung ist.

»Bist du mir noch böse?«

»Du bist kein einziges Mal zu einem Konzert gekommen. Weißt du überhaupt, was ich studiere?«

»Du bist im zweiten Studienjahr für Kunst und Schauspiel, hast das erste mit Auszeichnung abgeschlossen und eine besondere Erwähnung für die Produktion eines Musicals mit afrikanischen Klängen erhalten.«

Trotz seines Bartes sehe ich, dass Anthony blass ist.

»Glaubst du denn, dass ich dich ziehen lasse, ohne mich für deinen weiteren Weg zu interessieren? Ich war zu stolz, um mir einzugestehen, dass ich verloren hatte. Aber du hast getan, was richtig war. Wenn die Musik deine Leidenschaft ist, dann habe ich nicht das Recht, dich daran zu hindern, sie zum Mittelpunkt deines Lebens zu machen.«

»Hast du so viele Jahre gebraucht, um dir das klarzumachen?«

»Besser spät als nie. Anthony, ich wollte dir lediglich eine Leidenschaft vermitteln, die für mich selbst ein Lebenselixier war. Ich habe einfach nicht verstanden, warum du dich so darauf versteift hast, ein …«

»Ein Gaukler zu werden?«, schneidet er mir barsch das Wort ab.

»Ich gebe zu, dass ich mit meiner Einschätzung ein ganz klein bisschen danebenlag.«

»Tust du das nicht immer noch?«, fragt er mit einem leichten Lächeln. »Echt traurig, dass man dir solche Fallen stellen muss, damit du die Güte hast, Zeit mit Oma Zette und Tante Mu zu verbringen!«

»›Die Schneide des Grolls braucht lang, um stumpf zu werden.‹«

Anthony reißt die Augen auf.

»Ich wusste gar nicht, dass du unter die Dichter gegangen bist«, sagt er amüsiert.

»Das bin ich nicht. Deine Mutter hatte ein Heftchen, in dem sie Zitate aus den von ihr so geliebten Büchern aufgeschrieben hat. In jeder Unterhaltung zitierte sie ihre Lieblingsautoren. Dieses Zitat stammt aus dem Buch *Das Leben ist kurz und voller Begierden* von Patrick Lapeyre. Ich nehme an, dass ihre Buchhandlung geradezu ein Heiligtum ist. Niemand liebt Bücher so wie sie.«

»Ja, ein Besuch in ihrer Buchhandlung lohnt sich. Und es war richtig von ihr, dich zu verlassen und ihre Leidenschaft zu ihrem Lebensmittelpunkt zu machen.«

»Bevor meine Leidenschaft sie endgültig erdrückt hätte …«

Anthony seufzt. Meine Worte berühren ihn.

»Papa. Ist dir eigentlich klar, dass du zum ersten Mal seit eurer Scheidung mit mir über Mama sprichst?«

Ich lege einen Arm um seinen Nacken.

»Wenn du mich noch ein wenig quälen musst, um dir Luft zu verschaffen, verstehe ich das. Ich kann auch so tun, als würde ich mich über deinen Radau von vorhin so richtig ärgern.«

Der Anflug eines Lächelns huscht über sein Gesicht, und dann lehnt er seinen Kopf an meine Schulter. Ein leichter Schauer durchfährt meinen Nacken. Diese neue, unbekannte Nähe zu meinem Sohn bewegt mich.

»Mir wäre es lieber, du sprichst weiter über Mama. Fünf Jahre lang kam es mir so vor, als würde ich mit zwei Gespenstern leben. Mama hat sich ganz und gar ihrer Buchhandlung gewidmet, und du … du hast dich einfach in deinem Loch vergraben.«

»Ich habe mich so geschämt, dass ich lieber gestorben wäre, als der Realität ins Auge zu sehen. Ich hätte ein besserer Vater sein können. Deine Mutter hoffte, mich mit ihrem Fortgehen wachzurütteln und meine väterliche Seite zu wecken. Aber ich habe nicht die richtigen Entscheidungen getroffen. Marie ist ein wunderbarer Mensch. Sie kann über alles lachen, ohne dabei spöttisch zu sein, und sie bleibt unendlich lange wohlwollend. Sie konnte gut mit Menschen reden. Neben ihr war ich ein richtiger Hornochse.«

»Meinst du, das hat sich jetzt geändert?«

»Oma Zette hat mich aus meiner Höhle herausgeholt. Im Grunde bin ich sehr umgänglich. Es braucht nicht viel, dass ich zu meinem wahren Naturell zurückfinde.«

Anthony verschluckt sich beinahe vor Überraschung.

»Du? Umgänglich? Du hast doch deine Wohnung kaum verlassen! Und im Schwimmbad hast du mit niemandem gesprochen …«

»Ja, das stimmt. Aber vor fünfzehn Jahren war ich ein Schwimmstar, ich habe mindestens ein Interview pro Woche gegeben, habe eine Gruppe benachteiligter Kinder trainiert, Tombolas organisiert, bei denen ich mich als Clown verkleidet habe, und ich bin mit Freunden ausgegangen.«

»Und du hast deine Zeit an allen möglichen Orten verbracht, aber nicht bei deiner Familie.«

Dieser Konfrontation bin ich seit Jahren aus dem Weg gegangen. Aber diesmal will ich mich dem Gespräch stellen. Mauricette und ihre Töchter spielen dabei sicher eine Rolle.

»Ich war nicht bei euch, aber ich dachte vor allem daran, dass ich für euch da sein müsste. Ich wollte euch versorgt wissen, euch beschützen …«

»Papa, das weiß ich alles. Wenn du willst, dass wir beide uns aufeinander zubewegen, musst du absolut ehrlich zu mir sein.«

Mein Herz schlägt mir bis zum Halse. Anthony hält seinen Blick fest auf mich gerichtet.

»Bist du denn bereit, mir zu verzeihen?«

»Wenn ich will, dass sich etwas verändert, muss ich das tun. Du kannst dir gar nicht vorstellen, wie schwer es ist, dich vergessen zu müssen – so zu tun, als gäbe es dich gar nicht. Aber ich habe nur ein Leben, Papa, und ich will, dass es nicht so bleibt. Nur ist es jetzt an dir, offen zu sein und mir dabei zu helfen, dir verzeihen zu können.«

»Du hast recht. Ich war so besessen von meinem Tun, dass ich mit Scheuklappen durch die Welt gegangen bin. Ich habe zu keinem Augenblick geglaubt, dass ich euch verletzen würde, das musst du mir glauben. Ich war an allen Geburtstagen und Festen zur Stelle, ich habe euch an paradiesische Orte mitgenommen …«

»Ja, du hast alles getan, um uns wunschlos glücklich zu machen, warst dann selber aber immer wieder weg …«

»Ich dachte, ich würde das Richtige tun, ich würde meine Aufgaben als Familienvater erfüllen. Es hat mir übrigens alles andere als Spaß gemacht, Werbespots zu drehen oder Sponsoren zu treffen; ich habe in meinen Honoraren nur einen zusätzlichen Bonus für euch gesehen. Ich wollte das Haus vergrößern, einen Innenpool bauen, damit du in meine Fußstapfen trittst, aber ich habe in einer totalen Blase gelebt! Deine Mutter hat sie von jetzt auf gleich zum Platzen gebracht, und ich bin so tief gefallen, dass ich nicht den Mut hatte, mich dem zu stellen.«

»Du hast mich dann noch fünf Jahre lang gezwungen, deinem eigenen Traum nachzujagen, obwohl bei dir selbst alles vorbei war. Warum hast du dich so verbissen darauf gestürzt?«

»Ich wollte dir meine eigene Leidenschaft weitergeben – aus reinem Egoismus. Meine Karriere war zu Ende, aber ich träumte davon, dass du meine Nachfolge antrittst.«

»Um durch mich glücklich zu sein. Man sieht, wohin deine Pläne uns geführt haben. Mir blieb nichts anderes übrig, als die Flucht zu ergreifen. Ich habe gespürt, dass meine Pläne dir missfallen. Du hättest einfach weiter die Nationalmannschaft trainieren und mich in Ruhe lassen können.«

»Wäre ich weiterhin im Wettkampfbetrieb geblieben, hättest du mittags und abends allein essen müssen. Niemand hätte darauf geachtet, dass du deine Hausaufgaben ordentlich machst und Vokabeln lernst. Ich hätte dich nicht zu deinem ersten Bier eingeladen, als du dein Abitur bestanden hattest, und nie nach der Schule ein Eis mit dir gegessen. Ich sollte deiner Mutter danken, denn erst durch die Scheidung ist es dazu gekommen, dass ich solche schönen Augenblicke mit dir erlebt habe. Aber du darfst nicht glauben, dass sie diese Entscheidung leichten Herzens getroffen hat. Marie liebt dich innig. Sie hat verlangt, dass ich das alleinige Sorgerecht bekomme, damit sich unsere Beziehung verbessert. Wenn wir es heute schaffen, miteinander zu reden, so ist das ein bisschen auch ihr Verdienst.«

Ich habe den Eindruck, dass Anthonys Kiefer gleich brechen wird, so sehr presst er ihn zusammen.

»Und du hast recht: Um ehrlich zu sein, das Schwimmen fehlt mir. Ich brauche Ziele und Herausforderungen in meinem Leben.«

»Hast du dich also aus persönlichem Interesse darauf eingelassen, im ›Les Cigognes‹ zu arbeiten?«

»Ich fand es früher sehr lehrreich, mich um Kinder zu kümmern, die noch keinerlei Schwimmerfahrung haben. Ich glaube, dass Oma Zette mich nicht nur hierhergeholt hat, um ihr zu helfen, sondern auch, um mir auf die Sprünge zu helfen.«

»Glaubst du, dass du wieder glücklich sein kannst, wenn du hier bei uns bleibst?«

Die Aufrichtigkeit und Direktheit seiner Frage macht mich wehrlos. Kann ich hier glücklich sein? Ich habe keine Ahnung. Allerdings fühle ich mich nicht traurig. Irgendetwas von früher ist in mir wachgeworden. Das Elsass, die Süße des Lebens, die Liebkosungen meiner Mutter, Tante Mus Apfeltarte, Mauricettes Fröhlichkeit. Alles fügt sich zusammen und weckt die verlorene Lebensfreude in meinem Herzen.

»Ich bin auf einem guten Weg.«

»Dann helfen dir die Aquagymnastikkurse dabei, dich anderen zu öffnen?«

»Ich glaube schon. Die alten Menschen ähneln mir. Sie haben ein Leben hinter sich und sind eher in sich gekehrt. Eine musikalische Darbietung würde sie im Übrigen sicher motivieren. Hast du heute Morgen schon etwas vor?«

»Nein, ich arbeite ab 13 Uhr am Theater in der Stadt, und Unterricht habe ich heute nicht.«

»Was hältst du von einem kleinen Abstecher ins Schwimmbad mit deiner Djembe?«

»Warum nicht? Aber ich bin es nicht gewohnt, allein aufzutreten …«

»Wir können Rémy fragen, ob er dich begleitet, wenn Momo erlaubt, dass er zu uns rüberkommt.«

Als der Name seines Freundes fällt, hellt Anthonys Blick sich merklich auf. Rémy hat wirklich einen guten Einfluss auf ihn.

»Dann lass uns rasch frühstücken, und wir brechen auf.«

Beinahe wie im Theater geht plötzlich die Küchentür auf.

Mu erscheint mit einem riesigen Tablett von Köstlichkeiten, die Obelix hätten vor Neid erblassen lassen. Ein ganzes Spanferkel hätte darauf Platz gefunden, aber Mu scheint das Gewicht des Tabletts nicht zu stören, und sie setzt es auf dem Küchentisch ab. Mit einem strahlenden Lächeln umarmt sie mich und nutzt den Augenblick, um mir ein paar liebevolle Worte ins Ohr zu flüstern.

»Du bist dabei, ihn für dich zu gewinnen. Bald hast du es geschafft, und er isst mit dir gemeinsam, auch am Abend.«

Ich drücke sie fest. Meine Tante mit dem goldenen Herzen hat sicher eine gute Stunde damit verbracht, Würstchen und Bratkartoffeln zuzubereiten. Da sollte sie sich nicht um das Abendessen kümmern, hat stattdessen aber offenbar die überschüssige Energie in das Frühstück gesteckt. Unverbesserliche Mu! Sie kann einfach nicht stillhalten.

Eine Stunde später treffen wir mit vollem Magen bei Rémy in der Küche des Altenheims ein, der mit einem großen Topf auf dem Herd beschäftigt ist, in dem ein Eintopf vor sich hin köchelt. Mit Mauricettes Segen verschwinden wir alle drei Richtung Schwimmbecken.

Meine »Wassermusiker« im Schlepptau, gehe ich frohgemut voran und hoffe, wieder zu dem munteren und fröhlichen jungen Mann zurückzufinden, der ich einmal war. Ich bitte meine Gefährten, hinter der Tür zu warten, bis ich die alten Herrschaften auf ihren Besuch vorbereitet habe.

Ich gehe zu meiner Gruppe *Altis* hinüber. Alle sind schon im Wasser und in lebhaftes, beinahe hektisches Gequassel verstrickt. Die Gruppe ist so sehr ins Gespräch vertieft, dass sie mir keinerlei Aufmerksamkeit schenkt – ein wenig wie Schüler, die im Klassenzimmer die Ankunft ihres Lehrers nicht bemerken und einfach weiter herumschnattern.

Ich sehe davon ab, ihnen Einhalt zu gebieten. Sie sind aufgebracht. Louis fehlt und ist Gegenstand der Unterhaltung. Der Ärmste hat seit mehreren Wochen keinen Besuch mehr bekommen, und offenbar vermag nicht einmal mehr die Anwesenheit der Brontë-Schwestern seine Stimmung aufzuhellen.

»Dieser Sturkopf hat sein Zimmer seit gestern nicht mehr verlassen«, klagt Thérèse. »Er ist frustriert.«

»Seine Töchter kommen überhaupt nicht mehr, weil sie hyperaktiv sind. Sie halten sich für moderne Frauen und haben tausend Termine«, ergänzt Mireille. »Erst gehen sie joggen, dann basteln sie Fotobücher und anschließend müssen sie schon wieder zum Yoga. Mit solchem Unfug haben wir uns früher nicht abgegeben. Wir haben uns um unsere Alten gekümmert. Aber heute kümmern sich die Jungen nur um ihre – wie heißt das gleich noch mal? – *Lobbys*?«

»Hobbys«, verbessere ich.

Sie drehen sich zu mir um und bemerken endlich meine Anwesenheit.

»Ach, du bist schon da?«, stellt meine Mutter, die ebenfalls von dem Gespräch absorbiert war, erstaunt fest.

»Ich wollte euch nicht stören.«

»Ja, Mensch! Am Ende spionierst du uns noch aus. Erzählst wahrscheinlich herum, dass die Alten ihre Zeit mit Motzereien verbringen«, schimpft Bernadette und sieht mich hinter ihren großen Brillengläsern streng an.

Die anderen nicken bekräftigend. Die Stimmung ist angespannt heute Morgen, und da komme ich mit der Idee, sie mit ein wenig Tanz aufheitern zu wollen!

»Ich bin nicht hier, um euch zu verurteilen. Es steht euch absolut frei, zu schmollen. Das ist normal …«

»›Schmollen‹?«, schneidet mir Bernadette trotzig das Wort ab. »Glaubst du wirklich, dass unsere Sorgen belanglos sind? Da lache ich aber! Du kennst die Probleme der Alten doch gar nicht!«

Oh, là, là! Bernadette hat ja reichlich Haare auf den Zähnen. Wirkte sie bei unserer ersten Stunde noch sehr zurückhaltend, so entpuppt sie sich jetzt als ganz schön renitent. Stünde ich einer Schulkasse gegenüber, so sähe ich mich vermutlich mit weniger Ungehorsam konfrontiert. Bernadette ist fuchsteufelswild.

»Ihr glaubt alle, dass wir nur gut darin sind, euch im Supermarkt zu Stoßzeiten auf die Nerven zu gehen. Warum machen wir das bloß? Was denkst du? Weil uns stink…«

»Keine unflätigen Ausdrücke, Bébé«, wispert meine Mutter. »Hässliche Worte machen hässliche Falten.«

»Meine Falten sind mir vollkommen wurscht! Ich sehe schon seit zwanzig Jahren einen welken Apfel, wenn ich in meinen Spiegel schaue!«

»Trotzdem sind es die reifsten Äpfel, mit denen ein Kuchen am besten schmeckt …«

Bernadette wirft mir einen eisigen Blick zu. Man könnte meinen, dass meine kulinarischen Vergleiche ihr missfallen.

»Ich glaube, du verstehst überhaupt nicht, wo das eigentliche Problem liegt, ›junger Mann‹«, erwidert sie herablassend. »Louis fehlt, weil er großen Kummer hat, und uns geht es nicht anders.«

Ich setze mich an den Beckenrand, lasse die Füße ins Wasser hängen und lege meine Hände auf die Oberschenkel. Ich versuche, gelassen zu wirken, dabei zerreißt es mir das Herz, die kleine Gruppe so angespannt zu sehen. Außer bei Bernadette, die mit ihrer dicken Brille immer mehr einer Eule gleicht, sind ihre Blicke nicht aggressiv. Vielmehr liegt eine tiefe Traurigkeit in ihnen.

»Ihr müsst euch klarmachen, dass die jungen Leute euch nicht verurteilen. Ich glaube zunächst einmal, dass sie euch nicht verstehen.«

»Sie würden uns aber verstehen, wenn sie sich die Mühe

machen würden, hierherzukommen«, erwidert Mireille ohne jede Feindseligkeit. »Wir brauchen den Kontakt, wir möchten Leute sehen. Diejenigen, die draußen noch alleine leben, verlassen zu Stoßzeiten ihr Haus, um wenigstens von ferne mit der Jugend in Berührung zu kommen. Uns aber hat man hierhergebracht und freundlich eingesperrt in der Hoffnung, dass damit alles gut geregelt ist …«

»Zugegeben, wirklich schlecht haben wir es ja gar nicht hier. Das Personal ist freundlich, und das Schwimmbecken macht uns wieder etwas munter«, ergänzt ihre Schwester. »Aber das reicht nicht, um die Leere zu füllen. Unsere Kinder sind viel zu sehr damit beschäftigt, ohne uns Spaß zu haben, und wir, wir langweilen uns!«

»Sie besuchen nichtssagende Veranstaltungen, die vielleicht ganz interessant, aber oft auch langweilig und eher überflüssig sind«, führt Gégé aus. »Letzte Woche ist meine Tochter auch nicht hergekommen, weil sie zu einem Vortrag gegangen ist, bei dem über die ›Gefahren des Bildschirmkonsums bei Kleinkindern‹ gesprochen wurde. Wozu soll das denn nützlich sein? Man muss doch nur den Fernseher ausschalten und mit ihnen hierherkommen. Dann sind die Kinder doch beschäftigt.«

»Nun, die Zeiten ändern sich. Die Leute haben unentwegt das Gefühl, überlastet zu sein, keine Minute für sich zu haben. Ich bin ganz sicher, dass Ihrer Familie gar nicht klar ist, welches Leid sie verursacht.«

»Was für eine tolle Generation! Alle gestresst von *ovulabooking*!«, hadert Mireille.

»*Overbooking*«, korrigiert ihre Schwester und verdreht die Augen.

»Ovula oder over, kommt doch alles auf das Gleiche hinaus!«, schimpft Mireille. »*Vortemi!* Verflixt! Als wir jung waren, hatten wir auch viel zu tun und haben trotzdem unsere Alten besucht. Jetzt vertun die Jungen ihre Zeit damit, irgendwelchen Belanglosigkeiten hinterherzulaufen. Ihre Kinder müssen unbedingt Sport machen, ein Musikinstrument spielen und Nachhilfeunterricht erhalten. Sie müssen alles machen, alles schaffen. Es ist der reinste Wettstreit, wer das perfekteste Kind hat. Ich bin schon ganz erschöpft, wenn ich nur an den Stundenplan meiner Enkelkinder denke! Meine Güte! Sollen sie ihnen doch einmal Zeit lassen, um Luft zu holen und um uns Gesellschaft zu leisten.«

Ich spüre eine tiefe Verzweiflung bei den alten Leuten und vor allem auch eine riesige Enttäuschung. Ich glaube, dass ich an ihrer Stelle genauso reagieren würde. Sie haben recht. Werte wie die Teilhabe, die uns unsere Vorfahren vermittelt haben, gehen heute verloren. Die Kernfamilien sind nur auf sich konzentriert, zusammengeschweißt nicht zuletzt durch verschiedene Ängste. Wir haben alle die gleichen Fehler gemacht. Man will das Beste für sein Kind, und zwar so sehr, dass man es erstickt oder dass es unter dem Gewicht der Anforderungen und Zwänge zusammenbricht. Beim bloßen Gedanken daran würde ich mir am liebsten selbst ein paar Ohrfeigen versetzen. Womöglich wäre es gar kein so übler Gedanke, sein eigener Punching-Ball zu sein?

»Vielleicht habe ich eine Idee, wie Sie sich etwas besser fühlen können …«

»Welche denn?«, fragt Mama, deren Augen vor Interesse leuchten.

»Eine Schwimmlehrer-Idee.«

Ich steige aus dem Wasser und laufe eilig zu Rémy und Anthony hinüber, um ihnen meinen Plan zu erklären.

»Rémy, geh du Louis holen. Und wenn du es nicht schaffst, ihn aus seiner Wohnung rauszukriegen, dann bitte Mauricette um Hilfe. Ich kenne niemanden, der mehr Überzeugungskraft besitzt. Anthony, komm mit mir.«

Und schon stehe ich wieder vor meinen perplexen ›Schülern‹, die mich und die bunten Schwimmnudeln, die ich im Vorbeigehen aus dem Geräteraum geholt habe, erstaunt ansehen.

»Bernadette, die rote ist für dich«, rufe ich und werfe sie ihr zu.

Die alte Dame fängt sie im Flug und verzieht das Gesicht.

»He, Kleiner! Seit wann duzt du mich?«

»Ich glaube, ihr seid genau solche Kindsköpfe, wie ich einer bin«, antworte ich ihr mit einem freundlichen Augenzwinkern. »Anthony, verteil bitte die Schwimmnudeln und achte darauf, dass jeder seine Lieblingsfarbe bekommt, ich will keine Reibereien …«

»Man könnte meinen, dass dein Sohn verrückt geworden ist. Er hält uns wohl für Gnome«, sagt Gégé zu Mama.

»Da irrst du dich, er hat alles perfekt verstanden«, behauptet sie und nimmt die Schwimmnudel entgegen, die ihr Enkel ihr reicht. »Wir haben uns eben wie Kinder verhalten, und er hat sich genau auf unsere Ebene begeben.«

Es ist von Vorteil, etwas Unterstützung in der Gruppe zu haben.

»Jetzt führt die Schwimmnudeln um euren Rücken herum und klemmt sie unter den Achselhöhlen fest, ja, genau so! Prima, Gégé! Man könnte meinen, du warst Möbelpacker. Mit solchen Schultern konntest du wahrscheinlich sogar Klaviere tragen!«

Gégé wirft Mama einen komplizenhaften Blick zu und lässt seine immer noch beeindruckenden Brustmuskeln spielen. Man ahnt, dass dieser Gégé in seiner Jugend bärenstark war, dass er einen Körper wie ein echter Holzfäller hatte. Ich kann Mamas Schwärmerei verstehen. Ein echtes Mannsbild, nicht zu vergleichen mit den eher mickrigen Kerlen, die sonst in der Einrichtung anzutreffen sind.

»Versucht jetzt, das Wasser zu durchpflügen, indem ihr

einmal das linke Ende, einmal das rechte Ende nach unten schlagt. Ein wenig wie Rocky, als er mit den dicken Baumstämmen trainiert, habt ihr die Szene vor Augen? Stallone ist wütend und will den Russen mit dem Quadratschädel zusammenschlagen. Das macht ihr jetzt mit euren Schwimmnudeln! Denkt an Rocky und macht alles kaputt, was euch ärgert. Auf geht's! Genau so! Ein Schlag links! Zack! Für diese dummen Gören, die lieber bei Ikea herumhängen, als einen Kaffee hier im ›Cigognes‹ zu trinken! Peng! Jetzt drehen wir nach rechts und schlagen auf die Oberfläche! Diesmal für den Blödmann, der euch ein Abonnement für ein Strickheft geschenkt hat, anstatt euch ein einziges Mal das Wollknäuel zu halten und mit uns zu reden …«

»Flatsch! Das ist für meine Tochter, die einen Besuch gestrichen hat, um sich ihre Bikinizone enthaaren zu lassen … im Oktober noch dazu!«, zischt Bernadette. »Zu meiner Zeit habe ich mir meinen Busch ganz allein geschnitten!«

Auch die anderen sind eifrig mit ihrer Schwimmnudel beschäftigt und bewegen sich schwungvoll durch das Wasser. Kraftvoll schlagen sie auf das Wasser ein, spritzen sich lachend gegenseitig nass und erzählen sich zugleich traurige und komische Anekdoten, die gleichwohl alle von ihrer Einsamkeit zeugen.

»Wusch! Eine für mein *Oscarala*, der sich lieber auf seinem Sofa wälzte, als mich einmal anzurufen.«

Autsch! Das hatte ich nicht kommen sehen. Ich trete ganz nah ans Becken und beuge mich zu Mama hinunter, die die Gelegenheit sofort nutzt und mir mit der Schwimmnudel ordentlich auf den Kopf schlägt. Natürlich tun die anderen es ihr nach und versetzen mir eine ganze Salve feuchter Hiebe.

»Wenn ihr so weitermacht, nehme ich euch die Munition weg!«

Als Antwort recken die »Kinder« ihre Schaumstoffprügel

angriffslustig in die Höhe. Der Anblick dieser betagten Armee erinnert mich an den Film *Krieg der Knöpfe*, und ich muss unweigerlich lächeln. Sie nehmen mich wirklich heftig in die Mangel, und ich glaube, dass diese Übung sie wieder ganz gut aufgebaut hat, denn sie können gar nicht genug bekommen von den Bewegungsabläufen, die ich ihnen anfangs beschrieben habe.

»Das ist für meinen Sohn, der die tolle Idee hatte, mir Marzipanschokolade mitzubringen! Er hat ernsthaft geglaubt, ich hätte schon so einen Oma-Geschmack, dass ich derartige Schweinereien esse!«, empört sich Mireille.

»Alle denken immer, wir würden Honigbrot, Kernseife und Kreuzworträtsel mögen. Dabei… klatsch! … mögen wir viel lieber ein schönes Glas Pinot, ein gutes Buch und Brezeln dazu!«, schraubt ihre Schwester die Spirale weiter und peitscht mit ihrer Nudel geradezu auf das Wasser ein.

Jetzt ist es geschafft, die Alten lachen im Chor und folgen dem Rhythmus der Trommel, der alsbald von einer zweiten Trommel aufgenommen wird. Währenddessen ist die Tür aufgegangen, und Louis betritt den Raum. Als er seine Freunde sieht, die lachen und sich nass spritzen, kehrt sein Lächeln zurück. Ich gehe auf ihn zu und reiche ihm eine Schwimmnudel.

»Bereit, sich ein wenig auszutoben?«

»Mehr denn je!«, ruft Louis und springt ins Becken.

Die Brontë-Schwestern gesellen sich zu ihm und binden ihn in ihre Späße ein, während Rémy und Anthony sich mit ihren Instrumenten verausgaben. Die Musik und das Lachen hallt durch das ganze Gebäude, sodass andere Bewohner neugierig werden, sich nach und nach hier einfinden und zum Rhythmus der Trommeln begeistert in die Hände klatschen.

»Meinen Glückwunsch, Oscar. Sie verstehen es anscheinend, unsere Bewohner zu motivieren.«

Ein kleines, nervöses Lachen entfährt mir. Ich habe nicht

damit gerechnet, dass Iris, die Leiterin, hier auftaucht. Mit ihren tollen langen Beinen ist sie eine ziemlich beeindruckende Erscheinung. Ich fühle mich geradezu wie ein Zwerg neben ihr.

»Man muss ihnen nur zuhören.«

»Genau das tun aber viele nicht. Jedenfalls bin ich froh, dass Sie jetzt Teil unserer Mannschaft sind.«

Ich nicke, um ihr für ihre Worte zu danken, während ich die Gruppe im Wasser im Auge behalte, die weiterhin ihren Spaß hat. Iris hat recht. Ich fühle mich wohl mit diesen Menschen. Wieder einmal wird mir deutlich, wie wohltuend es ist, auf andere zuzugehen. Und ich freue mich ungemein, meine lieben Alten so ausgelassen und vergnügt herumtollen zu sehen.

10

Die Schule der Gefühle

Ich liebe es, junge Leute zu Gast zu haben. Manche mögen denken, dass ich masochistisch veranlagt oder gar bescheuert bin, dass es unmöglich ist, Spaß daran zu haben, mit Jugendlichen unter einem Dach zu leben, die ständig zocken oder sich über Videos auf YouTube lustig machen. Ich liebe es einfach, sie lachen zu sehen, und genieße, wie fröhlich sie sind, auch wenn es vor einem Bildschirm ist. Man muss mit der Zeit gehen und neue Arten von Vergnügungen akzeptieren.

Ihre Anwesenheit, ihre Unbefangenheit und ihre Treuherzigkeit bedeuten mir viel. Ich höre gern, wie sie tuscheln und kichern, sich heimlich etwas ins Ohr flüstern. Worte, die Camille nicht immer zu verstehen scheint.

Auch wenn Camille die Ältere meiner Töchter ist, bleibt sie doch ein Kind. Ein Mädchen, das von Herzensangelegenheiten noch nichts weiß, weshalb ich ein Auge darauf habe, wenn sie Rémy eine Französischstunde bei uns gibt.

Seit mehreren Monaten hat sie jetzt bereits die Rolle der Hauslehrerin übernommen. Sie hilft ihm, sein Französisch zu verbessern, und Rémy vermittelt ihr seine Liebe zur Musik. Ich mag die Kameradschaft der beiden und diesen Geist, etwas mit dem anderen zu teilen, und ich verlängere diese Termine gern dadurch, dass ich die Unterrichtsstunde mit einem geselligen Essen beschließe, an dem auch Mu und Anthony teilnehmen. Letzterer lässt keines dieser Treffen aus.

Ich muss schmunzeln, wenn ich daran denke, wie er sich das köstliche Hähnchen in Pinot schmecken lassen wird, das gerade im Topf schmort. Der Duft der mit Champignons angereicherten Soße und der in Butter gerösteten Kartoffelpuffer oder *Hartäpfelkiechla*, wie wir im Elsass sagen, erfüllt das Zimmer.

Kochen bedeutet für mich Entspannung. Ich lausche gern den Geräuschen eines Topfs auf dem Herd, in dem etwas köchelt, blubbert, zischt oder schmort. Das ist für mich Musik. Selbst nach einem harten Arbeitstag erfüllt mich der Anblick der leuchtenden Farben von Gemüse mit einem Wohlgefühl, das durch ein Glas Wein noch gesteigert wird.

Die Unterrichtsstunde dauert noch dreißig Minuten. Es bleibt mir also ausreichend Zeit, mich zu entspannen. Ich nutze die Zeit, um mir mein Glas Pinot zu gönnen, und spitze die Ohren. Meine Tochter höre ich kaum. Ihr leises, ersticktes Lachen ebenso wie das von Rémy verraten mir, dass die Stunde eine etwas weniger ernste Wendung genommen hat. Eine andere Mutter hätte vielleicht verlangt, dass die Tür offen bleibt, um sie davon abzuhalten, einander zu nahe zu kommen. So bin ich aber nicht. Ich gehe viel hinterhältiger vor, indem ich die coole Mama spiele.

Solange sich die beiden unter meinem Dach treffen, behalte ich ja die Kontrolle über die Situation. Ich weiß, dass ich jederzeit in Camilles Zimmer erscheinen und um eine Kleinigkeit bitten könnte, falls ich glaube, irgendetwas Verdächtiges wahrzunehmen.

Eigentlich vertraue ich ihr, aber ich kann einfach nicht anders. Wenn ein Junge zu uns kommt, werde ich paranoid.

Auch ich zählte zu den braven Schülerinnen, war gutgläubig und folgsam, was mich dann aber nicht daran gehindert hat, mit dem bösen Buben der Schule auszugehen. Mit siebzehn Jahren war ich schwanger, ohne Arbeit, ohne Abschluss, hatte mir einen Freund aufgehalst, der dem Alkohol mit Freuden zusprach und abgesehen davon nur sein jämmerliches Motorrad im Kopf hatte. Ohne diese verfluchte Yamaha – ich weiß nicht einmal mehr, wie viel Zylinder sie hatte, und inzwischen schert es mich auch einen Dreck – wäre ich gewiss nicht mit diesem Trottel ausgegangen. Aber ich war naiv und ließ mich viel zu leicht beeinflussen. Die Folgen einer so frühen Mutterschaft sind bekannt: Ausgrenzung, Einsamkeit, Verurteilungen. Die Familie, die mich vor die Tür setzte. Die Schule, die mich fallen ließ. Der Freund, der bei der zweiten Schwangerschaft seine Koffer packte. Gelegenheitsarbeiten. Die erste kleine Wohnung. Die Essensausgabe für Bedürftige. Dann die Begegnung mit Mu auf dem Markt hier um die Ecke. Und endlich ging es wieder aufwärts! Ohne Mu wäre ich heute nicht hier, und ich weiß, dass nicht jeder das Glück hat, im richtigen Augenblick auf einen so lieben Menschen zu treffen. Und was ist mit meinen Töchtern? Wer wird für sie da sein, wenn nicht ich? Wer wird darauf achten, dass sie auf dem rechten Weg bleiben? Wer wird ihre Tränen trocknen, wenn irgendein Idiot ihnen das Herz bricht? Nein, ich kann nicht untätig zusehen. Damit würde ich gegen meine Prinzipien verstoßen.

Verkrampft gehe ich etwas näher zu ihrer Zimmertür hinüber. Solange ich sie lachen höre, ist alles in Ordnung. Schlimmer wäre, wenn Stille einkehrt. Herrscht Stille, soll womöglich etwas verborgen werden … Verdammt! Mein Topf pfeift und zischt auf dem Herd, und ich höre überhaupt nichts mehr. Mit hochroten Wangen laufe ich zurück und stoße beinahe mit Lucie zusammen, die mich spöttisch mustert.

»Was ist denn los mit dir, Mama? Du guckst aus der Wäsche wie ein KGB-Agent. Ich hoffe, du warst nicht drauf und dran, bei Rémy und Camille hineinzuplatzen?«

»Hat sie dich damit beauftragt, Schmiere zu stehen, damit

ich sie in Ruhe lasse? Steckst du etwa mit ihr unter einer Decke?«

Lucie rollt mit den Augen, bevor sie loslacht.

»Das finde ich überhaupt nicht lustig! Sie ist schließlich alt genug, um sich mit einem Jungen zu treffen, und da …«

Lucie legt einen Finger auf ihre Lippen, damit ich still bin, und bedeutet mir, in die Küche zurückzukehren. Es überrascht mich, dass sie solche Vorsichtsmaßnahmen trifft, um die Privatsphäre ihrer Schwester zu schützen.

»Komm mit und lass es gut sein. Es läuft nichts zwischen ihnen.«

»Da wäre ich aber nicht so sicher, so wie sie tuscheln«, flüstere ich, trete aber den Rückzug an.

Lucie sieht so aus, als würde sie gleich platzen vor Lachen.

»Da bist du echt total auf der falschen Fährte!«

»Wieso? Ist Rémy nicht ihr Typ? Sie verbringen ja ganz schön viel Zeit miteinander und wirken ziemlich vertraut. Stimmt schon, ich habe eigentlich Vertrauen zu ihm. Er ist anständig, hilfsbereit, freundlich … Aber es fällt mir einfach schwer, mir meine Camille mit jemandem vorzustellen …«

Lucie hievt sich auf die Arbeitsfläche und stibitzt ein Stück von dem *Hartäpfelkiechla*, das noch nicht einmal ausgekühlt ist.

»Da hast du allerdings recht. Rémy ist echt in Ordnung, einfach ein toller Typ. Aber es ist doch offensichtlich, dass er schon mit jemand anderem ausgeht.«

»Sag bloß nicht, dass er mit dir zusammen ist?«

Jetzt lacht sie erst recht. Wahrscheinlich, weil ich so dumm bin, eher ihr einen Freund anzudichten als ihrer Schwester, die eineinhalb Jahre älter ist. Eine Mutter verhält sich wahrlich nicht immer logisch. Camille ist immer noch mein Baby, während Lucie in ihrem Verhalten den Jungen gegenüber viel erwachsener ist.

»Mach dich nicht über mich lustig! Camille ist noch viel zu jung, während Rémy volljährig ist und …«

»Rémy ist mit Anthony zusammen«, fällt sie mir ins Wort. »Camille hat ihm geholfen, Briefe zu schreiben, in denen er ihm gesteht, was er für ihn empfindet. Allerdings war das gar nicht nötig, denn Anthony hatte bereits ebenfalls Gefühle für ihn.«

Jetzt bin ich diejenige, die – etwas hysterisch – anfängt zu lachen, so albern komme ich mir vor. Dabei habe ich mir eingebildet, ich würde die jungen Leute verstehen. Aber ich bin vollkommen überrumpelt von dieser Neuigkeit, und noch mehr von meiner Naivität. All das ist unter meinem Dach passiert, ohne dass ich irgendetwas bemerkt habe. Allerdings ist mir ein heimliches Einverständnis zwischen Rémy und Anthony aufgefallen. Schon allein wegen ihrer gemeinsamen Leidenschaft für die Musik. Ich erinnere mich auch, dass ich richtiggehend gerührt war über die Art und Weise, wie Rémy Anthony umarmt hat, nachdem er sich mit seinem Vater getroffen hatte. In dieser Geste lag eine unglaubliche Zärtlichkeit. Wie konnte ich nur so blind sein in diesem Augenblick?

Die Vorstellung, dass die beiden ein Paar sind, beruhigt mich. Obwohl Rémy ein absolut reizender junger Mann ist, würde es mir schwerfallen, ihn mir an der Seite einer meiner Töchter vorzustellen. Dieser vom Leben gebeutelte junge Mann, der hierher eingewandert ist und seine Heimat verloren hat, braucht eine starke Person an seiner Seite, die aber dennoch so empfindsam ist wie er selbst, um die erlittenen Verletzungen zu verstehen und zu heilen. Anthony passt großartig zu ihm. Zwei junge Männer, die bereits einiges in ihrem Leben einstecken mussten und die dank meiner Töchter zueinander gefunden haben.

Ich wische mir hastig ein paar Tränen aus den Augen, denn es rührt mich, ein so nettes Paar durch Camilles Worte vereint zu wissen. Meine Tochter als Kupplerin und Wortkünstlerin in Liebesangelegenheiten. Ich fasse es nicht.

»Wie lange sind sie schon zusammen?«

»Ein paar Monate«, antwortet Lucie ausweichend. »Ich glaube, dass Rémy vor allem deswegen um Unterricht gebeten hat, weil er in Anthonys Nähe sein wollte. Das Sprachniveau zu verbessern war da nur Nebensache … Abgesehen davon hilft ihm ja jetzt die Liebe dabei, schnell und gut zu lernen.«

»Ja, das kann tatsächlich motivieren …«

»Bei Camille oder mir würdest du so etwas nicht sagen«, erwiderte sie mit einem Funken Verbitterung. »Du liegst uns ständig in den Ohren, dass wir uns auf unsere Schulleistungen konzentrieren sollen. Ich bin sicher, dass du mir, wenn ich einmal jemanden habe, total auf die Nerven gehen wirst mit Ermahnungen, noch strebsamer zu sein.«

»Das kannst du doch überhaupt nicht vergleichen. Rémy braucht Unterstützung beim Französischlernen. Ihr beide seid gute Schülerinnen. Der erste Freund könnte eure Aufmerksamkeit ganz schön auf Abwege lenken …«

»Aber Camille hat immer noch sehr gute Noten.«

Ich fühle mich, als hätte ich gerade einen ordentlichen Kinnhaken eingesteckt. Lucie hat die Arme vor der Brust verschränkt und mustert mich mit strenger Miene.

»Du kannst nicht alles kontrollieren, Mama. Camille trifft sich seit ein paar Monaten mit einem Jungen. Es ist nichts Ernstes, ich weiß nicht einmal genau, ob sie verliebt ist, aber so ist das Leben, und Camille kommt offenbar gut mit der Situation zurecht.«

Trotz dieser Eröffnungen immer noch recht angeschlagen, stütze ich mich auf die Arbeitsplatte und komme erst langsam wieder zu Atem. Ich bringe kein Wort heraus. Zu wissen, dass Camille sich heimlich mit jemandem trifft, ruft meine eigene Jugend bei mir wach.

»Mama, krieg dich wieder ein! Das ist doch kein Beinbruch.«

»Du kannst dir nicht vorstellen, wie sehr ich mir gewünscht habe, diesen Augenblick hinauszögern zu können. Ich war so alt wie sie, als ich schwanger geworden bin. Selbst ein vernünftiges Mädchen kann ins Straucheln geraten, wenn es einen Narren an jemandem gefressen hat.«

»Nicht alle Mädchen, und schon gar nicht Camille. Wenn es jemanden gibt, dem du vertrauen kannst, dann ...«

»Das ist nicht das Problem. Es ist ihr Freund, zu dem ich kein Vertrauen habe. Da brauche ich ihn gar nicht erst zu treffen, um mir eine Meinung zu bilden. Ich weiß, woran die Jungen in seinem Alter denken!«

»Und genau da liegt das eigentliche Problem«, antwortet Lucie kämpferisch. »Du kommst um vor Angst bei dem Gedanken, dass wir die gleichen Dummheiten begehen könnten wie du. Das haben wir längst verstanden. Du hast dich in den falschen Typen verliebt, du hast deine Schule aufgegeben, du hättest in einem angesehenen Hotel arbeiten und dort Chefköchin werden können, aber du hast alles stehen und liegen gelassen, um mit ihm auf seinem heißen Ofen davonzubrausen. Wir kennen die Geschichte ... und werden uns hüten, es genauso zu machen.«

Verflixte Lucie! Es kommt mir vor, als seien die Rollen vertauscht. Ich stehe als das kleine Mädchen da und Lucie übernimmt die Rolle der moralpredigenden Mutter. Eine Rolle, die sie perfekt spielt. Diese Göre!

»Tadele Camille nicht für deine eigenen Fehler, und lass sie auf dich zukommen. Du kannst sicher sein, dass sie deine Ratschläge befolgt.«

»Mir wäre es lieber gewesen, dass ihr euch von den Jungen fernhaltet.«

»Du weißt doch genau, dass das nicht in deiner Macht steht. Du wirst uns nicht davon abhalten können, uns zu verlieben, und auch nicht davon, Dummheiten zu machen. Im Übrigen besteht deine Rolle vor allem darin, uns zu trösten und uns wieder aufzurichten, oder?«

Sie schließt mich in ihre Arme, und ich schmiege mich dicht an sie. *Jesus Gott!* Wie sehr ich Lucie liebe, meinen kleinen *Frechdachs*! Ich zögere nicht lange und drücke sie fest an mich. Meine Lucie, ihre Charakterstärke, ihre Bissigkeit, ihren Widerstandsgeist: Ich umarme alles, was sie ist, und presse sie an mein Herz – mein Baby, das eine bewundernswerte junge Frau geworden ist.

»Ich liebe dich, mein Schatz.«

»Freut mich zu hören.«

»Wenn du mich zu Wort kommen lassen würdest, könnte ich dir das öfter sagen …«

»Ich gebe zu, dass ich dir keine Atempause gönne!«, ruft sie und springt von ihrem Hochsitz.

Sie macht ein paar Schritte in den kleinen Flur und spitzt die Ohren. Die Stimmen von Rémy und Camille sind gerade etwas lauter. Die Stunde neigt sich dem Ende zu. Lucie kommt mit ernster Miene zu mir zurück.

»Mama, versuch dich zurückzuhalten und behalte für dich, was ich dir anvertraut habe. Ich wollte dich nur ins Bild setzen, damit du nicht aus allen Wolken fällst, wenn du irgendwann mal Camilles Typen über den Weg läufst …«

Wusch! Noch eine kalte Dusche. Lucie besitzt die Gabe, mich in ein Wechselbad der Gefühle zu stürzen. Und recht hat sie auch noch damit! Mein Radar für mögliche »Typen« ist aktiviert. Mein Herz schlägt schon wieder aus Leibeskräften. Und wieder wird der eiskalte KGB-Agent in mir wach, der nicht davor zurückschreckt, einen unglückseligen Zeugen der Folter zu unterziehen.

»Wenn dieser Kerl auch nur einen falschen Schritt macht …«

»… fesseln wir ihn auf einen Stuhl und zwicken ihn abwechselnd mit glühenden Zangen. Damit bin ich absolut einverstanden!«, prustet Lucie los.

Ich umarme sie fest und innig. Was würde ich nur ohne meine Tochter tun? Sie besitzt ein so überschäumendes Temperament und ist so intelligent. Ich liebe sie mehr, als ich sagen kann.

»Du weißt genau, dass ich recht habe«, ereifert sich Camille, die plötzlich aus ihrem Zimmer kommt.

Ich bin so in meine Gedanken vertieft, dass mein Herz einen kleinen Stolperer vollführt, als ich plötzlich die Stimme meiner Tochter direkt neben mir vernehme. Sie sieht großartig aus mit ihren zum Pferdeschwanz gebundenen Haaren, der hochgeschnittenen Jeans und einer weißen Bluse. Ganz wie ein freundliches junges Mädchen, bei dem nichts darauf hindeutet, es könne seine Zukunft aufs Spiel setzen. Rémy, der sich offenbar pudelwohl fühlt, hat sich bereits ein Plätzchen am Herd gesichert, um den vom Kochtopf aufsteigenden Duft zu genießen.

»Womit hast du recht?«, frage ich.

»Privatsache«, erwidert Camille lediglich.

»Wenn du nicht so herumzeterst, stellt man dir auch keine Fragen.«

»Er regt mich eben auf!«

Rémy fährt herum und bedeutet ihr zu schweigen. Im gleichen Augenblick klingelt es an der Tür. Camilles Blick verrät mir, dass wir den Grund für die Auseinandersetzung direkt vor unseren Augen haben. Im Übrigen ziert Anthony sich nicht und kommt einfach herein, nachdem er leise geklopft hat.

Mit einem breiten Lächeln auf den Lippen gesellt er sich zu uns.

»Oh, mein Gott, Momo! Ich wette, du hast ein *Coq au vin* gekocht! Papa wird sich freuen wie ein Verrückter!«

Er wirft seine Jacke über einen Barhocker, dann drückt er mir einen dicken *Schmoutz* auf die Wange.

»Papa liebt dieses Gericht.«

»Das freut mich.«

Ich umarme ihn herzlich und wuschle ihm durchs Haar. Ich liebe diesen Jungen. Heute noch mehr als sonst. Er sieht so glücklich aus, ist endlich aufgeblüht. Die Liebe eines wiedergefundenen Vaters zum einen und die aufrichtige und glückliche Liebe zu einem Partner sind zwei kostbare Schätze. Die Art und Weise, wie Anthony und Rémy einander beobachten, reicht mir, um zu begreifen, wie zärtlich ihre Gefühle füreinander sind.

Wieder geht die Tür auf.

»*Jesus Gott*, das riecht unglaublich gut hier!«, ruft Mu begeistert und drückt mich an sich.

Die wunderbare Eigentümerin dieser Räumlichkeiten nutzt die Gelegenheit, um mich mit zwei fetten *Schmoutz* auf die Wangen zu bedenken. Dicke Schmatzer, wie man sie kleinen Kindern gibt, und diese Berührung ruft zärtliche Erinnerungen bei mir wach.

»Guten Tag, Mu, du wirkst ja richtig gut gelaunt.«

»Ich habe Gégé beim Rommé schwer abgezogen, und danach habe ich das Altenheim hocherhobenen Hauptes verlassen!«

»Ich wusste, dass du dort einen schönen Nachmittag haben würdest.«

Mu zuckt mit den Schultern und zieht einen missbilligenden Flunsch.

»Wenn ich ihn alle zwei Tage so in die Pfanne haue, macht

Gégé vielleicht schlapp und lässt Zette wieder hierher zurückkommen.«

»Du lässt nicht locker, wie ich sehe.«

»Zette wird schon einlenken und zurückkommen!«, beschwört sie sich selbst.

»Es könnte ja auch sein, dass du diejenige bist, die sich an ihre neuen Freunde gewöhnt.«

Mu streckt mir schelmisch die Zunge heraus.

»Wie wäre es, wenn wir den Apéro vorbereiten? Und es uns gut gehen lassen?«, schlägt sie vor und hat auch schon die Schachtel mit den Brezeln geöffnet, die auf der Arbeitsfläche steht.

»Gute Idee, meine liebe Mu!«

Die Jungs lassen sich nicht lange bitten und holen rasch Gläser aus dem Wohnbereich, um auch in den Genuss zu kommen. Die Mädchen halten sich hingegen etwas abseits und wechseln eindringliche Blicke. Ich wage es nicht, ihnen näher zu kommen. Lucie versucht Camille dazu zu bringen, ihr Aufschluss über den kleinen Streit mit Rémy zu geben.

»Camille, Lucie, steht nicht so tatenlos herum, sondern füllt ein paar Knabbereien in die Schälchen. Oscar wird gleich hier sein ...«

»Das ist es ja eben«, seufzt Camille und macht kehrt.

Im Wohnzimmer flüstert sie Rémy etwas ins Ohr. Und da tut Lucie desgleichen auch schon bei mir.

»Sag es bloß nicht seinem Vater. Eltern können alles verderben.«

Ich glaube, ich habe noch nie zuvor so damit gehadert, dass Lucie meine Gedanken lesen kann. Ihre Worte treffen mich wie ein Dolchstoß. Es kommt mir vor, als gälten Lucies Worte ebenso für mich. Sie fürchtet also, Oscar könne die Beziehung seines Sohnes zu meinem Küchengehilfen nicht akzeptieren, aber wie sieht es denn bei mir aus? Wäre ich begeistert darüber, wenn Camille ihren Freund mit nach Hause brächte? Der Strudel der Angst, in den ich während der letzten halben Stunde geraten bin, führt mir das Gegenteil vor Augen.

Ein erneutes Klingeln reißt mich aus meinen Überlegungen, ich setze ein freudiges Gesicht auf und öffne Oscar die Tür.

11

Magisches Brustschwimmen

Acht Uhr morgens. Die meisten Senioren finden sich im Speisesaal ein, um das von Rémy vorbereitete Frühstück einzunehmen. Als ehrenamtlicher Mitarbeiter habe ich darum gebeten, recht früh anfangen zu dürfen. Ich bin ein Frühaufsteher und mag den Augenblick, wenn der Duft nach Kaffee und geröstetem Brot durch die Räume des Altenheims zieht.

Meine Aufgabe? An die Türen der kleinen Wohneinheiten zu klopfen, um eine Zeitung anzubieten, die Wettervorhersage zu übermitteln oder ein Tablett mit dem Frühstück hineinzutragen. Von manchen Bewohnern werde ich gebeten, ein wenig zu bleiben, und dann sprechen wir über Dinge, die ihnen gerade am Herzen liegen. Mit ihrer Aktion, mich hierherzubringen, hat meine Mutter mir neue Horizonte eröffnet. Es stimmt mich heiter, wenn ich Zeit mit alten Menschen verbringe. Sie sind geduldig, aufmerksam und ruhen in sich. Vom Fenster des bescheidenen Wohnzimmers meiner »Schülerin« Bernadette, der ich wegen ihrer dicken Brille liebevoll den Spitznamen »kleine Eule« gegeben habe, hat man einen herrlichen Blick auf den Park und den Apfelbaum, in dem eine Meise nistet. Wenn ich morgens zu Bernadette gehe, beobachten wir eine Weile die Vogelmutter, wie sie draußen Futter für ihre Kleinen sucht. Heute habe ich einen Meisenknödel dabei, den ich am Fensterladen vor Bernadettes Fenster anbringe, sodass sie den zierlichen Vogel besser beobachten kann.

Als ich ihr Zimmer wieder verlasse, empfinde ich eine tiefe Zufriedenheit. Die ehrenamtliche Arbeit hier ist wirklich erfüllend. Ich hätte nie gedacht, dass ich mich so schnell und leicht einfinde. Es ist ganz offensichtlich, dass die Senioren jemanden gut gebrauchen können, der bereit ist, ihnen Gesellschaft zu leisten. Und ich, der ich so lange fast allein gelebt habe, entdecke die Freude, von Menschen umgeben zu sein.

»Psst! Oscar!«

Ich erkenne Mireilles Stimme und muss innerlich schmunzeln, als ich ihre nach Schokolade lechzende Miene sehe. In einen eleganten schwarzen Kimono gekleidet, steht sie in der halb geöffneten Tür ihres Zimmers. Trotz der frühen Stunde ist ihr Haarknoten perfekt frisiert. Stets auf ihr Äußeres bedacht, hat sie auch Lidschatten und einen Hauch Lippenstift aufgelegt. Eine echte Romanfigur, diese Mireille.

»Guten Morgen, gut geschlafen?«

»Nicht so laut!«, flüstert sie. »Thérèse ist noch mit dem Föhnen beschäftigt, aber sie braucht nicht mehr lang. Sag schnell, hast du ›was‹ dabei?«

Sie weist mit dem Finger auf meine Taschen, um unverzüglich Klarheit zu gewinnen, ob ich »Ware« bei mir habe.

In meiner Eigenschaft als Lieferant von Süßigkeiten gehe ich langsam zu ihr hinüber, während ich darauf achte, dass mir niemand auf den Fersen ist. Wenn Louis mich als Schokoladen-Dealer erwischt, bin ich geliefert! Beim letzten Mal hat er uns erwischt, und ich war gezwungen, in den kleinen Supermarkt zu laufen, um Schokobären für ihn zu kaufen. Dieses erstaunliche Trio ist hochgradig zuckerabhängig, und Mireille muss ihre Süßigkeiten verstecken, wenn sie nicht beklaut werden will.

»Hier, das ist für dich.«

Ich schiebe ihr ein paar Teetütchen in die Tasche ihres Morgenmantels.

»Ist es auch wirklich Earl Grey?«, fragt sie ein wenig aufgekratzt.

Ich beiße mir auf die Lippen, um nicht loszulachen. Ich musste mir ein paar Tricks ausdenken, um die Schokolade meiner »Kunden« zu verstecken. Rosinencookies in Kosmetiktücherboxen, Karamellbonbons in Zahnpastaverpackungen, um nur einige der kleinen Verstecke zu nennen, mit deren Hilfe die Gelüste der Bewohner befriedigt werden können.

»Ja, ich habe genau die richtige Sorte. Thérèse kann englischen Tee nicht ausstehen, oder?«

»Sie trinkt nur Kaffee, und zwar schwarz. Das wirkt glamouröser.«

Ich lächele. Die beiden Brontës sind unglaublich. Man könnte meinen, sie seien einem Film der Fünfzigerjahre entsprungen, oder einer Novelle von Edgar Allen Poe. Sie sind anmutige Gestalten, ein wenig unterkühlt, aber mit gutem Herzen.

»Danke«, sagt sie und versenkt die Schokolade tiefer in ihre Tasche. »Ich muss aufpassen, dass ich nicht der Versuchung erliege, sie auf der Stelle zu essen. Aber Thérèse wittert den Geruch von Schokolade wie ein Spürhund.«

»Bewahr sie für später auf, das ist dein kleines Vergnügen. Es ist Schokolade mit Trauben.«

»Ach, du kennst meine kleine Schwäche. Die meisten Leute mögen Schokolade mit Trauben nicht, dabei schmeckt sie genauso süffig wie ein Glas Wein.«

Ich gehe weiter, bevor Mireilles Schwester meine Anwesenheit bemerken kann.

Jetzt schlage ich die Richtung zum Schwimmbecken ein. Zügig betrete ich meine Wirkungsstätte. Da das Licht noch aus ist, rutsche ich am Fußbecken ein wenig aus und mache mir den Hosensaum nass, als hätte ich heute Morgen keine Augen im Kopf. Ein schöner Kopfsprung täte mir jetzt gut. Also gehe ich in mein Arbeitszimmer hinüber und ziehe mich rasch um.

»Sie sehen müde aus, Oscar«, höre ich plötzlich die Stimme von Iris, während ich gerade gähnend dabei bin, mein Oberteil auszuziehen.

Ich springe auf und gleite fast auf dem feuchten Boden aus. Iris hält mich am Ellbogen fest.

»Danke, Frau Direktorin. Da muss jemand mit seinen feuchten Badesandalen alles nass gemacht haben.«

»Sieht ganz so aus, als wären Sie das gewesen!«, ruft Iris amüsiert und zeigt auf meine eigenen Flipflops. »Sie sind ja ganz benebelt heute Morgen.«

»Es tut mir leid, dass Sie mich so sehen.«

»Das macht doch nichts! Sie können mich Iris nennen. Sie sind der Einzige, der mich so förmlich anredet – ›Frau Direktorin‹. Meine Güte, wie pompös das klingt!«

»Wie Sie wollen, Iris. Ich bin spät schlafen gegangen. Momo hat ein *Coq au vin* gekocht, und da ist es reichlich spät geworden.«

Je mehr ich rede, desto klarer wird mir, dass ich meine Glaubwürdigkeit einbüße, aber Iris beobachtet mich, ohne ihr Lächeln aufzugeben.

»Das muss Ihnen nicht peinlich sein. Sie haben ein Privatleben, genau wie wir alle. Außerdem brauchen die Bewohner hier Personal mit guter Laune. Sie haben sich verändert seit Ihrer Ankunft, Sie sind viel freundlicher geworden. Diese netten Abende scheinen Ihnen gutzutun.«

»Rechtzeitig wieder einsatzbereit zu sein, wäre aber auch nicht schlecht.«

Ich nehme meine Thermoskanne und schenke mir eine Tasse dampfenden Kaffee ein. Ich brauche etwas Belebendes, bevor der Kurs losgeht, und meine Gruppe wird schon bald am Schwimmbecken auftauchen. Iris setzt sich auf meinen Schreibtisch und schlägt die Beine übereinander.

»Gibt es noch etwas zu besprechen?«

»Mir ist aufgefallen, dass immer wieder Personen, die nicht in unserer Einrichtung beschäftigt sind, Sie bei Ihren Kursen begleiten. Gerade eben sind mir Anthony und Rémy über den Weg gelaufen, die Sie offenbar gebeten haben, den Kurs heute Morgen musikalisch zu begleiten.«

»Das stimmt.«

»Wenn Anthony ehrenamtlich hier tätig sein will, muss er eine Erklärung unterzeichnen. Er kam schon vorher hin und wieder, um seiner Großmutter etwas vorzuspielen, aber seit er Ihre Gymnastikstunden begleitet, nimmt das zu viel Raum ein. So kann er nicht hier ein und aus gehen. Noch dazu verbringt er recht viel Zeit bei seinem Freund Rémy in der Küche. Wenn irgendetwas passiert, werde ich dafür zur Verantwortung gezogen. Er ist Ihr Sohn, und wir schätzen seine Anwesenheit bei uns sehr, aber man muss dabei auch gewisse Regeln einhalten.«

»Seien Sie unbesorgt, ich werde mich darum kümmern.«

Iris legt die Formulare auf den Schreibtisch und zeigt lächelnd mit dem Finger darauf.

»Anthony ist willkommen hier. Er bringt frischen Wind in unser Haus. Es tut gut, junge, verliebte Menschen zu sehen. Ich werde Sie jetzt nicht länger aufhalten, Ihre Schüler warten auf Sie!«

Ihre Worte scheinen eine Ewigkeit zu brauchen, um sich ihren Weg in mein Gehirn zu bahnen.

Erst gestern hat Momo mir von ihren Töchtern erzählt und davon, wie schwer es ihr fällt, die Nabelschnur zu durchtrennen und zu akzeptieren, dass sie vielleicht einmal einen Freund haben. Wie immer war der Abend reibungslos und freundschaftlich verlaufen. Ohne pädagogischen Unterton hat Momo mir auch nahegelegt, mir Gedanken über die Gefühle meines Sohnes zu machen. Wir blieben aber nicht lange bei diesem Thema, da ich es für ein belangloses Gespräch hielt. Jetzt verstehe ich mit einem Schlag, dass sie vielmehr versucht hat, mir vorsichtig die Augen zu öffnen. Die Wahrheit trifft mich wie ein Donnerschlag. Es gibt jemanden in Anthonys Leben, und ich kenne diese Person.

Iris macht kehrt, winkt mir grüßend zu und lässt mich mit meinen Gedanken allein. »Junge, verliebte Menschen« – ist das so offensichtlich? Mein Sohn ist also verliebt. Und er hat mir nichts davon gesagt. Offenbar war ich in seinen Augen nicht dafür bereit. Es ist nicht so, dass ich von der Sache selbst überrascht bin, eher verletzt es mich ein wenig, dass mein Sohn diese Beziehung lieber für sich behalten hat.

Ich weiß nicht so recht, wie ich mit dieser Enthüllung jetzt umgehen soll. Mich packt regelrecht Angst. Wenn Anthony mir nichts gesagt hat, fürchtet er sich offensichtlich vor meiner Reaktion. Weil er einen Mann liebt. Was denkt er wohl über mich? Hat er Angst, dass ich ihn deshalb ablehne? Dass ich so dumm bin, etwas zu verurteilen, was nicht zu verurteilen ist?

Jetzt auf ihn zuzugehen wäre keine Lösung. Ich würde ihn vor den Kopf stoßen, mit der Tür ins Haus fallen. Geduld ist gefragt. Abwarten, ihn nicht aus den Augen lassen, ihm meine Zuneigung zeigen, sein Vertrauen gewinnen. Ich werde alles dafür tun, dass er von selbst zu mir kommt und sein Glück mit mir teilt.

In diesem Augenblick höre ich ihn tatsächlich kommen, die Djembes klingen bis zu mir herüber. Wie wir es gestern besprochen haben, fordern Anthony und Rémy die Bewohner auf, ihnen im Rhythmus Richtung Schwimmbecken zu folgen.

Ich verlasse meinen Arbeitsraum und sehe, wie einige Kursteilnehmer in die Hände klatschen und fröhlich dazu singen: »Er schlägt auf seine Trommel und weckt seine Freunde …«

Wir haben den Text gestern in Anlehnung an einen bekannten Schlager des Sängers Philippe Lavil aus den Achtzigerjahren verfasst, der ihnen vertraut ist. Die eingängige Melodie motiviert die Teilnehmer, die Anthony und Rémy freudig begleiten. Während wir uns gestern Abend Momos wunderbaren geeisten Nougat schmecken ließen, hatte Anthony den Vorschlag zu dieser Aktion gemacht, und im Nu hatten wir das Lied fertig. Ich bin stolz auf meinen Sohn. Es gibt wohl wenig junge Leute, die sich so sehr in eine ehrenamtliche Arbeit einbringen würden. Erst recht, wenn es darum geht, Zeit mit Menschen zu verbringen, die ungefähr viermal so alt sind wie sie selbst. Er wirkt überhaupt nicht verlegen und freut sich, den Clown zu spielen und sein Publikum zum Lachen zu bringen, indem er den Text in einer für ein Altenheim angemessenen Weise parodiert.

»Sie gehen alle ins Schwimmbad, sie kommen und gehen, und kommen und gehen …«, singt er lauthals.

Mit einer einladenden Handbewegung schlage ich meinen Schülern vor, in das kleine Becken zu steigen. Der energiegeladene Hüftschwung von Gégé und seinen Freunden am heutigen Morgen lässt vermuten, dass die Aquagymnastik dieses Mal besonders rhythmisch ausfallen wird. Und auch für Mireille scheint das zu gelten, denn sie reckt ihre Arme in die Höhe wie eine klassische Tänzerin. Die üblichen Dehnübungen werden fließend und rund ausgeführt. Befriedigt stelle ich fest, dass meine Schüler viel beweglicher geworden sind.

Die Übungen, die ich seit mehreren Wochen mit ihnen mache, haben sie in Schwung gebracht. Vielleicht schlagen sie sogar ein wenig über die Stränge. Es liegt eine eigenartige, freudige Spannung in der Luft. Sollte sich eine neue Krankheit in der Einrichtung ausgebreitet haben? Eine höchst ansteckende, von Anthony und Rémy ausgehende Verbreitung von Liebesgefühlen?

Die Art und Weise, wie Gégé Mamas Schultern betatscht, erinnert mich an das Flirtverhalten von Teenagern. Ich freue mich, dass die beiden zusammen sind. Mama strahlt und ist verliebt, daran kann kein Zweifel bestehen. Im Wasser finden Paare leicht zusammen, und in ihren leuchtenden Blicken liegen Wünsche, die ich bei Menschen diesen Alters eigentlich nicht mehr vermutet habe. Etwas widerstrebend muss ich Louis und Mireille voneinander trennen, denn sie kleben aneinander wie vierzehnjährige Gören. Die kleine Gruppe hat sich verändert. Ich sehe immer noch Siebzigjährige und Achtzigjährige vor mir, aber ihre Haltung ist nicht mehr die gleiche. Das Wasser lindert ihre rheumatischen Beschwerden und andere physische Einschränkungen. Ob es nun darum geht, die Arme zu heben oder sich zu bewegen – alles fällt im Wasser leichter, und das wiederum erlaubt es, die durch jahrelange sportliche Abstinenz verkürzten Muskeln zu aktivieren.

Ich habe den Eindruck, hundertjährigen Bäumen dabei zuzusehen, wie sie plötzlich wieder kraftvoll austreiben und zu neuem Leben finden. Ihre Äste sind zwar hier und da etwas knotig und manche tragen keine Blätter, aber sie halten allen Widrigkeiten stand. Diese wiedergefundene Jugend ist die Frucht meiner Zusammenarbeit mit Rémy und Anthony. Sie verstehen es, die Senioren zu begeistern – und mich dazu.

Ich streife ein paar Tauchringe über mein Handgelenk und steige ins Becken. Ich könnte einfach durchs Wasser gehen, um sie am Boden abzulegen, aber die Musik weckt auch bei mir die Lust, mich zu bewegen, schneller zu gehen. Ich tauche unter und schwimme ein paar Züge.

Unter Wasser klingen die Töne der Djembes sanfter. Ich kann die Alten am Beckenrand singen und zum Rhythmus der Musik in die Hände klatschen hören. Mein Sohn besitzt offenbar ein riesiges Talent dafür, mit seinem Spiel Emotionen zu wecken. Es ist ein unglaublich wohltuender Augenblick. Am liebsten würde ich noch etwas länger unter Wasser bleiben, einfach nur, um ihnen dabei zuzuhören, wie sie Spaß miteinander haben. Und noch bevor ich wieder an der Oberfläche bin, springt ein ganzes Trüppchen von bewegungsfreudigen Alten ins Wasser und bewegt sich im Takt auf mich zu.

Ich tauche wieder auf. Alle schwimmen in meine Richtung, unter der Leitung von Rémy, der weiterspielt und ihnen bedeutet, mich einzuholen. Die Melodie ergreift ihre Körper und auch meinen eigenen. Dieser beinahe magische Effekt der Musik verleiht ihnen eine lange vergessene Kraft. Ihre Bewegungen sind nicht wirklich rund, wirken auch etwas unbeholfen, manche müssen kräftig schnaufen, um vorwärtszukommen, aber sie alle sehen so aus, als wären sie froh, sich lebendig zu fühlen.

Mit ihren schlaffen Muskeln durchpflügen sie das Wasser. Das Lied gibt ihnen das Tempo für ihre Vorwärtsbewegungen vor, sodass sie im Einklang mit den Trommelschlägen bleiben. Es ist wie ein Virus, der sich schnell und unregelmäßig ausbreitet. Alle sind von ihm erfasst. Alle weisen die gleichen Anzeichen auf: einen lebhaften Blick, ein Lächeln auf den Lippen und ein fröhlicher Wille vorwärtszukommen. Diese Lust, ins Wasser einzutauchen, die eigenen Gebrechen zu vergessen und einfach nur beim Tanzen und Singen Spaß zu haben – es sind die beiden Musiker, die ihnen das vermittelt haben. Mag sein, dass auch ein Hauch Magie dabei ist.

»Damit hast du nicht gerechnet, nicht wahr?«, neckt mich meine Mutter, als sie mich erreicht.

»Für eingerostete alte Menschen stellt ihr euch großartig an. Ein dickes Lob für alle!«

Die sechs Senioren bilden einen Kreis um mich. Strahlend und ein wenig außer Atem.

»Wenn du uns vor zwei Monaten gesehen hättest! Niemals hätte auch nur einer von uns etwas so Verrücktes gemacht«, beteuert Bernadette, während sie ihre geblümte Badekappe zurechtrückt.

»Jetzt will ich aber wissen, was in euch gefahren ist! Ich habe euch schließlich gar nicht aufgefordert, mir zu folgen …«

Gégé lacht los und weist auf Rémy.

»Man muss schon sagen, dass der nette Mitarbeiter aus der Küche sein Instrument sehr gut spielt. Dieses Ding erweckt unsere müden Knochen zum Leben! Es packt einen fast wie eine schöne Krankheit!«

»Das Syndrom der magischen Djembe«, ergänzt Mama lächelnd.

Mein Eindruck bestätigt sich. Ein Syndrom. Genau, von einem Syndrom könnte man sprechen. Nach diesem Wort habe ich gesucht. Es geht nicht um Magie. Eher um ein Zusammentreffen verschiedener Faktoren, das einen allgemeinen Rauschzustand hervorruft. Einen Zustand, der vor allem durch die Musik und den belebenden Kontakt mit dem Wasser hervorgerufen wird.

»Nein«, verbessert Thérèse ein wenig verträumt, »ich würde es eher das Syndrom des formvollendeten Brustschwimmens nennen. Wir haben dich ganz fasziniert beobachtet, Oscar. Deine Bewegungen stimmten so wunderbar mit dem Rhythmus der Musik überein. Körper, Wasser, Djembe – alles harmonierte miteinander. Da konnten wir nicht einfach zusehen, ohne uns selbst auch zu bewegen. Es war geradezu hypnotisch und sehr verlockend. Verstehst du, was ich meine, Oscar? Zuerst wolltest du gar nicht schwimmen, nicht wahr? Du wolltest nur deine Ringe ablegen, und dann bist du doch ins Wasser eingetaucht …«

»Weil ihn ein Zauber gepackt hat!«, vervollständigt ihre Schwester lachend. »Das erinnert mich an unsere Zeit als Solotänzerinnen. Ohne die Melodie ist der Tanz nichts. Ich glaube, dass wir heute etwas erlebt haben, was man sonst vor allem in der Kunst erfährt. Eine Art Verzauberung.«

Mireille rührt mich. Ich wusste nicht, dass sie früher Tänzerin war. Jetzt verstehe ich besser, woher die Anmut der Brontë-Schwestern kommt, und ebenso ihre Gier nach Zucker, denn sie mussten sich diesen in ihrer Karriere sicher sehr oft versagen.

Etwas Unglaubliches ist vor sich gegangen. Die Vibrationen, das Wasser, die Freude hat die gesamte kleine Gruppe erfasst, und jedes Detail trug zu diesem wunderbar beschwingten Lebensgefühl bei. Ich bin der Jüngste von allen hier im Wasser, und doch fühle ich mich belebt und von einer Kraft durchdrungen, die mich verlassen zu haben schien.

»Mich hat es auch mitgerissen. Ich habe Rémy und Anthony gebeten zu spielen, um euch leichter in Bewegung zu bringen, damit ihr euch auf etwas Neues einlasst. Aber ich gestehe, dass ich nicht mit einem solchen Erfolg gerechnet habe.«

»Dein Verhalten hat uns motiviert. Hast du nicht daran gedacht, dass alle hier wissen, wie bekannt du einmal warst?«, holt Mama aus. »Alle haben darauf gewartet, dich schwimmen zu sehen. Du hast so viele Wettkämpfe gewonnen, hier bist du immer noch eine Attraktion! Deine Darbietung in Verbindung mit dem Lied ergab eine absolut beflügelnde Mischung.«

»Von der Art, wie sie uns *Altis* nicht oft zuteilwird.«

»Stimmt schon, dass sich für uns selten die Gelegenheit ergibt, so viel Spaß miteinander zu haben«, wirft Bernadette ein.

Die anfängliche Aufrührerin ist mit der Zeit sanft und friedlich geworden – wohl auch dank meiner morgendlichen Besuche bei ihr. Bernadette mit ihrer dicken Brille, die Schönste unter den Nachtvögeln der alten Damen.

»Das heißt also, ihr müsst nichts weiter tun als schwimmen, um Spaß zu haben?«

»Genau«, antwortet Mama und nickt eifrig. »Du hast jahrelang mit Kindern gearbeitet. Da hast du doch genug gute Ideen gesammelt, um sie in deinen Kursen anzubringen, mach es bei uns einfach genauso.«

»Weil ihr große Kinder seid?«

»Genau!«, rufen alle durcheinander und spritzen mich übermütig nass.

Schokolade, Musik, ein wenig Tanz – das sind die Zutaten, um der Gruppe ein fröhliches Lächeln ins Gesicht zu zaubern. Ein Erdbeerduft zieht zu uns herüber. Momo kocht offenbar eine Erdbeersoße als Zutat für ein Dessert ein. Gewiss steht ein Käsekuchen auf dem Speiseplan! Eine elsässische Köstlichkeit, die Mauricette mit Hingabe backt. Das süße, milde Aroma weckt in mir Erinnerungen an Zuckerwatte und Jahrmarkt. Nougat, Liebesäpfel, Eis und Karussellfahrten. Clowns, Tanzabende und andere Veranstaltungen – ein Konzentrat süßer Freuden, die vergnügt genossen werden. Genau! Ein weiteres Mal hat Momo ihren magischen *Kocheleffel* eingesetzt und mich damit auf neue Ideen gebracht.

»*Kind!* Warum grinst du denn so dümmlich?«, reißt mich Bernadette aus meinen Gedanken.

»Ich glaube, mir ist etwas eingefallen, das euch Spaß machen wird.«

12

»Hallo, Mama Momo«

»Du wirst mich doch wohl nicht für eine solche Kleinigkeit bestrafen!«, schreit Camille.

Es ist so weit. Camille hat einen Wutanfall. Das kommt tatsächlich nur alle Jubeljahre einmal vor. Diesmal ist sie aber wirklich außer sich. Und das ist vollkommen fehl am Platz. Das liebe, wohlerzogene Kind hat seine guten Manieren gegen ein so ungehöriges Benehmen getauscht, dass ich fuchsteufelswild bin.

»Du hast Stubenarrest, so lange ich es sage. Hast du überhaupt eine Ahnung, wie peinlich mir das war? Der Schulleiter hat mich höchstpersönlich angerufen, um mir mitzuteilen, dass, dass du …«

In meiner Wut schaffe ich es nicht, meinen Satz zu Ende zu bringen. Camille stemmt verächtlich die Hände in die Seiten.

»Pah, sag es doch einfach und mach nicht ein solches Drama daraus!«

Ich blitze sie an, schnappe mir ihr Mitteilungsheft von der Schule und setze meine Unterschrift unter das Nachsitzen, das sie sich am Tag zuvor für »ein auf dem Schulgelände unangemessenes Verhalten« eingefangen hat, dann schmettere ich es ihr vor den Bauch. Sie kann es gerade noch auffangen und verzieht das Gesicht.

»Es reicht, Mama. Du übertreibst maßlos.«

»Du wirst mir jetzt keine Moralpredigt halten. Du bist schließlich diejenige, die sich danebenbenommen hat, nicht ich!«

Meine Erwiderung klingt absolut kindisch. Ich sehe es an Camilles Blick, und noch deutlicher an dem von Lucie, die sich längst nicht mehr mit ihrem Smartphone beschäftigt. *Jesus Gott!* Wenn sie sich jetzt noch in das Gespräch einmischt, platze ich.

»Ganz ehrlich, Mama, das macht jeder mal. Du kannst ihr doch keinen Strick daraus drehen, dass sie in der Umkleide mit ihrem Freund herumknutscht!«

»Verschwinde in dein Zimmer! Dieses Gespräch geht dich nichts an.«

»Ich nehme aber lieber jetzt schon mal daran teil, bevor ich irgendwann an der Reihe bin und auch in die Pfanne gehauen werde!«

»›In die Pfanne gehauen‹? Weil du auch eine Flamme hast? Wollt ihr mich um den Verstand bringen?«

»Aber nein. Ich spreche von *deiner* Pfanne. Du willst Camille wohl auf kleiner Flamme weichkochen. Ich glaube, sie hat verstanden, worum es geht. Ich kenne dich, und deshalb weiß ich, dass mir genau das Gleiche blüht, wenn du irgendwann einmal erfährst, dass ich mit jemandem zusammen bin. Und – *hoppla!* Ab in die Pfanne, wo ich dich weichkoche, und dann gibt's noch was mit dem *Kocheleffel* auf den Hintern, um mich für meine Unverschämtheit zu bestrafen, und ein Hieb mit dem Schaumlöffel auf den Kopf kann auch nicht schaden, damit ich wieder zur Vernunft komme! Und zu guter Letzt kommt ein kräftiger Schluck Wein, um das ganze Gift hinunterzuspülen, das du versprühst. Und schon ist alles vergessen! Jetzt nimm Camille endlich in den Arm und versöhnt euch. Du hältst es sowieso nicht lange aus, so böse zu sein.«

Ich sage kein Wort. Lucies gesunder Menschenverstand

und ihr Witz haben meinen Zorn verrauchen lassen. Natürlich kann ich Camille nicht lange böse sein. Wer hat seinen Schatz in der Schule nicht geküsst? Ist es tatsächlich eine Dummheit, verliebt zu sein? Mein Gott, wieder einmal bringt Lucie mich in die Spur. Eine sechzehnjährige Göre! Das verspricht einiges für die Zukunft.

»Camille, nimm dein verflixtes Mitteilungsheft und geh in die Schule. Aber versuch, deine Zunge im Mund zu behalten.«

Meine ältere Tochter nickt mir zu, bevor sie ihre Jacke überzieht und sich auf den Weg macht. Lucie, deren Unterricht später beginnt, bleibt in der Küche und mustert mich.

»Hör auf, ein solches Gesicht zu ziehen, Mama. Es ist nichts Dramatisches vorgefallen. Du steckst alle Männer in einen Topf! Und wenn wir schon dabei sind, auch du solltest endlich wieder einen Mann in dein Leben lassen.«

»Jetzt hör aber auf, Lucie! Das ist wirklich nicht der richtige Zeitpunkt!«

»Du musst einfach nur die Augen aufmachen. Oscar isst jeden Abend hier, er ist supernett. Du solltest dein Glück mit ihm versuchen, das würde dich aufheitern.«

»Du machst mich echt fertig!«, schäume ich und werfe mein Geschirrhandtuch nach ihr.

Lucie fängt es im Fluge und versperrt mir den Durchgang, als ich durch die Küche in mein Schlafzimmer gehen will, um mich anzuziehen.

»Lass mich durch, ich habe keine Lust auf diese Unterhaltung.«

»Du willst doch hoffentlich nicht bis ans Ende deiner Tage allein leben, weil ein Mann dir vor einer Ewigkeit das Herz gebrochen hat. Das ist lächerlich. Oscar geht jetzt schon fast drei Monate hier ein und aus. Lüg dir doch nicht in die eigene Tasche! Vielleicht hast du ja auch schon selbst in Erwägung gezogen, dass er derjenige sein könnte, den du brauchst.«

»Mach dich nicht lächerlich! Am Ende verpasst du noch deinen Bus, weil du dich unbedingt als Kupplerin aufspielen musst. Und mich hältst du damit auch auf!«

»Ich spiele mich ganz und gar nicht auf«, antwortet sie sehr ernst und lässt mich durch. »Ich will nur, dass du glücklich wirst. Mehr nicht.«

»Ich bin glücklich: Ich habe euch, dich und deine Schwester.«

»Das währt aber nicht ewig«, beharrt sie mit einem Anflug von Traurigkeit in der Stimme.

Ich tue so, als hätte ich nichts gehört, und mache mich fertig. Aber ich bin so aufgewühlt von ihren Worten, dass ich es schaffe, meinen Pullover zweimal verkehrt herum anzuziehen. Draußen ist es kalt, aber ich schwitze wie in einer Sauna. Ich muss zugeben, dass ich hochgradig gestresst bin, was in einem solchen Ausmaß sehr selten vorkommt. Normalerweise nehme ich alles mit Humor. Aber Lucie ist ziemlich weit gegangen. Ich werde nicht zulassen, dass diese Göre meine Gefühle für Oscar durcheinanderbringt.

Aber was geschehen ist, ist geschehen.

Warum soll ich mich zwingen, die Beziehung zu Oscar auf eine andere Weise zu betrachten? Es ist gut so, wie es ist. Ich mag es, wenn er am Abend zu uns kommt, wir gemeinsam ein gutes Essen genießen und den Abend ausdehnen, indem wir über die Küche und das Schwimmen reden. Es stimmt, dass ich ihn in dieser kurzen Zeit lieb gewonnen habe. Ich schätze seine Freundschaft. Oscar ist geradeheraus, ziemlich freundlich, gesellig und voller guter Absichten. *Eben der ideale Typ, nicht wahr?*, ruft Lucie mir in meinen Gedanken zu. Schon wieder hat sie sich in meine Grübeleien hineingemogelt. Ein echter Cupido! Ich sehe sie mit Pfeil und Bogen vor mir, die Pfeile vorne mit Herzen besetzt. *Hoppla!* Ein Pfeil für Mama und ein weiterer für Oscar. Das würde gerade noch fehlen. Ich und verliebt? Ich habe mir geschworen, nie wieder einen solchen Fehler zu begehen nach all den Enttäuschungen, die ich habe hinnehmen müssen. *Nur dass Oscar mit keinem deiner Ex auch nur annähernde Ähnlichkeiten aufweist …*

Energisch schließe ich die Schranktür, als könnte ich damit Lucies Stimme zum Schweigen bringen, die immer noch ihr Unwesen in meinem Kopf treibt. Ich weiß, dass sie recht hat. Ich sollte nicht weiterhin allein leben, nur weil ich enttäuscht worden bin. Gleichwohl kann ich mir nichts – aber auch gar nichts – mit Oscar vorstellen, denn er ist mein Freund. Manche Männer verändern sich, wenn sie in einer Beziehung leben, und ich will, dass Oscar genauso bleibt, wie er ist. Ich werde nicht das Risiko eingehen, ihn zu verlieren, nur weil Lucie nicht will, dass ich als alte Jungfer ende.

Beim Verlassen des Hauses vermeide ich es, meiner fürsorglichen Nervensäge von Tochter über den Weg zu laufen, denn ihren ebenso stichhaltigen wie gemeinen Argumenten habe ich nichts entgegenzusetzen.

Auf dem Weg zum »Les Cigognes« schenke ich der Radarkamera ein breites Lächeln, die mich blitzt, obwohl ich die Geschwindigkeitsbegrenzung nur knapp überschreite. Kurz darauf erreiche ich auch schon die Einrichtung, wo ich neben Julies Wagen parke, der unverschämt weit auf meinen Stellplatz hinüberragt. Der Tag beginnt gut.

Und es geht auch genauso sympathisch weiter.

Als ich die Türen zur Küche öffne, finde ich ein heilloses Durcheinander vor. Iris hat die gute Idee gehabt, einen neuen Herd zu bestellen, dabei aber vergessen, dass bei einer solchen Transaktion viel Staub aufgewirbelt wird und eine Menge Möbel gerückt werden müssen, um genug Platz für das neue gute Stück zu schaffen. Rémy zieht gerade eine Plane hoch, um die zukünftige von der alten Küche zu trennen, die sich im Augenblick auf eine einsame elektrische Herdplatte beschränkt, dazu eine notdürftige Arbeitsfläche, die lediglich aus einem über Holzböcke gelegten Brett besteht.

Die morgendliche Situation verschärft sich weiter, als Julie mit dem Speiseplan für den heutigen Tag auftaucht. Einfach traumhaft! Gedünsteter Kabeljau, grüne Bohnen und Kartoffeln. Also eines der Gerichte, die ein Schulkind am liebsten gleich auf den Boden kippen würde. Und unsere lieben Senioren ebenso. Man könnte meinen, Julie ginge davon aus, dass keiner unserer Bewohner noch einen Zahn im Mund hat. Esst Brei! So lautet offenbar der Wahlspruch unserer Ernährungsberaterin, die mir immer wieder geschmacklose und deprimierende Zutaten vorgibt. Im Augenblick bin ich aber so verdrossen, dass ich ihren Speiseplan nicht infrage stelle. Für Abänderungen, und die wird es geben, ist später auch noch Zeit.

Erst einmal muss hier aufgeräumt und geputzt werden. Auf gar keinen Fall werde ich unter solchen Bedingungen mit dem Kochen beginnen. Es wird also ein langer Tag werden! Rémy kommt mit einem Wischmopp hinter mir her, während ich mit dem Schwamm über die Möbel fahre. In seiner Sorge, die Mahlzeit könne nicht pünktlich auf dem Tisch stehen, zählt er mir unentwegt die Zutaten für heute auf.

»Ist nicht nötig, Rémy, ich habe es gehört.«

»Du hast aber doch nicht vor, das Menu so zuzubereiten, wie Julie es vorgegeben hat, oder? Das werden sie dir übelnehmen!«

»Aber nein, nur keine Angst. Da der Gasherd nicht zur Verfügung steht und die Küche sich in einem erbärmlichen Zustand befindet, setze ich lieber auf ein Gericht aus dem Ofen. Wir werden den Kabeljau in der Folie garen. Das ist einfach und trotzdem sehr lecker. Du jagst die Kartoffeln durch die Mandoline, und zwar so, dass die Scheiben ganz dünn sind. Ich kümmere mich um eine Marinade aus Zitrone, Ingwer und Kurkuma. Das ist auch schon alles.«

Rémy lächelt – erleichtert, dass mir meine Inspirationen nicht ausgehen. Wir machen uns zügig an die Arbeit. Die mit dem Anschluss des neuen Herdes betrauten Handwerker sind gegen elf Uhr mit ihrer Arbeit fertig, genau in dem Augenblick, in dem die Folienpakete zu köcheln beginnen. Sanfte zitronige Aromen dringen aus dem Ofen und erfüllen den Raum. Ich setze mich einen Augenblick auf einen Stuhl, atme durch und genieße diesen betörenden Duft. Es gibt nichts Schöneres, als ganz bewusst den Geruch eines Gerichts wahrzunehmen, das langsam im Ofen gart. Neben mir ist Rémy mit der Herstellung eines Apfelchutneys beschäftigt, das er in einem bereits reduzierten Sud aus Cidre und Zimt weiter einkocht. Es wird hervorragend zum Dessert passen. Und den Rest heben wir für heute Abend auf, denn das Chutney gibt auch einen ausgezeichneten Begleiter für die Blutwurst ab.

»Geht das schon wieder los?!«, keift Julie, während sie in die Küche stürmt.

Ich stehe von meinem Stuhl auf und verschränke die Arme vor der Brust.

»Was ist denn mit dir passiert? Sag bloß, du hast den Verrat gerochen?!«

»Genau! Deine Kräuter verpesten das ganze Gebäude. Immer machst du nur das, was dir gerade in den Kram passt. Du nimmst dir zu viele Freiheiten heraus! Ich gebe dir einen Speiseplan, und du wirfst alles über den Haufen!«

Ich schnappe mir Rémys Kartoffelstampfer und kehre Julie den Rücken zu, denn ich will meinen Frust nicht an dieser verhassten Ernährungsberaterin auslassen. Sie hat einen schlechten Tag erwischt, um mir mit ihren Vorhaltungen zu kommen. Noch ein Wort, und ich kann nicht mehr an mich halten. Der Dampfkochtopf namens Momo steht seit Stunden unter Druck. Es fehlt nicht viel, und das Ventil springt ab.

»Hör auf, mich zu ignorieren, und mach dich an die Arbeit. Ich habe ein Menü vorgegeben, bei dem alles gedünstet wird, und nicht eine deiner Kreationen mit allen möglichen Gewürzen und was weiß ich sonst noch!«

Jetzt fahre ich mit dem Kartoffelstampfer zu ihr herum, meine Lippen beben vor Wut. Rémy verdrückt sich aus der Küche. Ich glaube, mein Anblick hat ihm Angst eingejagt.

»Wenn du ein Problem mit meinen Gerichten hast, dann sprich mit Iris darüber.«

»Ich bin hier angestellt, um Speisepläne zusammenzustellen, die den Essgewohnheiten von Altenheimbewohnern entsprechen, und du machst meine ganze Arbeit zunichte.«

»Immer die gleiche alte Leier. Ich richte mich ebenfalls nach den Essgewohnheiten von Altenheimbewohnern, und das weißt du ganz genau. Du bist nur sauer, weil ich deine Rezepte verändere. Doch ich koche sehr wohl mit den von dir vorgegebenen Zutaten. Die Basis stammt also von dir. Denk aber bitte auch daran, dass ich mir jeden Tag aufs Neue den Kopf zerbreche, um aus deinen armseligen und faden Vorschlägen echte Gerichte zu basteln, die unseren Senioren guttun! Und Scheiße noch mal! Du hältst dich wohl für besonders schlau, wenn du ihnen Pellkartoffeln vorsetzt, oder wie? Die Hälfte unserer Bewohner hat Arthrose, Parkinson oder sonst etwas! Klar, ist doch lustig, sich vorzustellen, wie sie ihre Kartoffeln schälen! Eine Art Spiel, um sie auch während der Mahlzeiten zu unterhalten, nicht wahr?«

Julie weicht einen Schritt zurück. Ihr Gesicht verzerrt sich, und ihr ganzer Dünkel fällt in sich zusammen wie ein Soufflé aus Münsterkäse.

»Ich warne dich, Julie. Du tust gut daran, dich nicht mehr hierhin zu verirren, sonst …«

»Sonst was? Wirst du dann handgreiflich? Man könnte meinen, dass du zu den Frauen zählst, die sich nur durchsetzen können, wenn sie schreien und schlagen. Das sieht man schon an deiner Art zu kochen. Du stampfst alles in den Boden, um deinen eigenen Senf dazuzugeben. Na los, wir klären das jetzt endgültig.«

Ich lasse meinen Kartoffelstampfer fallen und kremple die Ärmel meines Kittels hoch.

Da geht plötzlich die Tür auf, und Oscar kommt herein. Er bedeutet mir, ruhig zu bleiben. Hinter ihm versteckt sich Rémy, und mir wird klar, warum er vorhin verschwunden ist.

»Guten Tag, Julie. Sie werden draußen erwartet.«

»Wir haben unser Gespräch noch nicht beendet.«

»Ich glaube aber, dass es im Augenblick überhaupt nichts mehr zu besprechen gibt.«

Julie stemmt die Hände in die Seiten und misst Oscar mit einem verächtlichen Blick.

»Ich weiß, dass ihr beide unter einer Decke steckt. Mir ist da ein Gerücht zugetragen worden, bei dem von Schokolade die Rede war … Früher oder später werden eure Machenschaften Iris zu Ohren kommen …«

»Für Mobbing bin ich vollkommen unempfänglich«, antwortet Oscar trocken. »Mauricette ist eine ausgezeichnete Köchin. Die von Ihnen vorgegebenen Zutaten werden beachtet, da können Sie umgekehrt auch ihrer Kreativität Raum geben. Sie tut den Bewohnern gut. Und jetzt räumen Sie das Feld, bevor ich ernsthaft böse werde.«

Julie sieht ein, dass sie den Kürzeren ziehen wird. Aus Angst, womöglich Oscars Wut weiter anzufachen, wagt sie es nicht einmal mehr, mir einen letzten bösen Blick zuzuwerfen, und steuert zum Ausgang.

Ich fühle mich mit einem Mal erschöpft, mache mich aber sogleich wieder an dem Chutney zu schaffen.

»Dein Tag ist bisher ziemlich mies gelaufen, oder? Setz dich doch mal kurz«, schlägt Oscar mir vor.

Ich drehe mich um und stelle fest, dass wir beide allein sind.

Rémy ist verschwunden, vermutlich auf Bitten des Schwimmlehrers, der jetzt eine Flasche Apfelsaft aufmacht.

»Ich habe noch zu tun, und du solltest auch auf deinem Posten sein.«

»›Man sollte immer wissen, wann es genug ist.‹ Das hat mein Vater mir wieder und wieder gesagt. Mach nicht den gleichen Fehler wie ich und versuche, diesen Rat zu beherzigen«, sagt er und reicht mir ein Glas, das ich neben meinen Gaskocher stelle.

»Da hat er nicht unrecht«, gebe ich zu und füge meinem Kompott etwas Vanille hinzu. »Es fällt mir schwer, innezuhalten. Ich habe Angst, die Bewohner zu enttäuschen.«

»Du wirst sie niemals enttäuschen, denn du machst eine hervorragende Arbeit. Aber im Augenblick liegen deine Nerven blank, sei also etwas rücksichtsvoll mit dir selbst, bevor du von deinen Gefühlen total übermannt wirst.«

Ich rühre weiter in meinem Chutney und schäme mich ein wenig, dass Oscar Zeuge meines heftigen Wortwechsels mit Julie geworden ist.

»Es tut mir leid, dass du dich einschalten musstest. Ich schäme mich. Ich war außer mir vor Wut …«

»Du bist müde, das muss dir nicht leidtun. Du solltest durchatmen. Du bist ja alles andere als eine Faulenzerin«, ermuntert er mich und fügt hinzu: »Mein Vater hat wirklich immer viel geschuftet, aber er wusste, wann es genug war und er sich Zeit für ein Glas Saft im Schatten seines Apfelbaums nehmen musste …«

Je mehr Oscar erzählt, desto vertrauter wird unser Gespräch. Ich habe ihn bisher selten von seinem Vater sprechen gehört. Aber ich spüre, dass er eine große Zuneigung und Wertschätzung für diesen Mann hegte.

»Los! Setz dich eine Minute auf dein Hinterteil, Momo. Nachdem dir Camille und Julie schon heute Morgen in der

Frühe zugesetzt haben, solltest du wirklich mal kurz durchatmen.«

»Ich nehme an, du hast unseren Streit mitbekommen.«

»Mir ist kein Wörtchen entgangen.« Lächelnd schiebt er einen Teller mit Keksen zu mir hinüber. »Iss etwas Süßes. Diese Plätzchen bewirken wahre Wunder.«

»Das sind meine eigenen, du Idiot!«

»Offenbar weißt du überhaupt nicht, was dein Gebäck vermag. Ausgerechnet du, die sogar einen Schmorbraten mit Schokolade versieht und mich damit um den Finger wickelt … Ich hätte gedacht, dass Voodoo-Priesterinnen sich besser mit dem Zauber ihrer Rezepte auskennen.«

»Dann wäre ich eher eine Kenbwa-Priesterin, denn so nennt man auf Guadeloupe das Wissen und die Gebräuche, die mit Voodoo und Hexerei zu tun haben.«

»Oh! Da muss ich wohl besser aufpassen, welche Begriffe ich benutze. Sonst verhext du mich am Ende noch!«

Ich lächele. Oscar redet auf eine Weise mit mir, dass mir wieder leichter ums Herz wird. Die Küche ist und bleibt mein Zufluchtsort. Jetzt schiebt er den Teller noch etwas näher zu mir hin, und schließlich greife ich zu. Ich nehme ein Vanille-*Bredala* und beiße hinein. Die Süße des Buttergebäcks erstickt endgültig die Wut, die in mir loderte. Diese Kekse habe ich mit Liebe gebacken, und das hat Oscar verstanden.

»Weißt du, ich bin mit ganzem Herzen dabei, wenn ich koche oder backe. Wenn Julie mir dann eine Moralpredigt bezüglich meiner Rezepte hält, trifft mich das bis ins Mark.«

»Das weiß ich. Wer das Glück hat, in den Genuss deiner Kochkunst zu kommen, spürt deine Liebe für gute Küche.«

»Ich habe manchmal das Gefühl, gar nichts anderes mehr lieben zu können. Wenn ich mir ein Rezept ausdenke, muss alles perfekt und genau ausgewogen sein. Dann ist da kein Platz für negative Energie. Dann fühle ich mich rundum glücklich.

Ich weiß genau, was noch fehlt, um die vollkommene Harmonie zu erreichen.«

»Julie hat kein Gespür für eine Küche, die von Herzen kommt. Sie wird vermutlich nicht lange hierbleiben. Iris wird schon begreifen, dass hier im ›Les Cigognes‹ einzig und allein du gebraucht wirst.«

»Das sagst du nur, um mich zu beruhigen.«

»Ganz und gar nicht, das meine ich vollkommen ernst. Eine Tussi, die sich lustlose Speisepläne ohne Geschmack ausdenkt, hat hier nichts zu suchen. So, und jetzt wechseln wir das Thema! Möchtest du eine gute Neuigkeit hören?«

»Nach einem solchen Morgen – gern!«

Er rückt näher an mich heran. Ein wenig schüchtern legt er seine Hand auf meine und streichelt sie zärtlich. Ich glaube, es ist das erste Mal, dass er mich berührt.

»Ich habe Iris ein Projekt vorgeschlagen, und sie hat es akzeptiert. Julie wird es allerdings wohl auf die Palme bringen. Aber du bist natürlich mit von der Partie.«

»Jetzt lass mich nicht länger schmoren. Mein bisheriger Morgen war wirklich schon schlimm genug. Also schieß los!«

Erst einmal schenkt er mir ein breites Grinsen. Mein Herz klopft wie verrückt. Noch nie bin ich ihm so nah gewesen, und meine Hand habe ich auch nicht aus seiner gelöst. Er hat wirklich Charme, unser Schwimmlehrer.

»Wir werden eine Art Basar organisieren! Und du wirst damit betraut, dir passende Leckereien für unsere betagte Belegschaft auszudenken und sie zuzubereiten. Stell dir das nur mal vor! Ein Großteil des Ganzen wird am Schwimmbecken stattfinden! Ich werde Wasserrutschen, Wasserspielzeuge aus Schaumstoff und eine Hüpfburg ausleihen. Das Ganze soll kurz vor Weihnachten stattfinden! Und meine Schüler werden ihren Familien ein kleines Wasserballett vorführen. Was sagst du dazu? Bist du bereit, Mäusespeck und Karamell zu fabrizieren?«

Mir fehlen die Worte, so gerührt und überrascht bin ich, denn ich hätte nie damit gerechnet, dass er ein so aufwändiges Projekt in Angriff nehmen würde. Ich sehe mich schon am Herd stehen und Süßes für unsere Bewohner zaubern. Eine umwerfende Idee, die einmal mehr Oscars goldenes Herz unter Beweis stellt.

»Wie bist du denn auf so etwas gekommen? Das ist einfach fantastisch!«

»Ich bin jetzt schon seit mehreren Monaten Tag für Tag mit diesen Menschen zusammen, und am meisten überrascht hat mich die Tatsache, dass alle ihre Kinderseele bewahrt haben. Jeden Morgen habe ich meinen Spaß dabei, mir neue Spiele auszudenken, um sie damit zu unterhalten, sei es nun im Schwimmbecken oder in ihren kleinen Wohnungen. Ich habe mich schon spontan zu kleinen Sketchen hinreißen lassen, bei denen ich einfach nur Strümpfe als Handpuppen benutzt habe: Die Brontë-Schwestern haben sich gebogen vor Lachen. Ich kann nicht überall gleichzeitig sein, aber ein Fest würde das ganze Haus einbinden.«

»Mannomann, ich fass es nicht! Das ist ja total verrückt … ich … ich möchte dich am liebsten umarmen, so begeistert bin ich!«

»Eine liebe Umarmung wiegt so manchen Kuss dieser Welt auf«, sagt Oscar leichthin und schließt mich in seine Arme.

Ich schmiege mich an ihn, so wie man sich unter eine warme und schützende Decke kuschelt. Oscar drückt mich an sich, ohne ein Wort zu sagen. Sein ruhiger, sanfter Atem ist nicht der eines Mannes, der auf eine Gelegenheit wartet, eine verzweifelte Frau herumzukriegen. Er ist aufrichtig und zärtlich. Männer dieser Art sind ebenso selten wie Schwimmlehrer, die sich um alte Leute kümmern. Ich sollte jetzt nichts vermasseln.

13

Mein Vater

»Salut, Papa. Überrascht, mich zu sehen?«

Ich klappe den Stuhl auf, den ich beim Pförtnerhäuschen des Friedhofs gefunden habe, und nehme gegenüber vom Grabstein meines Vaters Platz. Sollte tatsächlich ein Pförtner da sein, hat er heute sicher nicht vor, das gute Stück zu benutzen. Bei der herrschenden Kälte kann ich mir nicht vorstellen, dass er sich sein Hinterteil auf diesem Campingstuhl abfrieren will. Die Wege hier sind verlassen, und ich habe viel Zeit.

Der Friedhof ist still. Es ist ein kalter Dezembermorgen. Der Reif auf den Zypressen funkelt in den sanften Sonnenstrahlen. Fünf Monate sind jetzt schon seit meiner Rückkehr ins Elsass vergangen, und ich hatte noch nicht den Mut, hierherzukommen.

Gestern jedoch hat sich alles verändert. Als ich bei Mama vorbeikam, entdeckte ich sie zu meiner großen Überraschung in Gégés Armen. Eng umschlungen tanzten sie zu einem Lied von Edith Piaf. Mama hatte ihre Wange gegen die ihres Freundes gelegt, und ein seliges Lächeln lag auf ihren Lippen. Ich wagte es nicht, sie zu stören, und suchte rasch das Weite. Wie oft habe ich meine Eltern so tanzen sehen? Wie oft konnte ich es gar nicht fassen, dass ihre Liebe auch nach so vielen Jahren noch Bestand hatte? Und jetzt ist offenbar eine neue Liebe entstanden, die genauso aufrichtig ist wie die vorige.

Mag sein, dass manche Menschen es nur schwer akzeptieren

können, wenn ihre Mutter, die über siebzig Jahre alt ist, eine neue Partnerschaft eingeht. Aber je länger ich die beiden beobachte, desto mehr Hochachtung empfinde ich für Gégé, der die Erinnerung an meinen Vater ehrt. Papa hätte nicht gewollt, dass Mama allein bleibt in ihrem Leben. Er war schon länger nicht mehr gesund und wusste, dass er vor ihr sterben würde. Immer wieder hat er mir gesagt, dass Mama dann irgendwann einen Mann brauchen würde, der sie liebt und ihr ein Lächeln ins Gesicht zaubert.

Nun haben mich meine Schritte hierhergeführt. Ganz offenbar habe ich die Nähe zu meinem Vater gesucht, wollte Kontakt zu jenem Mann aufnehmen, der seiner Ehefrau eine solche Lebensfreude vermittelt hat. Ich will in mich hineinhorchen und etwas herausfinden. Ich will wissen, ob auch ich zu so intensiven Gefühlen fähig bin wie diese Menschen, die kurz vor ihrer letzten großen Reise stehen. Ich bin erst vierzig Jahre, aber ich fühle mich in gewisser Hinsicht alt, sogar unglaublich alt. Und ich vermute, dass es Mauricette ähnlich geht, dass sie in dieser Beziehung genauso eingerostet ist wie ich. Nur steckt sie lieber den Kopf in den Sand, um nicht zu sehen, wie die Jahre vergehen und ihrem einsamen Herzen zusetzen.

Die Liebe. Wer hätte gedacht, dass sie mir so sehr fehlen würde? Marie hat mir einige schöne Jahre voller Zärtlichkeit geschenkt. Mein Herz war durchaus imstande zu lieben. Heute ist es das Herz eines verkümmerten Greises, der zu viele Jahre in der Versenkung verbracht hat.

Schötzi streckt sich zu meinen Füßen aus. Unser kleiner morgendlicher Spaziergang hat sie müde gemacht. Ich war aufgebrochen, um einen klaren Kopf zu bekommen, und ohne recht zu wissen, wie und warum, habe ich den Weg zum Gemeindefriedhof eingeschlagen. Es sind nur fünfzehn Gehminuten bis dorthin, aber der betagten Hündin müssen die paar Hundert Meter recht lang vorgekommen sein.

»Ruh dich aus, meine liebe, alte Freundin.«

Die Hündin legt ihre Schnauze auf den Grabstein. Ihr Blick kommt mir trüb vor, beinahe traurig. Sie spürt vermutlich das bedrückte Schweigen, das auf diesem Ort lastet. Selbst die Vögel scheinen die stummen Gräber zu respektieren. Aber ich werde nicht stumm bleiben. Ich werde mich nicht von der Schwermut des Friedhofs anstecken und niederdrücken lassen. Ich muss etwas loswerden, was ich jahrelang mit mir herumgetragen habe.

Ich lege eine Hand auf den Grabstein, fahre liebkosend über den rosafarbenen Granit und richte meinen Blick auf das Medaillon mit Papas Porträt. Das Foto habe ich damals ausgesucht, da meine Mutter nicht die Kraft dafür hatte. Es ist ein Bild, das den Betrachter lächeln lässt. Man sieht meinen Vater in einem weißen Hemd und mit Strohhut unter seinem Apfelbaum sitzen. So habe ich ihn immer gesehen. Entspannt und friedlich, während die Augen wohlwollend auf der Frucht seiner Gartenarbeit ruhen. Sobald er einen Fuß über die Schwelle seines Hauses setzte, vergaß er seine Lohnarbeit. Seinen ruinierten Rücken, seine Müdigkeit, all das blieb vor dem Hauseingang wie eine dort abgelegte schwere Last. Eine Last, die er um vier Uhr morgens immer wieder aufnahm und ohne Murren trug.

Ich hatte ihm ähnlich sein wollen und habe doch genau das Gegenteil gemacht. Er konnte mir nichts vormachen, und ich habe sehr wohl gesehen, wie schlecht es aufgrund der immer gleichen Belastungen, des Lärms und der Erschöpfung um seine Gesundheit stand. Ich wollte ihm das Beste vom Besten schenken. Als ich mein erstes Preisgeld beim Schwimmen gewonnen hatte, habe ich mit diesem Geld einen neuen Baum für seinen Garten gekauft. Papa kamen vor Rührung sogar ein paar Tränen, bevor er mich an sich drückte. Ich glaube nicht, dass ich ihn zuvor jemals habe weinen sehen. Von da an habe ich mich auch für sie ins Zeug gelegt, um sie stolz zu machen und um ihren Ruhestand so angenehm wie möglich zu gestalten. Ich habe gearbeitet und gearbeitet, und darüber mich selbst vergessen und auch das Bild meines Vaters, wie er im Schatten seines Baumes sitzt.

Ich kann meinen Blick kaum von diesem Foto lösen. Sein Blick strahlt vor Heiterkeit, und ein sanftes Lächeln erhellt seine Züge. Oft stellt man gerade an solche Orte der Erinnerung starre Bilder ohne jeden Ausdruck. Ich habe mich anders entschieden. Das Lächeln auf dem Foto ist gütig, es gleicht einer Liebkosung. Und so schleicht es sich auch auf meine Lippen und gibt mir die Kraft, das Wort an meinen Vater zu richten.

»Ich weiß nicht, wo ich anfangen soll. Ich fühle mich fürchterlich schlecht, dass ich erst jetzt hierherkomme.«

Der Wind fährt durch die Haare wie der Hauch eines Geistes, der sich herabbeugt, um mir etwas ins Ohr zu flüstern. Ich fühle mich endlich bereit, mich zu öffnen. Bereit, ihm zu gestehen, wie viel Mist ich gebaut habe, wie feige ich war, dass ich sogar meinen Sohn aufgegeben und beinahe mein ganzes Leben verpfuscht habe.

»Ich hätte nicht weggehen dürfen. Ich hätte dein Grab bepflanzen und hier dem Lauf der Jahreszeiten folgen sollen. Ich hätte da sein sollen, wenn der Schnee deinen Grabstein mit seinem makellosen Schleier bedeckt. Meine Güte, jetzt werde ich auch noch poetisch! Worte, die Marie berührt hätten. Ihr beide habt euch so gut verstanden. Ich erinnere mich an die Spaziergänge auf dem Friedhof Père-Lachaise, als ihr mich einmal nach Paris begleitet habt. Die von Flechten überwucherten Marmorstatuen, die mehr als hundertjährigen Grabsteine, das Moos, das alles mit einem grünen, weichen Teppich überzog. Du hast für die Details und die Schönheit dieses Ortes geschwärmt, an dem Traurigkeit, Frieden und Schwermut ineinanderfließen. Das war deine romantische Ader.«

Schötzi steht wieder auf und legt ihren Kopf auf meine Schenkel. Sie spürt die Wehmut, die mich packt. Aber gleichzeitig durchströmt mich eine wunderbare Ruhe. Der Friedhof weckt süße Erinnerungen. Ich hatte sie lange aus meinem Kopf verbannt, aus Furcht, sie würden mir zu nahe gehen. Deshalb ist es gut, ihnen jetzt, in diesem Morgendunst, endlich Raum zu geben. Ich lächele, als mir klar wird, dass ich gerade einen Vers von Baudelaire plagiiert habe, in dem ebenfalls von der Morgendämmerung die Rede ist. Marie wäre begeistert, dass ich mich an so etwas erinnere. Meine Güte! Muss ich erst zu meinem verstorbenen Vater pilgern, um Frieden mit Marie zu schließen und endlich nicht mehr zu hadern? Es sollte besser um mich stehen als um die ›gesprungene Glocke‹ bei Baudelaire, deren Seele zersprungen ist! Marie wollte mir den Gefallen an Literatur vermitteln, aber ich Dummkopf wollte nichts davon begreifen. Jetzt füllen sich die Worte mit Bedeutung. Sie besänftigen meine Seele und erlauben es mir, ruhig und gefasst über Vergangenes zu reden.

»Ich weiß nicht, ob du mich während der letzten Jahre beobachtet hast. Wenn es so war, hast du sicher viele unrühmliche Dinge gesehen. Vor allem im Hinblick auf Anthony. Ich habe mich schlecht um deinen Enkel gekümmert. Jahrelang habe ich mit Scheuklappen vor den Augen gelebt. Ich habe nichts gesehen und nichts gehört. Jetzt aber nehme ich wieder wahr, wie du mich ermahnst, innezuhalten, um mir Zeit für meinen Sohn zu nehmen, um Nebensächliches beiseitezuschieben und mich aufs Wesentliche zu besinnen.«

Die Hündin gibt ein leises, klagendes Kläffen von sich. Sie spürt mein Schuldgefühl.

»Verzeih, Schötzi, ich werde jetzt nicht weiter die Vergangenheit wiederkäuen. Nur keine Sorge!«, beruhige ich sie und streichele ihren Hals. »Ich komme Anthony wieder näher. Alles wird gut …«

Ich atme die kühle Luft tief ein. Eigentlich fühle ich mich gut. Die Gewissensbisse verblassen in dem Maße, wie ich mir Zeit zum Durchatmen gebe. Meine Schultern werden leichter, das Bedauern, so viele Chancen ausgelassen zu haben, schmerzt nicht mehr so sehr. Nur ein sanfter Druck wie von den Händen eines Engels bleibt dort zurück, wo zuvor die Last meiner Schuld mich niederdrückte.

Tief in meinem Innern sagt mir eine Stimme, dass ich mich nicht um meinen Sohn sorgen muss, dass er seinen Weg geht und dass er glücklich ist. Ich habe einen Kloß im Hals und gleichzeitig ist mir leicht ums Herz. Welch süßes Paradox! Papa vollbringt Wunder. Er hat meine alten Wunden gelindert und mich von einer Last befreit. Anthony aber schreibt seine eigene Geschichte. Er lebt nicht in der Vergangenheit. Anders als sein Vater. Das war und ist mein eigentliches Problem. Mein Herz und meine Seele lagen so lang in den Fesseln der Gewissensbisse und Selbstvorwürfe, dass ich zu keiner Regung in der Lage war. Aber nach und nach und auch heute schaffe ich es, Schritte in die richtige Richtung zu tun. Ich bin ins Elsass zurückgekehrt. Ich bin zu meinen Wurzeln, meiner Familie zurückgekehrt und habe Freunde gefunden, die mich offen für Neues gemacht haben. Am Grab meines Vaters durchflutet mich eine ungeheure Welle der Dankbarkeit. Ich nehme mein Schicksal gern an. Ich weiß nicht, wohin ich gehe, aber ich weiß, mit wem ich zusammen sein will. Die Jahre der Einsamkeit liegen hinter mir. Und auch Marie liegt hinter mir.

Tränen laufen mir über die Wangen. Heilsame Tränen.

Ohne den alten Kummer zu leugnen, vermag ich jetzt gleichzeitig über ihn zu lächeln, denn er mischt sich mit einer lange vermissten Freude. Ich bin glücklich. Es ist das erste Mal, dass ich mir dies auf so deutliche Weise sage: Ich bin glücklich.

Mamas Machenschaften haben mich aus meiner Einsamkeit geholt und mich zur Ruhe kommen lassen. Die letzten Monate meines Daseins zählen für mich genauso viel wie mein ganzes Leben. Mein Engagement für die alten Menschen hat mir ein Ziel gegeben. Und dann ist da auch noch Mauricette. Die liebenswerte Köchin, die Herzen mit einem Hauch von Kräutern und Magie zu heilen vermag. Der Gedanke an Momo stimmt mich heiter und erfüllt mich mit Dankbarkeit. Jeder mit ihr verbrachte Abend ist ein Augenblick der Freude. Ich liebe mein neues Leben. Auch wenn meine Hosen mittlerweile zwicken und ich neue Gürtel brauche – es stört mich nicht. Die Kilos, die ich zu viel auf die Waage bringe, zeugen nur davon, dass ich meine tägliche Verabredung einhalte. Es stimmt, dass ich meinen Tag mit *Bredala*, *Spätzle* oder einem in Pinot gris geschmorten Hähnchen beschließe, denn es macht mich unendlich glücklich, gemeinsam mit meinem Sohn das Abendessen bei Mauricette einzunehmen. Sie hat mich diese Art der Teilhabe schätzen gelehrt. Die Zeit der schnellen Fertiggerichte vor dem Fernseher ist vorbei, ebenso wie die Tage, an denen die Stunden nicht vergehen wollten. Aber ich musste erst den Weg zu Papas Grab finden, um meinen Frieden mit der Vergangenheit schließen zu können und um seinen Segen zu erbitten.

Ein leichtes Knirschen von Kieselsteinen verrät mir, dass ich nicht mehr allein bin. Ich drehe mich um und sehe Anthony und Rémy. Überrascht, mich hier anzutreffen, lässt mein Sohn die Hand seines Freundes los. Er ist blass und wagt nicht, mich anzusprechen. Vermutlich traut er seinen Augen nicht. Schließlich habe ich seit Ewigkeiten keinen Fuß mehr auf diesen Friedhof gesetzt.

»Ich habe nicht damit gerechnet, dich hier anzutreffen«, murmelt er schließlich.

»Irgendwann musste ich wohl herkommen. Und du? Gehst du öfter hier bei ihm vorbei?«

»Ich komme oft her. Aber ich hätte nicht gedacht, dass ich dich hier einmal sehen werde.«

»Ich auch nicht. Mein Weg hat mich wie zufällig hierhergeführt, vielleicht war aber auch ein wenig Magie im Spiel, wer weiß das schon.«

Rémy und Anthony rühren sich nicht. Es ist ihnen augenscheinlich unangenehm, in ihrer Zweisamkeit überrascht worden zu sein. Wenn Anthony seinen Freund bittet, ihn ans Grab seines Großvaters zu begleiten, dann bedeutet das unweigerlich, dass Rémy mehr als ein loser Flirt ist. Außerdem sind die beiden jetzt schon mehrere Monate zusammen.

Auch ich weiß nicht so recht, wie ich mich verhalten soll. Ich habe Angst, meinem Sohn gegenüber erneut in ein Fettnäpfchen zu treten. Jetzt ist der entscheidende Augenblick gekommen. Mein Sohn steht vor mir, ein wenig verlegen blickt er auf seine Schuhe hinunter. Ich richte mich auf und mache einen Schritt auf ihn zu – und er weicht mir nicht aus. Da wage ich es, einen Arm um seine Schulter zu legen und ihn leise zu fragen: »Ich nehme an, dass es Rémy ist, der dich so glücklich macht?«

Anthony nickt langsam. Ich spüre, dass er um seine Fassung ringt, und schließe ihn fest in meine Arme, bevor ich auch Rémy in unsere Umarmung einschließe, da wir schließlich alle drei zusammengehören. Worte braucht es in diesem süßen Augenblick der wiedergefundenen Familie nicht.

14

Gégé übertrumpft Patrick Swayze

Das sanfte Brutzeln von Butter treibt mich aus dem Bett. Dann vernehme ich das typische Zischen von Crêpe-Teig, wenn er in die Pfanne gegossen und in der geschmolzenen Butter ausgebacken wird. Dieses Geräusch würde ich unter tausend verschiedenen Geräuschen erkennen. *Mamama* hat mir zu jedem Geburtstag *Kersche Kiechle*, also mit Kirschen gefüllte dicke Crêpes gebacken. Jedes Mal ermahnte sie mich, keinen Stein zu verschlucken, da mir sonst womöglich ein Kirschbaum im Bauch wüchse. Vielleicht habe ich mir aus diesem Grund angewöhnt, alle Früchte ganz stumpfsinnig zu entsteinen. Wie dem auch sei, auch jetzt liegt der Duft von Crêpes in der Luft und zieht unter der Tür meines Schlafzimmers herein, um mich in seine Richtung zu locken. Ich bin allerdings etwas verunsichert, denn Lucie kocht meine Lieblingsdesserts in der Regel, wenn es etwas gibt, für das sie sich entschuldigen will.

Es ist noch nicht einmal sechs Uhr morgens. Jemand anderes hätte dem leisen Flüstern in der Küche vermutlich keine Beachtung geschenkt. Aber mich reißt jedes Geräusch, das aus meinem Heiligtum dringt, aus dem Schlaf. Es braucht ohnehin nicht viel, und ich schrecke auf. Ich würde auch hören, wenn die Wohnungstür aufgeht, obwohl sie sich am anderen Ende des Flurs befindet. Ich muss Ohren haben wie ein Luchs, und womöglich schlafe ich sogar mit offenen Augen. Auf jeden Fall habe ich einen sehr leichten Schlaf. Das hängt wohl auch damit zusammen, dass ich zugegebenermaßen nicht gut loslassen kann. Ich verharre oft in einem Dämmerschlaf, vielleicht weil ich die Hälfte meines Lebens damit verbracht habe, nachts aufzustehen, um Camille zuzudecken oder Lucie in den Schlaf zu wiegen, da sie früher oft Albträume hatte. Dabei könnte mein Körper einen tiefen Schlaf gut gebrauchen. Aber ich schaffe es einfach nicht abzuschalten. Wenn ich mir nicht gerade Gedanken um Camilles Zukunft mache, treten die Sorgen um meine jüngere Tochter an deren Stelle. Die Ängste um meine Kinder kamen schon in den Schwangerschaften auf. Ich bin eine notorische Bedenkenträgerin. Und jetzt, in diesem Augenblick, befürchte ich sogar, dass eine von ihnen vergessen hat, das Gas abzudrehen.

Ich werfe einen Morgenmantel über und schleiche aus meinem Zimmer. Camille und Lucie sind in der Küche und unterhalten sich. Zwar nicht so laut, dass ich sie verstehen könnte, aber laut genug, um eine gewisse Spannung in ihren Stimmen wahrzunehmen. Ich gehe an der Wand des Flurs entlang. Still bleibe ich hinter dem etwas ramponierten Schuhschrank stehen und spitze aus meinem Versteck heraus die Ohren.

»Mach dich nicht verrückt, Lucie. Du hast alle Zeit der Welt, um mit Mama darüber zu sprechen.«

»Ich habe das Gefühl, dass ich sie verrate. Schließlich hat sie es nicht verdient, dass ich ihr etwas verheimliche. Aber erinnerst du dich noch daran, wie sie reagiert hat, als sie erfahren hat, dass du dich mit einem Jungen triffst?«

Camille nimmt ein *Kersche Kiechle*, beißt hinein und spuckt gleich darauf einen Kern in ein Küchenpapier.

»Bei dir geht es doch nicht um einen kleinen Flirt! Außerdem habe ich ja mit Paul Schluss gemacht. Sie hatte recht, ich war noch nicht so weit. Aber du bist es! Du hast deine ›große Liebe‹ gefunden. Das darfst du nicht aufs Spiel setzen. Am Ende will Mama dich gar nicht gehen lassen, weil sie nicht ohne uns leben kann.«

Ihre ›große Liebe‹? Ich traue meinen Ohren nicht. Vor Angst wie versteinert stehe ich da. Was für eine verrückte Konstellation! Es kommt mir vor, als sei meine Welt aus den Fugen. Camille würde doch Lucie nicht raten, alles für einen Jungen hinzuschmeißen! Ich habe das Gefühl, dass mir etwas entgleitet und meine ältere Tochter in einer völlig fremden Sprache spricht. Ich wage es nicht, auch nur die geringste Bewegung zu machen – aus Furcht, sie könnten mich entdecken und ihre Unterhaltung beenden. Unter meinem Dach braut sich etwas Schlimmes zusammen.

»Ob ich will oder nicht, ich werde ihr das Herz brechen«, seufzt Lucie.

Die Entscheidung ist also bereits gefallen.

Mir stockt der Atem. An die Wand gelehnt, lege ich eine Hand auf meine Brust und halte mühsam meine Tränen zurück. Lucie gehört nicht zu den Menschen, die gern ihr Herz ausschütten, und ich spüre einen aufrichtigen Kummer in ihrer Stimme. Was hat sie getan, oder was hat sie vor, dass sie von einem solchen Schuldgefühl geplagt wird?

»Es ist wohl besser, dass du es ihr erst brichst, wenn du weit weg bist.«

»Warum sollte sie mich daran hindern, meinen Weg zu gehen? Mama hat immer gesagt, dass sie uns unsere Träume leben lassen will. Warum sollte sie mir denn Knüppel zwischen die Beine werfen?«

»Weil dein Erfolg sie mit ihrem eigenen Scheitern konfrontieren würde. Mama hat ihre Träume aufgegeben. Dich fortgehen zu sehen, das wäre …«

»Das wäre beinahe so, als würde ich ihr ihren Platz wegnehmen, also gewissermaßen ihr Leben.«

Camille schließt Lucie in die Arme und drückt sie zärtlich an sich.

Mich erfüllt das Verlangen, sie ebenfalls zu umarmen und

sie dafür zu loben, wie sehr sie einander Halt geben. Aber ich habe hier nichts zu suchen, ich darf gar nicht hier stehen und ihnen zuhören und dabei zusehen, wie sie einander helfen und sich in ihren Nöten beistehen.

»Ich werde bei Mama bleiben, solange es nötig ist«, versichert Camille und streichelt über ihr Haar. »Sie muss nicht allein leben. Sie braucht uns noch …«

Mir werden die Knie weich, so sehr treffen und rühren mich Camilles Worte.

»Du bist immer für sie da, oder? Aber wie willst du das denn anstellen? Etwa in ihrem Bett schlafen, um sie zu beruhigen?«

»Wenn es sein muss, auch das. Ich habe schließlich nachts auch oft genug nach ihr gerufen, als ich klein war. Wenn ich mich an sie schmiegte, wollte ich oft einfach nur, dass sie sich geliebt und gebraucht fühlt. Ich glaube, sie hat überhaupt nicht geahnt, dass die Rollen manchmal genau umgekehrt verteilt waren …«

Jesus Gott, Camille. Wenn sie wüsste, wie sehr ich diese süßen Nächte geliebt habe, in denen sie den Wunden meines Herzens solchen Trost spendete. Ich fühle mich in meinem Versteck hinter dem Schuhschrank einfach nur kläglich im Verhältnis zur Kraft meiner Töchter. Eine Kraft, die ich ihnen gegeben habe. Aber heute habe ich das Gefühl, dass sie sie mir vollständig geraubt haben, denn ich muss mich an dem Schrank festhalten, um nicht zusammenzubrechen. Meine Nerven werden auf eine fürchterliche Probe gestellt.

»Geh nur, Lucie. Und wenn du wiederkommst, wird Mama so stolz auf dich sein, dass alles vergessen ist.«

»Im Grunde weiß ich, dass sie mir keine Steine in den Weg legen wird. Selbst wenn ich ihre Träume lebe, selbst wenn ich sie ihr stehle, wird sie es mir nicht nachtragen. Und trotzdem fällt es mir schwer, diese Entscheidung zu treffen. Aber Zette hat mich auch deshalb ermutigt, das alles zu versuchen, weil sie meine Wünsche kennt. Ich habe so viele Stunden in ihrer Küche verbracht und so viel von ihr gelernt. Sie wusste, dass das Kochen und Backen zu meiner Leidenschaft geworden ist. Es liegt eben in der Familie! Mama hat mir ihre Begabung weitergegeben, und ich hatte nicht den Mut, ihr das zu offenbaren, weil ich Angst hatte, ihr fortzunehmen, was sie so besonders macht. Die Küche gehört zu Mama, ihre Rezepte sind nicht von ihr zu trennen. Aber ich muss meinen eigenen Weg finden, denn die Gerichte, die man kocht, sind ein Abbild unserer Seele. Das habe ich bei dem Wettbewerb gelernt, zu dem Zette mich angemeldet hatte. Und jetzt, wo ich ihn gewonnen habe und weiß, dass es sich lohnt, weiterzumachen, gibt es eigentlich nichts, was mich aufhalten kann.«

»Ich werde das auf jeden Fall nicht tun.«

Meine Töchter fahren herum und entdecken mich. Ich habe meine Tränen nicht fortgewischt. Mein Anblick muss ihnen nahegehen, denn sie werfen sich buchstäblich in meine Arme.

»Es tut mir so leid, dass du das jetzt auf diese Weise erfährst …«

»Ach, Lucie, ich bin die Einzige, der etwas leidtun muss. Ihr habt beide nur so gehandelt, weil ihr Angst hattet, mich zu verletzen. Ich hätte mich nicht so schwach zeigen dürfen. Ich glaube, dass ich in gewisser Weise eure Träume und Ziele habe zügeln wollen, indem ich über mein eigenes Scheitern jammere. Ich wollte euch vor Enttäuschungen bewahren. Aber trotzdem habt ihr alle beide Mut und Hartnäckigkeit an den Tag gelegt. Selbst wenn eine Lüge und reichlich Getuschel damit einherging, ich bin stolz auf euch, denn ich habe gesehen, wie stark ihr seid, wie ihr zusammenhaltet und wie entschlossen ihr seid, euer Leben in die Hand zu nehmen.«

»Hättest du uns das nicht alles ein paar Monate früher sagen können? Das hätte mir einige bange Nächte erspart«, wirft mir Lucie liebevoll vor.

»Hätte ich das getan, dann hätte ich nicht das Vergnügen gehabt, diese Unterhaltung mitzubekommen und zu sehen, wie ihr euch gegenseitig zur Seite steht. Ehrlich, ihr beiden, ich bin stolz auf euch. Und ganz besonders auf dich, Camille …«

Meine ältere Tochter senkt den Blick. Ich drücke sie an mich und nehme ihr Gesicht in meine Hände.

»Du warst bereit, alles zu tun, damit deine Schwester ihre Träume verwirklichen kann – einen schöneren Beweis für deine Liebe und deinen Mut kann es gar nicht geben.«

Camille hat Tränen in den Augen. Ich wische sie sanft weg und küsse sie zärtlich auf die Stirn.

»Weißt du, wir haben schließlich den lieben langen Tag die Lieder von Jean-Jacques Goldman hören müssen, da bleibt manches von seinen Texten echt hängen«, beteuert Lucie jetzt. »Mach dir also keine Sorgen, wir werden trotz unserer hochfliegenden Träume immer ›vernünftig‹ bleiben!«

Ich strecke Lucie die Zunge heraus und setze mich auf einen Bistrostuhl. Beseelt vom Stolz auf meine beiden großen Töchter fühle ich mich munter und beschwingt.

»Los, Lucie, lass mich deine *Kersche Kiechle* probieren. Sie sehen fantastisch aus.«

»Damit kann ich nun wirklich nicht angeben, denn sie sind nach deinem Rezept gemacht … Obwohl, ich habe noch eine Zutat hinzugefügt.«

»Ich sehe schon: Du kannst es nicht lassen, den Rezepten deinen eigenen Stempel aufzudrücken. Und die Kerne hebst du offenbar auch auf, wie *Mamama*. Das ist ein gutes Zeichen! Kreativität und Tradition ergeben eine Mischung, die in der Kochkunst sehr erfolgversprechend ist.«

»Genau das Gleiche haben mir die Lehrer bei der Preisverleihung auch gesagt«, posaunt Lucie und stellt mir einen Teller vor die Nase.

Ihre Crêpes duften unglaublich lecker. Ich hadere mit mir,

dass ich ihr Talent nicht früher bemerkt habe. Es stimmt, dass Lucie regelmäßig das Frühstück macht und dafür ganz hervorragende *Pancakes*, Waffeln und mit Früchten gefüllte Crêpes auf den Tisch zaubert. Aber heute Morgen nehme ich eine besondere Geschmacksnote wahr. Lucie hat es in der Tat nicht dabei belassen, einem Rezept zu folgen, sie hat etwas von ihrer Persönlichkeit dazugemengt. Der Duft der Crêpes ist ein anderer. Eine blumige Note steigt auf und erinnert mich an den Garten meiner Großmutter mit ihren großartigen pastellfarbenen Rosenstöcken. Lucie lässt beim Kochen ihre Erinnerungen und ihre Seele einfließen. Ich muss mein Frühstück nicht einmal kosten, um das zu spüren. Ich erkenne das Ausmaß ihrer Liebe für die Kochkunst auch so. Wenn man bedenkt, dass ich ihr das alles mit auf den Weg gegeben habe, ohne mir dessen bewusst zu sein!

»Dann muss ich dir jetzt wohl erklären, wie es weitergeht«, sagt Lucie ein wenig keck. »Die Schule hat einen kleinen Wettbewerb veranstaltet. Du weißt ja, dass es auch einen Zweig für Hotelfachausbildung gibt. Sie haben diese Veranstaltung organisiert, aber jeder Schüler konnte daran teilnehmen – um Berufswünsche zu wecken oder zu fördern. Als ich Zette davon erzählt habe, hat sie mich sofort ermuntert, daran teilzunehmen. Schließlich hat sie mich jahrelang an ihrem Herd werkeln lassen – immer wenn ich mittwochs bei ihr war. Zette und Mu haben Karten gespielt, und ich habe alle möglichen Kuchen, Tartes, Törtchen und Stutenkerle gebacken.«

»Dann stammten wohl auch die Kekse, die ich nach der Arbeit dort so oft gegessen habe, gar nicht von Zette?«

»Nein. Zette wusste genau, dass du viel zu vorsichtig gewesen wärst und ein achtjähriges Mädchen nie im Leben mit einem elektrischen Rührgerät und mit Messern hättest herumhantieren lassen. Ganz zu schweigen von der Gefahr einer Verbrennung dritten Grades bei der Herstellung eines Karamells!

Ach, wenn wir schon einmal dabei sind: Ich habe mir den Arm damals nicht auf der Rutschbahn verbrannt. Ich wollte einen Keks aus dem Ofen holen und bin an das Heizgestänge gestoßen. Aber im Allgemeinen bin ich längst nicht so waghalsig, wie du immer denkst!«

Durch Lucies Geständnisse erscheint mir Zette in einem völlig neuen Licht. Die freundliche alte Dame, die genau gegenüber wohnte, war nicht nur eine liebe Nachbarin. Sie war eine Ersatz-Großmutter, die das Talent meiner Tochter erkannt und sie ganz nebenbei dazu ermuntert hat, ihrer Begabung nachzugehen.

»Könntest du jetzt langsam zum Kern der Sache kommen, mein Schatz? Du warst bei dem Wettbewerb in der Schule …«

»Entschuldige! Es gibt so vieles, was ich dir erzählen will. Also, die Schule hat diese ›Küchenolympiade‹ organisiert, an der jeder Schüler teilnehmen konnte. Ich habe einen *Kougelhopf* mit getrockneten, in Rum eingelegten Mangos gebacken und einen Flammkuchen mit Blutwurst und karamellisierten roten Zwiebeln. Ein kleiner Ausflug vom Elsass auf die Antillen, wie du ihn auch so gern machst, Mama! Sie fanden es umwerfend und haben mir nahegelegt, eine richtige Fachschule fürs Kochen zu besuchen, und zwar in Lausanne. Und jetzt kommt es, Mama: Sie haben mich dort angenommen! Die Lehrer hier an der Schule haben einen Brief verfasst, um meine Bewerbung zu unterstützen, und es hat geklappt! Ich kann es selbst noch immer nicht glauben!«

»Und ich kann nicht glauben, dass du es gewagt hast, *Mamamas* Crêpes mit Rosenextrakt zu aromatisieren.«

»Ach, das hast du herausgeschmeckt? Ich hoffe, du nimmst es mir nicht allzu übel. Vielleicht hätte ich es doch nicht machen sollen. Vielleicht habe ich das Rezept zu stark verändert, indem ich …«

Ich lege einen Finger auf meine Lippen, um sie zum

Schweigen zu bringen. Meine arme kleine Lucie, die ihre Fassung verliert – da hört sich doch alles auf!

»Du hast dir ein Rezept zu eigen gemacht und ein neues kreiert. Du bist eine Künstlerin, mein Schatz. Du musst deinen Weg gehen. Und deshalb gehst du auch nach Lausanne, da kannst du sicher sein.«

Da springt Lucie jubelnd auf und vollführt einen wahren Freudentanz.

»Du kannst dir nicht vorstellen, wie glücklich mich das macht! Die Schule hat einen ausgezeichneten Ruf. Das Internat jagt mir ein bisschen Angst ein, aber wir bleiben auf Whatsapp in Verbindung, okay? Und dann gibst du mir immer die richtigen Tipps. Kannst du dir das vorstellen, Mama? Ich mache eine Ausbildung zur Chefköchin, und du bist meine allerbeste Lehrerin!«

»Ich glaube, es wäre angebracht, zuallererst Zette dankbar zu sein. Die Liebe zur Kochkunst mag bei uns genetisch bedingt sein, aber was die Praxis angeht, da hat ja wohl Zette es dir ermöglicht, deine Fähigkeiten zu erproben, nicht ich.«

»Du hast mich jeden Tag inspiriert.«

Wie lieb Lucie ist! Ich kann kaum glauben, dass ich in ein paar Monaten ohne sie hier leben soll. Sie geht nach Lausanne, in eine Landschaft voller Berge, Seen und Wildblumen – das wird die Fantasie einer zukünftigen Chefköchin geradezu beflügeln. Und ja, es stimmt, auch ich hätte gern ein solches Leben gelebt. Aber noch größer ist meine Begeisterung darüber, dass meiner Tochter dies gewissermaßen an meiner Stelle gelingt. Ich bin meiner Nachbarin, die ihr Heim nun aufgegeben hat, um im »Les Cigognes« zu leben, zu großem Dank verpflichtet.

Deshalb beschließe ich, heute Morgen etwas früher zur Arbeit aufzubrechen und ihr einen kurzen Besuch abzustatten.

Als ich das Altenheim erreiche, herrscht auf den Fluren noch weitgehend Ruhe. Hier und da vernehme ich sogar ein Schnarchen, aus der Ferne klingt das leise Klappern von Löffeln zu mir herüber. Es ist kurz nach sieben Uhr und einige Bewohner trinken ihren ersten Kaffee. An der offenen Wohnungstür der Brontë-Schwestern bleibe ich kurz stehen und nehme mir Zeit für einen kurzen Gruß. Thérèse und Mireille hören ein klassisches Musikstück und sind mit Sticken beschäftigt. Sie nicken mir flüchtig zu und deuten dann auf eine Schachtel mit dünnen Schokoladentäfelchen, die auf ihrem kleinen Tisch steht. Ich bedanke mich und gebe der Lust nach, mir ein Täfelchen zu gönnen. Als ich in ihr Wohnzimmer trete, sehe ich, dass Louis dort, wohlbedeckt von einer Wolldecke, selig auf dem Sofa schläft. Dieses seltsame Trio bringt mich immer wieder zum Schmunzeln. Ich werfe ihnen eine Kusshand als Dank für die Schokolade zu und gehe weiter.

Zettes Wohnung liegt am Ende des Flurs. Jetzt begegnen mir ein paar Bewohner, die in Richtung Aufenthaltsraum unterwegs sind, um die Zeitung zu lesen oder durch die große Fensterfront den Schneeflocken zuzusehen, die vom Himmel tanzen. Es herrscht in letzter Zeit sehr viel mehr Leben hier.

Zettes Tür ist nicht nur zu, sondern sogar verschlossen, was ziemlich ungewöhnlich ist. Ich nehme an, dass sie nachts zu ihrem Liebsten hinübergegangen ist. Nicht selten begegne ich ihr am Morgen, wenn sie mit einem strahlenden Lächeln auf den Lippen aus Gégés Zimmer kommt. Ihre Liebe kam mir bisher immer eher platonisch als leidenschaftlich vor. Außerdem hat Zette mir gegenüber schon öfter durchblicken lassen, dass sie das Altern und auch das abflauende Begehren mit einer leisen Wehmut zur Kenntnis nimmt. Aber immerhin kann sie in den Armen eines Mannes einschlafen, der sie liebt und achtet und … Verflixt! Jetzt bin ich schon neidisch auf den Alltag einer verliebten Omi!

Ein wenig frustriert darüber, Zette nicht angetroffen zu haben, schlendere ich die Flure entlang, bis meine Schritte mich unwillkürlich in Richtung Schwimmbecken leiten. Sollte ich am Ende hoffen, dort einem netten Mann über den Weg zu laufen, der mir nicht das Herz brechen wird? Bridget Jones lässt grüßen! Zückt eure Geigen – wie eine meiner Lieblingssendungen im Radio heißt –, Momo hat heute Morgen Entzugserscheinungen. Und das wird auch nicht besser bei dem Anblick, der sich mir bietet, als ich die Tür zur Schwimmhalle aufstoße.

Gégé und Zette wenden mir den Rücken zu, aber ich erkenne meine frühere Nachbarin sofort an ihrer wunderbaren weißen Lockenpracht, und Gégés kräftige Nackenpartie sucht hier ohnehin ihresgleichen. Rasch ziehe ich mich hinter das Regal mit den Schwimmnudeln zurück, um nicht gesehen zu werden.

Gégé fasst Zette im Wasser um die Hüften und hebt sie hoch. Hingerissen breitet Zette mit strahlendem Gesicht ihre Arme aus, bevor sie sich dicht an Gégés Oberkörper hinuntergleiten lässt und ihn leidenschaftlich küsst. Jetzt fehlt nur noch der Song »Time of my Life« und das Remake von *Dirty Dancing* wäre perfekt.

Sie sind schön. Ihre Körper tragen die Spuren des Alters und eines langen Arbeitslebens, aber sie wirken kraftvoll und die neu aufkommende Leidenschaft verbindet sie miteinander. So habe ich sie noch nie gesehen. Man könnte glauben, dass das Schwimmbecken hier ein wahrer Gesundbrunnen ist. Oscar hat viel verändert. Dank seiner Kurse sind die Körper neu erwacht und erstarkt, die Verbindung von Schwimm- und Tanzelementen hat sie einander näher gebracht. Die sinnliche Dimension von Musik und Wasser ist unbestreitbar und Oscar wusste, was diese Osmose vermag.

Seit er hier ist, hat sich vieles verändert. Immer mehr Bewohner wollen an seinen Aquagymnastik-Kursen teilnehmen und sich zum Rhythmus der Djembes bewegen. Das Leben nimmt wieder Fahrt auf, selbst hier im Altenheim. Noch vor ein paar Monaten hat Rémy gejammert, dass es schon ein Wunder bräuchte, damit sich Dinge ändern. Aber es ist kein Wunder geschehen, sondern ein ungefähr vierzigjähriger Mann ist aufgetaucht, der eine schwierige Vergangenheit und eine Menge verrückter Ideen mit sich herumträgt. Meine Güte! Bisher war mir gar nicht aufgefallen, dass da eine ziemliche Ähnlichkeit zu meiner eigenen Geschichte besteht.

»Na, wie lange schaust du dir hier schon die Augen aus dem Kopf?«

Mein Herz macht einen Riesensatz, denn ich hatte nicht im Entferntesten damit gerechnet, zu so früher Stunde hier überrascht zu werden.

»Verdammt, Oscar! Du willst wohl, dass ich einen Herzinfarkt bekomme!«

Er hockt sich neben mich. In den Händen hält er zwei Tassen heißen, frischen Kaffee.

»Ich habe dich gar nicht kommen hören. Bist du schon länger hier?«

»Eine ganze Weile, ja, und vor gut zehn Minuten bin ich zufällig vorbeigekommen und habe gesehen, wie du Mama und Gégé beobachtest. Da du so vertieft in deine Gedanken warst, habe ich gedacht, ich störe dich lieber nicht und hole dir schon mal einen Kaffee. Weißt du was? Wir sollten Patrick Swayze und Baby jetzt allein lassen. Sie brauchen etwas Privatsphäre.«

Das gibt's doch gar nicht! Nachdem er bereits Woody Allen kannte, spielt Oscar jetzt auch noch auf den Kultfilm meiner Jugend an. Er muss meine Gedanken gelesen haben … oder wir haben einfach dieselbe Wellenlänge.

Mir ist irgendwie ein wenig schwer ums Herz, als ich ihm jetzt auf Zehenspitzen folge. Hinter mir lasse ich das Bild zweier Menschen, deren Herzen füreinander schlagen, zwei Verliebte, die sich vom Alter keinen Streich spielen lassen. Zette und Gégé fühlen sich wieder jung. Meine eigene Jugend hingegen scheint so weit weg, dass ich das Gefühl habe, langsam eine alte Jungfer zu werden.

Mein Herz beginnt regelrecht zu flattern.

Ich hatte mir doch geschworen, mich niemals wieder auf irgendetwas einzulassen – aber nun bewegt sich meine Hand ungeschickt in Richtung von Oscars Hand, bevor sie sich doch lieber wieder zurückzieht.

15

Ein Caesar für Oscar

Die Küche des Altenheims ist erfüllt von zuckrigen Schwaden. Mauricette beugt sich über einen riesigen Topf und rührt in ihrer mit Hagebutte aromatisierten Zuckermelasse. Eine elsässische Hexe vor ihrem Zauberkessel. Meine Mutter hat mir meine ganze Kindheit über Märchen aus unserer Gegend erzählt, Geschichten, in denen Naschereien und Zauberkünste wunderbar miteinander verschmelzen. Mit ihrem notdürftig frisierten Haar, der durch die Hitze des geschmolzenen Zuckers verlaufenen Mascara und dem konzentrierten Gesichtsausdruck, während sie weiche Zuckerkugeln auffängt, um sie dann in Eiswasser zu tauchen, entspricht Mauricette dem Bild einer freundlichen *Haxa*, wie wir hier sagen, aufs Schönste.

Ich werde nicht müde, sie zu beobachten. Es hat etwas Magisches, wenn sie arbeitet. Sie ist voller Hingabe bei der Sache, schenkt weder der auf ihren Wangen verlaufenden Schminke Beachtung noch ihren Lippen, die sie so fest aufeinanderpresst, dass ihr Rot sich auf beinahe clowneske Weise ausweitet.

Mauricette schminkt sich nur selten, doch heute Morgen habe ich gehört, wie ihre Töchter ihr damit auf die Nerven gingen, dass sie sich etwas mehr Mühe mit ihrem Aussehen geben solle. Jetzt wird mir klar, warum sie lieber ungeschminkt bleibt.

»Oscar, da sind zwei Herren, die dich sprechen wollen! Ein Journalist und ein Kollege von ihm!«, ruft Iris und schaut in die Küche hinein. »Mein Gott! Das riecht ja himmlisch hier!«

»Mauricette stellt gerade Lutscher mit Hagebuttengeschmack her. Ich glaube, unsere großen Kinder werden begeistert sein.«

»Hörst du schlecht, Oscar? Iris hat gerade gesagt, dass man dich erwartet, und nicht nach meinem Rezept gefragt«, zetert Mauricette und reckt ihren zuckrigen, orangerot glänzenden Kochlöffel in die Höhe.

»*Vertomi!* Und ich dachte, ich hätte sie nach so vielen Jahren endlich abgeschüttelt!«

»Mit der Vergangenheit kann man nie ganz reinen Tisch machen«, stellt Mauricette mit einem Anflug von Resignation fest.

Offenbar schmerzliche Erinnerungen wehen einen leichten Schatten auf ihren strahlenden Blick. Ach, Momo! Immer tapfer und lächelnd, und doch so zerbrechlich. Reinen Tisch machen, wie gern würde sie das tun und die Idioten vergessen, die sie sitzen gelassen haben.

Ein wenig unbeholfen trete ich zu ihr, beuge mich zu ihr hinunter und raune ihr ins Ohr: »Denk nicht an die Vergangenheit. Deine Süßigkeiten brauchen positive Schwingungen, sonst sind sie nicht so köstlich, wie sie sein könnten.«

»Du bist mir einer!«, empört sie sich, aber nur zum Schein. »Da hast du den Nagel auf den Kopf getroffen. Das ist nämlich genau mein Ding: eine Küche für die Seele. Es ist das Einzige, was zählt. Und du hast recht: Um alles andere kümmern wir uns nicht, sondern genießen den Augenblick hier und jetzt. Wir werden keine Ladung von den Lutschern verderben. Wenn man mit schlechten Gefühlen kocht, schlägt sich das nieder und die Gerichte werden auch schlecht.«

»Dann verstehst du sicher auch, warum ich keinen Wert darauf lege, diese Journalisten zu treffen.«

Mauricette beugt sich über den Topf, um den Boden auszukratzen und noch ein paar Lutscher mit dem an den Rändern klebenden Zucker zu formen. Kein Tropfen ihrer herrlichen, bernsteinfarben schimmernden Melasse soll verloren gehen.

»Wer sagt denn, dass du die Vergangenheit wieder hervorkramen sollst? Vielleicht sind diese Herren wegen etwas ganz anderem hier.«

»Nein, ich bin offenbar ein gefundenes Fressen für sie. Der einstige Champion, der in seinen Geburtsort zurückkehrt, um sich um alte, hinfällige Leute zu kümmern … Ein Thema, auf das sich die Klatschpresse mit Wonne stürzt.«

»Ach so. Stimmt ja, die Leute interessieren sich immer nur für deine Person und dein Leben«, erwidert Mauricette mit einem ironischen Unterton.

»Was meinst du denn damit?«

»Dass du zu sehr auf dich selbst ausgerichtet bist. Diese Journalisten sind hier ins Altenheim gekommen, nicht zu dir nach Hause. Sie interessieren sich vermutlich dafür, wie ein ehemaliger Rekordschwimmer mit alten Leuten arbeiten kann. Nicht du stehst im Rampenlicht, sondern das, was du den Bewohnern hier vermittelst. Und es schadet nun wahrlich nichts, wenn unsere lieben alten Herrschaften etwas mehr ins Rampenlicht gerückt werden, oder siehst du das etwa anders?«

Peng! Ich gebe zu, dass Momos scharfer Blick ein Segen ist, vor allem für einen ehemaligen Bademeister, der nicht aus dem Grübeln herauskam und endlos mit der Vergangenheit haderte. Die Journalisten haben mir nach meinem Absturz noch lange zugesetzt, und deshalb ist meine Erinnerung an diesen Berufsstand nicht die beste.

»Tu es für das Altenheim. Du bist dabei gar nicht so wichtig«, frotzelt sie freundlich.

Ich liebe es, wenn sie mich auf diese Weise neckt. Momo gelingt es quasi spielerisch, mir die Augen zu öffnen. Dafür kann ich ihr wohl einen flüchtigen *Schmoutz* auf die Wange drücken. Sie weicht nicht zurück, obwohl sie von sich aus nicht zu solchen Vertraulichkeiten neigt. Dieser vorsichtige Kuss ist ein Sieg für unsere zarte Freundschaft. In mir wächst die Hoffnung, dass sie Vertrauen zu mir gefasst hat und in mir weder einen Hallodri sieht – mit denen hat sie schließlich schon reichlich Bekanntschaft gemacht – noch einen aufdringlichen Verehrer.

»Mach schon! Du wirst erwartet und hältst mich davon ab, meine gebrannten Kastanien fertig zu bekommen!«

»Gebrannte Kastanien? Woher nimmst du bloß all deine Ideen? Meine Güte, Momo! Schreib ein Buch, eröffne ein Restaurant, mach etwas aus deinem Talent!«

»Klar doch, Momo, die ›Spitzenköchin‹! Wer's glaubt, wird selig! Husch jetzt! Verschwinde endlich, anstatt solchen Blödsinn zu reden!«

»Du bringst aber keine neue Kreation auf den Tisch, ohne dass ich sie vorher probiert habe, oder? Ich hab dir ja gesagt, dass ich alles verkosten möchte!«

»Dann beeil dich und komm auf dem Rückweg hier vorbei, Herr Schwimmlehrer. Aber sieh zu, dass du nicht zu viel in dich hineinstopfst, sonst schleppst du am Ende noch einen echten Rettungsring um die Hüften mit dir herum.«

»Gib zu, dass du das Stopfen von Gänsen wie uns ganz gut beherrschst.«

»Ich wüsste nicht, dass ich dir einen Trichter in den Schnabel gesteckt habe. Aber wenn du weiter so herumtrödelst, um dein Gespräch mit den Journalisten hinauszuzögern, schiebe ich dir noch einen in den Rachen.«

Lachend ziehe ich los. Ich würde die Augenblicke bei ihr in der Küche gerne ausdehnen. Wenn ich mit ihr zusammen bin, habe ich das Gefühl, dass etwas von den Funken, die sie versprüht, auf mich abfällt. Wohin ich auch gehe, ihre gute Laune lässt mich stets noch lange strahlen.

Mit einem heiteren Lächeln trete ich den auf dem Flur wartenden Journalisten entgegen. Der eine sieht noch sehr jung und strebsam aus, wahrscheinlich ist er gerade mal zwanzig Jahre alt. Sein Schnurrbart wächst noch recht spärlich und hinter einem Ohr steckt ein Bleistift. Der andere ist reiferen Alters und hat eine gut gefüllte Aktentasche dabei, aus der vor allem Bücher und Prospekte über das Elsass hervorschauen.

»Guten Tag, Monsieur Klein!«, ruft der Jüngere erfreut und drückt meine Hand. »Antoine Schwaub, Journalist für die Zeitung *L'Alsace*. Ich bin hier, weil ich gerne ein Interview mit Ihnen führen möchte. Unsere Leser haben von Ihrer Rückkehr gehört und möchten gern mehr von Ihnen wissen.«

Ich setze mich langsam in Bewegung, denn ich möchte die beiden unauffällig zum Ausgang drängen – am liebsten würde ich sie ganz loswerden. Sie folgen mir. Der Jüngere hat bereits ein Heft hervorgezogen, um Notizen zu machen, der Ältere hat sich noch nicht vorgestellt und hantiert mit seiner prallen Aktentasche, die sich nicht mehr ganz schließen lassen will.

»Ich wüsste nicht, was es über mich zu erzählen gibt.«

»Nach allem, was Sie erlebt haben? Eine Medaille bei den Olympischen Spielen und Ihr Trainerdasein bei der französischen Nationalmannschaft ...«

»Das ist alles längst bekannt.«

Der Ältere verzieht gequält das Gesicht. Womöglich ist er auf irgendwelche pikanten Informationen über mich aus.

»Wir sind nicht nur hier, um über die Vergangenheit zu reden«, versichert Antoine mir jetzt. »Ihre Rückkehr ins Elsass als vollkommen unerwartete und faszinierende Neuausrichtung! Die Leser werden begeistert sein, wenn sie erfahren, wie Sie mit den Bewohnern dieser Einrichtung hier arbeiten.«

»Das mag sein. Wenn Sie einen Artikel schreiben möchten, dann nutzen Sie ihn, um der Gemeinde unser Basar-Projekt vorzustellen. Meine Schüler und Schülerinnen hier im Altenheim bereiten eine kleine Darbietung zum Jahresende vor.

Da wäre es sehr schön für die Teilnehmer, wenn sie diese vor einem Publikum aufführen könnten. Die Leute müssen begreifen, dass unsere älteren Mitmenschen auch Unterhaltung und Abwechslung brauchen, um ein würdevolles Leben zu führen. Es wäre großartig, wenn unsere Bürgerinnen und Bürger an diesem Tag mit ihren Kindern hierherkämen, um sich mit den Bewohnern auszutauschen, Spaß zu haben und der Aufführung beizuwohnen.«

Antoine schreibt mit und nickt eilfertig mit dem Kopf. Er wirkt sehr angetan von meinen Schilderungen.

»Die Öffentlichkeit will mehr von Ihnen wissen, Oscar«, lässt sich jetzt der Ältere vernehmen. »Was ist dem Kind aus dem Elsass widerfahren, warum ist es in die Heimat zurückgekehrt? Möglicherweise haben Sie noch eine goldene Zukunft vor sich! Sie könnten durchaus noch einmal junge Auswahlschwimmer trainieren und zukünftige Weltmeister aus ihnen formen.«

»Wie es mit mir beruflich weitergeht, ist allein meine Sache. Ich bin nicht hier, um wieder an Vergangenes anzuknüpfen, sondern möchte lieber ganz neue Wege einschlagen.«

»›Neue Wege einschlagen‹«, wiederholt Antoine beflissen.

»Es tut mir leid, wenn ich Sie mit meinen Ideen belästige. Ich habe mich noch gar nicht vorgestellt. Ich bin Bernard Bloch, Leiter eines kleinen, lokalen Verlagshauses. Sie müssen wissen, dass man Sie hier sehr schätzt, und ich würde mir wünschen, dass mein junger Freund Ihre Erinnerungen zusammenträgt, um aus diesem Material ein kleines Buch zu machen.«

Jetzt muss ich tatsächlich laut lachen. Ein Buch? Über mich? Das ist wohl ein Scherz! Was für ein Ansinnen, wo ich ihnen doch schon bei ihrem Wunsch nach einem kleinen Artikel über mich ausgewichen bin.

»Wir veröffentlichen normalerweise Romane, die hier im Elsass spielen, Kochbücher der regionalen Küche und historische Erfahrungsberichte ... Es wäre das erste Mal, dass wir eine Biografie präsentieren«, holt Bernard Bloch aus.

»Ich möchte nicht, dass über mich gesprochen wird. Daraus wird nichts, ganz sicher, Monsieur.«

»Darf ich Ihnen wenigstens meine Karte dalassen?«

»Wozu sollte das gut sein?«

»Man weiß nie. Sie sind eine beeindruckende Persönlichkeit, Oscar Klein. Es kommt selten vor, dass Leute von einem solchen Bekanntheitsgrad in ihre Heimat zurückkehren, und noch seltener, dass sie dann Projekte mit Bewohnern eines Seniorenheims in Angriff nehmen. Denken Sie darüber nach!«

Er schiebt mir die Karte in die Hand. Skeptisch verstaue ich sie in einer Tasche meiner Jeans und sage mir, dass sie vermutlich irgendwann mit ihr im Wäschekorb landen wird, um zum Schluss eine Runde in der Waschmaschine zu drehen. Diese Vorstellung entlockt mir ein leichtes zufriedenes Lächeln.

»Ich hoffe, dass wir uns bald wiedersehen, Monsieur Klein. Ich werde zu Ihrem kleinen Basar kommen. Das wird ein Erfolg, da bin ich ganz sicher.«

Der Duft von etwas Karamellisiertem weht herüber und kitzelt mich in der Nase. Es müssen die von knusprigem Karamell ummantelten Kastanien sein. Mein Herz gerät einmal mehr aus dem Takt. Der Erfolg, der diesem Fest beschert sein wird, geht nicht auf mein Konto, sondern verdankt sich voll und ganz Mauricettes Talent. Ich habe die Hand des Herausgebers immer noch nicht losgelassen. Erstaunt, aber auch belustigt mustert er mich. Mein Blick fällt auf seine von Büchern überquellende Tasche, und ich stelle fest, dass einige der Titel auch im Bücherschrank von Tante Mus wunderbarer Mieterin stehen. Mir schießt eine Idee durch den Kopf, die ich festhalten will. Bernard Bloch ist genau zur rechten Zeit hier aufgetaucht.

»Bleiben Sie noch einen kurzen Augenblick. Ich werde Ihnen einen Vorgeschmack auf das kommende Fest liefern.

Ich bin überzeugt, dass Sie nach einer kleinen Verkostung Ihre Freunde gern dazu überreden werden, unseren Basar gemeinsam mit Ihnen zu besuchen.«

Bernard zieht erstaunt die Augenbrauen hoch, bevor er das verbindliche Lächeln eines Geschäftsmannes aufsetzt. Er glaubt, mich in der Tasche zu haben, und hat keine Ahnung von dem Geschmackserlebnis, das ich ihm gleich verschaffen werde, um seine Ideen in eine völlig andere Richtung zu lenken.

Während wir den Weg zur Küche einschlagen, setze ich das Interview mit Antoine fort, der sich unentwegt Notizen macht.

»Wenn meine Bekanntheit zu etwas nutze ist, dann verwenden Sie sie für Ihren Artikel und laden Sie die Leute zu unserem schönen Weihnachtsbasar ein.«

»Kein Problem. Können Sie uns erklären, warum Sie hier gelandet sind?«

»Ich arbeite hier, weil meine Mutter mich darum gebeten hat. Es geschah zunächst nicht wirklich aus innerer Überzeugung, doch inzwischen ist das der Fall. Es hat für mich keine Bedeutung mehr, was ich in der Vergangenheit einmal war. Ich will den Senioren hier einfach nur helfen, sich lebendig zu fühlen.«

»Trotzdem spielt das Schwimmen dabei eine große Rolle. Man zieht nicht so leicht einen Schlussstrich unter seine Leidenschaften, oder sehen Sie das anders?«

»Wenn man aus Vergnügen schwimmt oder anderen das Schwimmen beibringt, dann hat das nichts mit dem Wettkampfsport Schwimmen zu tun. Hier bin ich weder Rekordschwimmer noch Konkurrent von irgendwem. Das Schwimmen ist im Grunde nur sekundär. Mein Ziel ist, den betagten Menschen Anreize zu liefern, ihnen zu zeigen, dass sie durch spielerische Aquagymnastik in der Lage sind, ihre physische Verfassung zu verbessern und Dinge zu tun, die sie schon lange nicht mehr für möglich gehalten haben. Die Magie dieser Arbeit liegt in der Kommunikation zwischen den Bewohnern und dem guten Einvernehmen mit anderen Mitgliedern des Personals. Deshalb möchte ich Ihnen Mauricette und ihre rechte Hand in der Küche, Rémy, vorstellen, die mir eine große Hilfe sind. Nennen Sie sie Momo, sonst fängt sie an zu brodeln wie ein Dampfkochtopf!«

»Na, das scheint mir ja eine interessante Persönlichkeit zu sein!«, kommentiert Bernard mit einem gezwungenen Lachen.

»Das kann man so oder so sehen.«

»Ich verstehe die Verbindung zwischen dem Schwimmbecken, einer Köchin und ihrem Küchenangestellten nicht recht«, gesteht Antoine etwas ratlos.

»Ganz einfach: Ich stimuliere die Körper meiner lieben alten Schüler und Schülerinnen, der Küchenangestellte ist zugleich auch Musiker und schlägt die Trommel während meines Unterrichts, und Mauricette ist mit ihren köstlichen Rezepten für die Belohnung der Bewohner zuständig, denn nach jeder Stunde erhalten sie gewissermaßen ein ›Bonbon‹. Sport macht hungrig! Unser Basar wird auf diesem Dreischritt basieren: Wasser-Musik-Kulinarik.«

»Ein sehr schönes Vorhaben«, findet Antoine, »und ich verstehe die Bewohner bereits jetzt sehr gut, denn es riecht verteufelt gut aus der Küche.«

Wir betreten Mauricettes »Höhle«. Sie schenkt unserer Anwesenheit keinerlei Aufmerksamkeit, ebenso wenig der von Julie, die neben der Arbeitsplatte sitzt, an einer karamellisierten Kastanie knabbert und die Virtuosin an ihren Zauberkesseln mit einem kleinen Leuchten in den Augen beobachtet. Diesen entspannten Ausdruck sehe ich zum ersten Mal bei der Ernährungsberaterin. Die Nascherei hat sie endlich milder gestimmt. Die Spannung zwischen den beiden Frauen scheint verpufft, und Momos wunderbares Zuckerwerk hat dabei wohl eine entscheidende Rolle gespielt.

»Hallo, Oscar. Was können wir für dich tun?«, fragt Rémy, der mit einer neuen Steige Kastanien aus der Vorratskammer kommt.

»Ich wollte diesen Herren unser Team vorstellen und ihnen gleich einen Einblick in die Köstlichkeiten geben, die Momo an ihrem Stand feilbieten wird.«

Mauricette dreht sich um. Ihr Gesicht glüht in der Hitze, und sie fühlt sich sichtlich unwohl bei dem Gedanken, sich mit zwei Journalisten abgeben zu müssen.

»Antoine, Bernard, ich stelle Ihnen Momo vor, unsere Zauberin am *Kocheleffel*.«

Antoine lächelt über das ganze Gesicht und kritzelt eifrig ein paar Worte in sein Heft. Vor allem der freundliche Kosename, mit dem ich Momo bedacht habe, hat es ihm angetan. Und ihr wohl auch, wie ihr Gesichtsausdruck mir verrät.

»Momo, würde es dir etwas ausmachen, unsere Besucher deine gebrannten Kastanien kosten zu lassen? Ich bin sicher, dass Monsieur Schwaubs Artikel dann noch um einiges schmackhafter sein wird.«

»Na, zum Glück hat Rémy den ganzen Herbst über eifrig gesammelt! Wenn wir so weitermachen mit dem Verkosten, muss ich aber aufpassen, dass es reicht. Sonst muss ich bald wieder die ganz traditionellen Mandeln nehmen … obwohl … mit Haselnüssen müsste es auch ein Traum sein.«

Rémy nimmt einen Teller, um unseren Gästen ein paar gebrannte Kastanien zu reichen, und sie greifen neugierig zu.

Ich nutze diesen kurzen Augenblick, um mich an Mauricette zu wenden und ihr ins Ohr zu flüstern: »Hat die Hexe mit ihrem Zauberkessel ein weiteres Mal zugeschlagen? Hast du Julie mit einem Bann belegt, dass sie so sanftmütig ist?«

»Sag nichts«, wispert Momo. »Sie ist heute Morgen ganz aufgelöst hier aufgetaucht. Iris hat ihr das Projekt von dem Basar unterbreitet und dabei auch den Stand mit den Süßigkeiten erwähnt, die natürlich alle nur einen gemäßigten glykämischen Index haben. Da hat sie anscheinend riesige Angst bekommen, dass am Ende sogar ihre Anstellung auf dem Spiel steht, und kam weinend in die Küche. Sie hat beteuert, dass sie nie Streit mit mir haben wollte, aber dass die Art, wie ich mich beim Kochen einbringe, ihr den Eindruck vermittelt hätte, sie sei überflüssig. Na ja, stell dir mal vor, wie das für sie ist! Fast zehn Jahre Ausbildung, und dann muss sie die Verrücktheiten einer Köchin ohne jedes Diplom aushalten.«

»Da kann man schon ein bisschen verzweifelt sein …«

»Ich habe ihr vorgeschlagen, eins meiner Erzeugnisse zu probieren, einfach um sie zu beruhigen, und da habe ich eine andere Seite von ihr kennengelernt.«

Ich beuge mich noch ein wenig mehr zu ihr hinunter, um nicht gehört zu werden, aber auch, um endlich eine Kastanie hinter ihrem Rücken zu stibitzen.

»Deine Kreationen haben wirklich etwas von Prousts Madeleines. Sie öffnen Herz und Seele.«

»Du immer mit deinen tollen Vergleichen!«

Das bekräftige ich gern mit einem Kopfnicken und beiße in das himmlische Zuckerwerk, dessen karamellisierte Umhüllung zwischen meinen Zähnen knuspert. Die mürbe Textur der Kastanie hingegen zergeht schmeichelnd auf meiner Zunge, beinahe so verführerisch wie ein Kuss.

Ein Blick zu dem Journalisten und dem Verlagsleiter hinüber bestätigt meinen Eindruck. Momos Naschereien erweisen sich einmal mehr als eine echte Einladung zu Liebe und Sanftmut. In den Augen unserer Gäste meine ich ihr Entzücken zu lesen – und damit sicher auch den Wunsch, dieses Vergnügen zu wiederholen. Sie werden zu unserem Fest kommen, um die Verkostung fortzuführen.

Hocherfreut begleite ich sie zum Parkplatz zurück. Dort wechsle ich noch ein paar Worte mit Bernard. Der Mann ist ganz erfüllt von den Einblicken in unseren Alltag. Er ist Momos Charme erlegen und noch mehr ihren Talenten. Ich unterbreite ihm meinen Wunsch, meiner Freundin mit seiner Hilfe heimlich ein außergewöhnliches Geschenk zu machen. Bernard, der noch unter dem Eindruck der süßen Verlockung steht, lädt mich zu einem Treffen in den Räumen seines Verlags ein, bevor er mit einem breiten Lächeln auf den Lippen aufbricht.

Ich fühle mich wie im siebten Himmel. Draußen hat es zu schneien begonnen, die Schneeflocken tanzen munter herum wie der Puderzucker, der auf Mauricettes *Bredala* herabrieselt. Überall herrscht eine festliche Atmosphäre. Mir ist, als erfasse die Aura von Momos Küche alles um sich herum mit ihrer großartigen Anziehungskraft.

Auch am Steuer meines Wagens wandern meine Gedanken von dem Verlagsleiter Bernard Bloch zu Mauricette. Ich spüre die verknickte Karte in meiner Hosentasche und kann es kaum erwarten, Lucie und Camille aufzusuchen, um sie um Unterstützung zu bitten. Die Sache ist abgemacht. Momo wird ein außergewöhnliches Weihnachtsgeschenk erhalten.

Als ich bei Mu ankomme, treffe ich zu meiner Überraschung Anthony draußen vor der Tür an. Er steht in Mantel und Mütze vor dem Haus und wartet offenbar.

»Gehst du nicht nach Hause?«

»Ich habe hier draußen auf dich gewartet. Kommst du mit?«

»Du meinst, mit zu dir? Oder soll ich sagen, in Oma Zettes Haus?«

»Findest du das so erstaunlich?«

»Ich habe es noch nicht gewagt, einen Fuß über die Schwelle zu setzen, seit ich hier bin. Ich hatte das Gefühl, dass ich nicht erwünscht bin, da du jetzt dort wohnst … Gleichzeitig schmerzt mich das natürlich, weil ich hier groß geworden bin.«

»Das kannst du mir alles auch drinnen sagen. Ich habe mir

beim Warten auf dich schon den Hintern abgefroren. Du bist also herzlich in das Haus deiner Kindheit eingeladen.«

Ich folge ihm über den kleinen Weg, auf dem die ersten Flocken glänzen. Die Hecke und die Hortensien hat mein Sohn sorgsam geschnitten, außerdem hat er bunte Stauden für die Winterzeit gesetzt. Mama hat es früher genauso gemacht.

Als er die schwere Eichentür öffnet, krampft sich mein Herz zusammen. Das typische Knarzen, das altbekannte klappernde Geräusch beim Ablegen des Schlüssels auf dem Glastischchen neben dem Schirmständer, jedes Detail beschwört meine Vergangenheit herauf.

Ich hole tief Luft und trete in mein Elternhaus ein. Bewegt und gerührt stelle ich fest, dass alles noch so ist wie immer. Der Teewagen quillt über vor Zeitungen und Zeitschriften, die senfgelbe Wolldecke liegt ordentlich auf dem grünen Sofa. In dem alten grünen Kachelofen brennt ein Feuer und gibt eine wohlige Wärme ab. Alles ist da. Selbst der Geruch hat sich nicht verändert. Es fehlen nur die beruhigenden Aromen aus einem Schmortopf auf dem Herd und der frische Geruch der Seife, die Mama benutzte, um sich die Hände zu waschen, wenn sie aus dem Garten kam. Ihre Abwesenheit lässt mich eine ungeheure Leere spüren, die mich bis ins Mark trifft.

Anthony durchquert das Wohnzimmer und öffnet die Tür zur Küche. Ich folge ihm mit schwerem Herzen, denn es verwirrt mich, mein Elternhaus ohne diejenige vorzufinden, die alles mit ihrer guten Laune und ihrer unglaublichen Energie erfüllte.

»Ist es schlimm für dich, hierher zurückzukommen und Oma Zette nicht vorzufinden?«, fragt Anthony mich, während er sich am Kühlschrank zu schaffen macht.

»Ohne sie fehlt die Seele dieses Hauses …«

Meine Kehle ist wie zugeschnürt. Anthony hat nichts verändert, er hat die Ordnung meiner Mutter respektiert. Es fehlt nur das Wesentliche. Mama. Mama und ihre Blumenschürze. Mama und ihre Tartes. Heidelbeeren, Pflaumen, Mirabellen, Rhabarber! Bei jedem meiner Besuche stand eine dieser Tartes für mich bereit. Auch wenn diese Gelegenheiten in den letzten Jahren selten waren, hat sie dieses kulinarische Ritual unbeirrt beibehalten, vermutlich in der Hoffnung, dass ihre Backkünste dazu beitragen würden, mich endgültig zur Rückkehr zu bewegen.

Anthony holt zwei Bierflaschen und setzt sich an den Tisch. Ich nehme ebenfalls Platz und verweile schweigend. Bekümmert und etwas verzagt sieht mein Sohn mich an. Ich habe keine Ahnung, wer jetzt wen trösten soll.

Er macht den ersten Schritt und nimmt meine Hände in die seinen.

»Du kannst dir nicht vorstellen, was für ein Schock es für mich war, als Oma ausgezogen ist. Ich war von einem Tag auf den anderen ganz allein. Erst ihr Fehlen hat mir klargemacht, wie sehr ich einen Vater brauche. Aber ich war zu stolz, um dich anzurufen und dir zu sagen, dass du zurückkommen sollst.«

»Weil du mich brauchtest?«

»Mir kommt es so vor, als könntest du das nicht recht glauben. Natürlich brauche ich dich. Schließlich warst du trotz allem für mich da.«

»Ich … ich habe eher den Eindruck, dass ich ein ziemlich erbärmlicher Vater war.«

»Trotz all deiner Fehler habe ich, als Zette fort war, eine unendliche Leere verspürt und dich von ganzem Herzen herbeigewünscht, um diese zu füllen.«

Der heutige Tag hält wahrlich so manche Überraschung für mich bereit.

»Wir haben viel über mich gesprochen, seit du wieder hier bist, über meine Kindheit und über das, was aus mir geworden ist«, fährt Anthony fort. »Und mir ist klar geworden, dass ich viel egoistischer bin als du. Ich glaube, dass auch ich mich bei dir entschuldigen muss, weil ich dir lange Zeit Vorwürfe gemacht habe, ohne die Opfer zu bedenken, die du gebracht hast.«

Ich stehe auf, um ihn zu umarmen, und Anthony kommt seinerseits auf mich zu. Auch wenn dieser junge Mann groß und stark wie ein Holzfäller aussieht, bleibt er doch in seinem Herzen ein kleiner Junge, der nicht genug Zuwendung von seinem Vater bekommen hat. Ich halte ihn fest und drücke ihn an mich, als könne ich ihn auf diese Weise all meine Liebe spüren lassen. Die Liebe, die ich ihm so lange Zeit nicht habe mitteilen können, die aber tief in mir immer Bestand hatte und mit den Jahren nur noch inniger wurde.

»Ich liebe dich, mein Sohn.«

Anthony sagt nichts. Er genießt den Augenblick.

Ich habe das Gefühl, heute unzählige Siege errungen zu haben. Aber keiner ist so schön, wie endlich meinen Sohn in den Armen zu halten.

16

Sex im Pflegeheim

Schon lange, bevor es hell wird, bin ich auf den Beinen. Das Haus schläft noch. Selbst Mu höre ich schnarchen. Die Aussicht auf einen morgendlichen Spaziergang hat Schötzi munter gemacht. Sie wartet vor der Eingangstür auf mich. In ihrem altersträben Blick glaube ich beinahe einen kleinen Funken von Freude wahrnehmen zu können. Ich nehme mir noch rasch ein paar Kekse aus einer Metalldose, die Mauricette mir geschenkt hat, dann verlasse ich leise das Haus.

Draußen ist es klirrend kalt. Von der Winterlandschaft geht etwas sehr Belebendes aus. Die Bäume funkeln, es knistert in den Sträuchern, das Wasser im Becken des kleinen Brunnens an der Ecke beginnt an der Oberfläche zu frieren – die Zeit scheint stillzustehen.

Ich gehe gemächlich die Straße entlang, neben mir scheint auch Schötzi ihren morgendlichen Spaziergang zu genießen. Die Straßen sind festlich geschmückt, Sterne und leuchtende Engel hängen an den Laternen.

Ich lasse mir meine köstlichen *Bredala* schmecken und bin einmal mehr dankbar für Mauricettes Backkünste. Mit einem Lächeln im Gesicht denke ich an das Geschenk, das ich ihr machen werde, und mir wird warm ums Herz. Ich sehe bereits vor mir, wie sie sich am Weihnachtsabend über ihr Päckchen beugt. Auch ihre Töchter können es kaum erwarten, und ich hoffe, dass sie es schaffen, das Geheimnis für sich zu behalten.

In den nächsten zehn Tagen müssen wir es schlau angehen. Sie darf nichts merken, aber wir müssen uns dennoch immer wieder treffen, damit die wunderbare Überraschung gelingt.

Ich hätte nicht gedacht, dass ich mich so sehr für einen Menschen ins Zeug legen kann, und schon gar nicht für eine Frau. Nach dem Interview hatte ich diesen Geistesblitz, und seit einer Woche bin ich mit meinen beiden Komplizinnen heimlich am Werk. Wenn jemand etwas mehr ins Licht gerückt werden muss, dann ist es Mauricette. Sie hat es wahrlich verdient. Und ich werde alles tun, damit ihr die gebührende Anerkennung zuteilwird. Die Verführerin der Papillen muss von dem Vorhaben, das ich mit Camille und Lucie auf kleiner Flamme gare, einfach begeistert sein.

Ich habe die ganze Nacht damit verbracht, die Rezepthefte zu wälzen, die Lucie heimlich entwendet hat. Auch das kleinste Detail habe ich abgeschrieben. Bei der Vorstellung von Hähnchen in Orange und Ingwer, von Crêpes mit Rum und Rhabarber oder von Krapfen aus Süßkartoffelteig mit Honig ist mir das Wasser im Munde zusammengelaufen. Mauricettes Kreationen sind ein fabelhafter Schatz, und ich fühle mich geehrt, dass ich ihn sichten darf. Das Stöbern in den Heften hat mich lange wach gehalten, und heute Morgen bin ich nur von einem Wunsch beseelt: Ich möchte ausgiebig mit meiner Mutter frühstücken.

Das letzte Rezept, das ich kopiert habe, war ein *Kougelhopf*, der mit in Kirschwasser getränkten Kirschen bestückt wird. Ein großartiger Kuchen, den meine Mutter stets ganz traditionell mit Rosinen gebacken hat. Mich überkommt der Wunsch, meine Mutter aufzusuchen, ihr eine frische Brioche mitzubringen, diese mit ihr zu teilen und dabei den vor dem Fenster fallenden Schneeflocken zuzusehen – das ist genau das richtige Programm kurz vor den Festtagen am Ende des Jahres.

Die Bäckerin grüßt mich schon, bevor ich ihr Geschäft betreten habe. Ich mag die Freundlichkeit der im Dorf ansässigen Geschäftsleute, vor allem, wenn Feiertage anstehen. Überall duftet es nach Weihnachtsgebäck und Honigbrot. Die Menschen sind dabei, ihre *Bredala* für den Advent und für Weihnachten fertigzustellen und verschenken sie mit einer selbstverständlichen Großzügigkeit an ihre Mitmenschen. Ich äußere meine Wünsche und freue mich, als mir die liebenswürdige Bäckerin einen kleinen *Spitzbuebe* überlässt – ein mürbes, mit Zitronenzesten aromatisiertes Buttergebäck, von dem zwei Rondelle mit Himbeer- oder Erdbeermarmelade ›aufeinandergeklebt‹ werden. Eifersüchtig versetzt mir Schötzi einen Stups mit ihrer Schnauze, um ihren Anteil einzufordern, und erhält prompt ein Stückchen von einem alten Weckmann. Das Nikolausfest liegt jetzt schon eine Woche hinter uns, man glaubt es kaum! Die Zeit vergeht so schnell, wenn man glücklich ist. Mit einem Lächeln im Gesicht verlasse ich die Bäckerei und freue mich über meinen süßen Proviant. Diese mit Marmelade gefüllten mürben Plätzchen sind für mich gewissermaßen so etwas wie die Madeleines für Proust. Sie rufen die Erinnerung wach an die ersten Plätzchen des Advents, die Mama und Tante Mu stets mit so viel Liebe gemeinsam in der großen Küche bei uns gebacken haben. In diesem Jahr haben die Plätzchen eine geschmackliche Erneuerung erfahren. Mauricette hat sich an die Herstellung von ungefähr zwanzig Variationen gewagt. Das Nikolausfest war die perfekte Gelegenheit, uns ihre mit Milchkonfitüre und Spekulatiuscreme gefüllten Plätzchen zu kredenzen. Verteufelt leckere Köstlichkeiten! Ich habe übrigens einige Exemplare in Mus Dose gehortet, um sie auch Mama anbieten zu können.

Als ich wieder bei Mus Haus ankomme, um Schötzi abzuliefern, sehe ich meine Tante im Morgenmantel am Fenster stehen. Sie blickt starr auf das Haus ihrer Schwester gegenüber und sieht traurig aus. Ich winke ihr grüßend zu, aber sie nimmt meine Geste anscheinend nicht wahr. Seit ein paar Wochen ist Mu niedergeschlagen, beinahe nur noch ein Schatten ihrer selbst. Abends treffen wir uns zwar meist bei ihrer Mieterin zum Essen, aber Mu huscht so unscheinbar wie eine kleine Maus herein und isst lediglich ein Stück Käse. Dass ihre Schwester nicht mehr hier ist, raubt ihr den Appetit, und die anstehenden Festtage konfrontieren sie noch schmerzlicher damit. Die beiden Unzertrennlichen haben jedes Jahr ihre Weihnachtsbäckerei gemeinsam gestaltet. Schon der Nikolaustag war dieses Jahr hart für Mu. Nachdem sie ihre heiße Schokolade ausgetrunken hatte, zog sie sich gleich wieder zurück. Die Traurigkeit stand ihr ins Gesicht geschrieben, mit Sicherheit hing sie wehmütig den Zeiten nach, in denen ihre Schwester Weckmänner in den komischsten Haltungen formte.

Mir fehlt der Mut, sie anzusprechen. Und auch sie scheint meine Nähe nicht suchen zu wollen.

Ich nehme das Auto und fahre zur Arbeit. Das Bild von Mu lässt mich jedoch nicht los und drückt auch mir aufs Gemüt. Es fällt mir noch immer schwer, Mamas Entscheidung zu akzeptieren. Warum will sie im »Les Cigognes« leben, wo Anthony sich so gut um ihr Haus kümmert? Im Grunde hat sie vermutlich befürchtet, dass ihm ein Lebensabschnitt entgehen könnte, wenn er die ganze Zeit auf seine Oma aufpassen muss. Das ist jetzt meine Aufgabe, die ich gern übernehme, und ich habe die Hoffnung, dass sich auch das noch zum Guten wendet.

Im Altenheim schleiche ich auf Zehenspitzen durch die Flure, um diejenigen Bewohner nicht zu wecken, denen heute das Ausschlafen gelingt. Im hohen Alter ist es schon eine verdammt gute Leistung, bis sechs Uhr zu schlafen!

Als ich gerade bei Mama an die Tür klopfen will, fliegt diese auf und ich kann ihr durch einen Satz nach hinten gerade noch ausweichen. Gérard steht vor mir und schließt die Tür rasch wieder hinter sich, um mir irgendetwas zu verbergen. Das Geräusch von Hausschuhen verrät mir, dass Mama rasch ins Badezimmer huscht, um sich etwas überzuziehen. Und auch Gégé ist eifrig bemüht, seine Schlafanzughose wieder zurechtzurücken und sein gestreiftes Oberteil zuzuknöpfen. Als er auf seine Hausschuhe hinuntersieht und bemerkt, dass die Strümpfe falsch herum angezogen sind, wird er rot.

»Sorry, Gérard. Ich war wohl ein bisschen früh dran, um …«

»Um Zette einen *Kougelhopf* vorbeizubringen. Wo sie doch Brioches so liebt – sie wird im siebten Himmel schweben!«, ruft er mit einem Blick auf meine Mitbringsel und versucht, eine Haarsträhne an Ort und Stelle zu schieben.

Ich bin leicht verwirrt und sogar ein bisschen verstimmt, diesem alten, vom Schlaf noch etwas zerzausten Koloss gegenüberzustehen, von dessen jetzt schief zugeknöpfter Schlafanzugjacke mein Blick nicht so rasch loskommt. Er wirkt ein wenig außer Atem, setzt aber ein zufriedenes Lächeln auf. Ich fühle mich wie ein kleiner Junge, der gerade entdeckt hat, dass das elterliche Schlafzimmer nicht nur zum Schlafen dient. Ja, ich habe eine Art Déjà-vu-Erlebnis.

»Schön, dann bringe ich Mama jetzt ihr Frühstück …«

»Warte kurz, ich muss vorher mit dir reden.«

Gégé fasst mich am Ellbogen und zieht mich von der Tür weg. Ohne ein Wort zu sagen, folge ich ihm. Wir gehen zusammen in den Aufenthaltsraum mit seiner schönen, breiten Fensterfront. Die Bewohner treffen sich dort, um Karten zu spielen, zu lesen oder auch um bei einem Bier (das dort ausgeschenkt wird, um die Liebhaber des Gerstensafts bei Laune zu halten) oder einem Heißgetränk zu plaudern. In einem Bereich stehen Tische für diejenigen, die sich dafür entschieden haben, nicht mehr die Kochnische ihres zugegebenermaßen sehr kleinen Appartements zu nutzen, sondern ihre Mahlzeiten im »Restaurant« von »Les Cigognes« zu sich zu nehmen. So kommen sie in den Genuss von Mauricettes hervorragender Küche, lassen sich ihre Gerichte von Rémy auftischen und freuen sich über die gesellige Atmosphäre.

»Setz dich, Junge. Wir essen einen Happen zusammen.«

»Das wollte ich eigentlich mit meiner Mutter tun, wenn es dich nicht stört.«

»Keine Sorge, mein Lieber, deine Mama kommt gleich«, erklärt er mir fröhlich. »Sie will auf gar keinen Fall Rémys wunderbares *Tapalapa* verpassen.«

Offenbar ist nicht nur Mama begeistert von diesem senegalesischen Brot. Es sitzen schon ein paar Bewohner an den Tischen und lassen sich ihre Marmeladenbrote schmecken. Rémy ist wohl in aller Herrgottsfrühe aufgestanden, um den Teig vorzubereiten, und auch Rosinen- und Schokoladenbrötchen fehlen nicht auf den Tischen. Jetzt kommt Rémy gerade mit einer Kiste voller Orangen den Hauptgang entlang, nickt mir im Vorübergehen grüßend zu und verschwindet in der Vorratskammer.

»Komm, iss etwas, du wirst es brauchen können.«

»Warum?«

»Du brauchst doch Kraft für deine Stunde mit uns. Wir sind durch deine Kurse wieder ganz schön munter geworden.«

»Na, das werde ich gerade noch schaffen, ohne müde zu werden.«

»Sag das mal Bernadette. Die macht jeden Nachmittag lange Spaziergänge, seit die Aquagymnastik ihre Gelenkschmerzen gelindert hat. Und was mich betrifft, meinem Rücken geht es prima. Es ist eine Ewigkeit her, dass ich mich so …«

Er hält inne und wird ein wenig rot.

»… so schneidig gefühlt habe?«

»Ich habe es nicht gewagt, das auszusprechen. Weißt du, die Leute sehen in uns nur die Alten mit ihren Gesundheitsproblemen, ihren Falten und ihren künstlichen Zähnen. Aber auch wir haben in unserer Seele etwas Kindliches bewahrt, und der Körper vergisst die lustvollen Seiten des Lebens nicht.«

»Aber dafür sind wohl nicht nur meine Kurse verantwortlich.«

»Nur keine falsche Bescheidenheit! Aber ganz unrecht hast du natürlich nicht.«

Er schneidet ein kleines Baguette der Länge nach auf, bestreicht es dick mit Butter, streut Kakaopulver darüber und taucht es genüsslich in seine große Tasse. Aufmerksam mustert er das Brot, das sich mit dem Milchkaffee vollsaugt.

»Dieser Ort ist großartig. Man könnte meinen, in einem Hotel zu leben. Verpflegung, Schwimmbad, Garten ... Auf dem Papier hört sich das natürlich sowieso perfekt an. In Wirklichkeit war es aber oft genug trotzdem schwer zu ertragen hier. Rémy hat sich redlich abgemüht, diese Mauern zu beleben, aber er hatte keinen durchschlagenden Erfolg. Auch Mauricettes Küche war ein Lichtblick für uns, obwohl Mauricette selbst anscheinend oft trübe Gedanken wälzte und nicht ganz bei der Sache war. Aber eure Zusammenarbeit hat alles verändert! Ihre Küche ist exotisch, beinahe schon erotisch geworden ...«

Ich verschlucke mich an meinem Kaffee und muss kräftig husten.

»Du kannst dir ja sicher denken, worauf ich hinauswill«, fügt Gégé hinzu und verschlingt sein inzwischen vollkommen breiiges Baguettestück.

Ich kann mir ein Lächeln nicht verkneifen. Gégé reiht sich in die Kategorie der begnadeten Eintauchkünstler ein, die ihr Brot am liebsten durch und durch von Kaffee getränkt zu sich nehmen. Auch mein Vater frönte dieser Leidenschaft, während meine Mutter darin eher ein Laster sah und es verabscheute. Man könnte meinen, dass es ein letzter Scherz von Papa ist, ihr jetzt einen Schutzengel mit schlecht sitzenden dritten Zähnen zu schicken.

»Ich hätte wirklich nicht gedacht, dass ich mich noch einmal so verliebe, noch dazu mit Haut und Haaren. Wenn man älter wird und gar die siebzig überschritten hat, denkt man eigentlich nicht mehr an die Liebe. Zärtlichkeit, liebevolle Zuneigung, danach sehnt man sich, aber heiße Umarmungen gehören definitiv der Vergangenheit an. Alle Alten gewöhnen sich daran, das Rad dreht sich weiter. Aber die Erinnerungen daran bleiben, und manchmal, mitten in der Nacht, wenn man allein in seinem Bett liegt, fröstelt man und spürt die Leere neben sich. Dann schlägt die Einsamkeit mit aller Kraft zu.«

Meine Hand umkrampft die Tasse vor mir und ich ringe um Fassung. Mir kommt diese Beschreibung durchaus bekannt vor, als wäre ich schon einmal achtzig Jahre alt gewesen. Es gab eine Zeit, da wachte ich allein in meinem großen Bett auf, und Stunden der Einsamkeit und Angst lagen vor mir, in denen ich vergeblich Schlaf suchte und Bilder eines Körpers aus meinen Gedanken verdrängen wollte, den ich innig und leidenschaftlich geliebt hatte. So ist es also im Alter? Ein Leben, in dem es höchstens noch Zärtlichkeit gibt? Wie viel Zeit bleibt den Bewohnern des Altenheims denn noch? Wie viele Jahre müssen sie noch die Zeit totschlagen, indem sie stricken, Karten spielen oder Talentshows im Fernsehen anschauen? Diese Art der Monotonie ist eine Geißel. Aber wenn ich um mich schaue, sehe ich nur lächelnde, liebenswürdige Menschen, die sich unterhalten und scherzen, als läge das ganze Leben noch vor ihnen. Ein Hauch von Jugend weht durch das »Les Cigognes« und befreit die Bewohner ein wenig vom Joch des Alters.

»Du kannst stolz auf dich sein, mein Sohn. Es nehmen zwar nicht alle hier teil an deinen Aktivitäten, aber alle essen im Restaurant. Mauricettes Küche ist noch um so vieles köstlicher geworden, seit du hier bist. Sie spricht jetzt nicht nur den Magen an, sondern auch die Seele. Ein Bissen von ihrem mit Zimt und Sternanis versehenen Schmortopf lässt uns in die Ferne schweifen und betört unsere Sinne. Ihre Gerichte verströmen etwas von Liebe …«

»Meine Güte, Gégé, du bist ja eine richtige Quasselstrippe!«, meldet sich Mama jetzt zu Wort, die unbemerkt zu uns getreten ist und sich nun neben mich setzt. »Ich wollte dir nicht ins Wort fallen und euch nicht stören. Heiliger Strohsack, kannst du schön reden, mein Schatz!«

Gégé wirft ihr eine Kusshand zu.

Aber dann wird Mama schnell wieder schweigsam. Sie knabbert an einem Stück von dem *Kougelhopf*, den ich ihr mitgebracht habe, und wirkt bedrückt.

»Ist alles in Ordnung, Mama?«

»Ich weiß nicht, was ich dir darauf antworten soll, *Oscarala*. Ich bin froh und unglücklich zugleich. Ich lebe hier wieder auf, aber Mu fehlt mir ganz fürchterlich. Sie ist ein paar Wochen lang ab und zu hierhergekommen, aber jetzt hat sie es wieder gelassen. Ich weiß genau, dass sie Angst hat, ich könnte ihr das Messer auf die Brust setzen und sie bedrängen, hier mit uns zusammenzuleben.«

»Du könntest doch auch in dein Haus zurückkehren … natürlich mit Gégé!«

Meiner Mutter fällt ihr Kuchenstück aus der Hand, und ich bin genauso überrascht über meine Äußerung wie sie. Die Worte haben sich wie von selbst gefunden. Von eifersüchtigem Stiefsohn keine Spur. Gégé gehört bereits zur Familie und ist auch Teil meiner Pläne, diese wieder zusammenzuführen.

»Meinst du das wirklich? Du weißt ja, dass ich in meinem Leben nur mit einem einzigen Mann zusammengelebt habe.«

»Dein Haus wird es dir schon nicht übelnehmen. Und ich werde in der Nähe bleiben. Wenn du Hilfe brauchst, Mama, dann bin ich jetzt da. Ich kann es immer noch nicht begreifen, dass du nicht mehr in unmittelbarer Nähe von Tante Mu lebst und nicht an dem Ort, wo ich groß geworden bin.«

»Aber was wird dann aus den anderen?«

»Glaubst du wirklich, dass ich meine Arbeit hier aufgebe, wenn du dich entscheidest fortzugehen? Ich habe das ›Les Cigognes‹ und seine Bewohner ins Herz geschlossen. Mach dir keine Sorgen! Wenn du in dein Heim zurückkehrst – ich bleibe hier.«

Mama beugt sich zu mir, um meine Hände in ihre zu nehmen; ihre Augen glänzen vor Rührung. Am liebsten wäre es mir, sie würde gleich Ja sagen, meinen Vorschlag begrüßen, aber ihr Blick gleitet von mir zu den lieben Mitbewohnern, die im Restaurantbereich sitzen. Ich spüre ihre Verbundenheit auch mit ihren Freunden hier. Die Brontë-Schwestern sitzen uns genau gegenüber, sie sind blass und wirken verstimmt, während Louis sich damit abmüht, Orangen für sie auszupressen. Mama winkt ihnen zu, und ihre Gesichter hellen sich schlagartig auf.

»Ich werde hier gebraucht«, sagt sie zaghaft. »Ich wohne hier, habe Freundschaften geschlossen, neue Bindungen geschaffen …«

»Mama, dein Haus wartet auf dich, und Mu auch.«

»Mu hängt viel zu sehr an materiellen Dingen«, schneidet sie mir das Wort ab. »Sein Glück kann man überall finden. Das hast du gerade bewiesen, indem du diesem Ort etwas Frische eingehaucht hast. Wenn der Mensch beschließt, seinen Weg zu gehen oder an einem bestimmten Ort zu leben, dann geht die Seele mit.«

»Du beschreibst genau das Gefühl, das ich habe, wenn ich in deinem Haus bin. Es fehlt die Seele, weil du nicht da bist …«

»Dann muss dieser Ort neu belebt werden. Wir sind in unseren Häusern alt geworden, und eine neue Generation muss unsere Geschichte nun am Leben erhalten …«

»Was willst du damit sagen? Willst du es etwa verkaufen?«

»Lieber wäre mir, wenn du dein Glück dort fändest, während ich hier im ›Les Cigognes‹ ungestört meinen Lebensabend verbringe.«

»Und was ist mit Mu?«

»Darum kümmere ich mich schon noch. Als ich ausgezogen bin, war Mu unglaublich wütend, und ich brauchte erst einmal meine Ruhe. Außerdem muss ich zugeben, dass ich es nicht mehr so gut mitansehen konnte, wie Anthony sich krummgelegt hat, um mir an allen Ecken und Enden das Leben leichter zu machen. Du kannst dir nicht vorstellen, was er alles für mich, das Haus und den Garten getan hat. Ich musste einfach woanders hin, an einen Ort, wo kein junger Mensch sich für seine Großmutter aufopfert.«

»Aber das war doch kein Opfer, sondern Liebe!«

»Die Liebe und das Opfer liegen oft sehr nah beieinander, mein Schatz. Und wenn man nicht aufpasst, verliert man einen Teil seiner selbst. Ich wollte keine Last für meinen Enkel sein. Mir liegt es fern, anzunehmen, dass der Umgang mit Menschen meines Alters Anlass zur Begeisterung liefert. Allerdings hat sich das etwas geändert, seit du hier arbeitest. Ich fühle mich wohl, Oscar. Das war schon seit ein paar Monaten so, und dank dir ist es jetzt noch mehr der Fall.«

»Bist du glücklich?«

»Wie nie zuvor! Hast du schon jemals einen so fidelen *Alti Trutzkopf* gesehen? Wenn ich nach Hause zurückkehre, ist es vorbei mit meiner Motivation. Noch ein paar Monate hier, und ich bin womöglich sogar mein Bäuchlein los und kann mit den Brontës eine Schau abziehen. Mit ein wenig Glück könnten wir vielleicht eine kleine Tanzgruppe bilden! Mach dir keine Sorgen, *Oscarala*, ich werde diesen Dickschädel von Mu schon noch überzeugen!«

Bei dem Gedanken, was mit Mu hier ins »Les Cigognes« einkehren würde, wenn sie hier einzöge, muss ich unweigerlich lächeln.

»Du wirst verteufelt gute Argumente benötigen, damit sie ihre Meinung ändert«, äußere ich mit Nachdruck.

»Und um sie hierherzulocken …«

»Vielleicht muss das gar nicht sein. Weißt du was? Am besten wäre es, wenn ihr euch außerhalb von ›Les Cigognes‹ trefft und alles beredet. In einer entspannten Atmosphäre, bei einem Glas Wein und gutem Essen! Dann wird Mu vielleicht weich.«

»Mir schwant, dass du bereits etwas eingefädelt hast, du Schlitzohr!«

»Du bist selbst ein Schlitzohr! Es ist nicht schwer, etwas zu finden, das euch allen beiden gefällt. Eine gemütliche Atmosphäre, ein begnadetes Sauerkraut, und ich bin sicher, dass Mu alles akzeptieren wird, was du ihr vorschlägst.«

»Ach, Gott! Du wirst doch nicht etwa Robbie und sein großartiges Sauerkraut im Sinn haben?«

»Warum denn nicht?«

Mama jubelt und fällt mir um den Hals, und ich schließe sie fest in meine Arme. Ich spüre, es gibt eine Zukunft für sie und Mu, für sie mit Mu. Zwar nicht da, wo sie gelebt haben, aber an einem Ort, wo die alten Menschen durch ihre Gemeinschaft miteinander wieder aufleben und immer wieder unverhoffte Freuden in ihrem Leben teilen.

Leichten Schrittes verlasse ich meine Mutter. Ich gehe den Flur entlang und streiche dabei liebevoll über den Handlauf, an dem sich so viele Bewohner festhalten, wenn sie den Aufenthaltsraum oder das kleine Refektorium aufsuchen wollen. Es ist ein außergewöhnlicher Augenblick, den ich mit meiner Mutter teilen konnte, und ich bin insgesamt sehr glücklich über die heitere Wendung, die mein Leben hier genommen hat. Vielleicht könnte sich sogar noch viel mehr ändern! Im Überschwang meiner Gefühle erblicke ich in den Handläufen bereits Ballettstangen, an denen die Brontë-Schwestern ihre langen Beine anmutig in die Höhe strecken. Das Schwimmen, die Musik und die Küche. Dieses magische Trio ist ein fantastischer Jungbrunnen.

Ich halte einen Augenblick auf dem Flur inne, richte den Blick auf die Türen und sehe im Geiste vor mir, wie sie noch vor Sonnenaufgang auffliegen, Omis mit zerzaustem Haar und strahlenden Gesichtern zum Vorschein kommen, die von ihren wackeren Liebhabern im besten Alter beglückt wurden.

Ich habe das Gefühl, dass das Schicksal mich hierher, ins »Les Cigognes« geführt hat. Der Kontakt mit den Omis und Opis hat mir die Lebensfreude zurückgegeben. Dieses Altenheim ist ein Leuchtturm für mich, und ich will mich gern als Wärter einbringen. Mama hat gut daran getan, als sie mich hierher gelockt hat. Jetzt muss sie aber eine neue Aufgabe in Angriff nehmen, jetzt geht es um ihre Schwester Mu, die durch ihren Fortgang in ihrem Haus verkümmert.

17

Auberge des Glücks

Mitten im Munstertal liegt die *auberge* Walch und fügt sich aufs Schönste in die malerische Landschaft ein. Ganz besonders im Winter, wenn die Wiesen im Tal von einer dicken, in der Sonne glitzernden Schneeschicht bedeckt sind und das Dach des Gasthofs sich mit einem weißen Mantel schmückt.

Ich schätze mich glücklich, wieder einmal diesen Tempel der Kochkunst aufsuchen zu dürfen. Ich muss zugeben, dass die Stimmung im Haus manchmal ein wenig gedrückt ist – jetzt, wo Zette nicht mehr bei uns ein und aus geht. Normalerweise mag ich die Adventszeit sehr, vor allem bei Mu, die stets Unmengen von *Bredala* gemeinsam mit ihrer Schwester gebacken hat. Ich habe ihr immer gern zugehört, wenn sie beim Kneten des Teigs für ihre Zimtsterne vergnügt vor sich hin pfiff oder trällerte. Aber dieses Jahr ist kein Ton zu hören, nicht einmal der Duft von Zimt oder Anis zieht durchs Haus. Zette fehlt, und mit ihr auch Mus köstliches Weihnachtsgebäck.

Umso schöner ist die Idee, einmal wieder in der *auberge* der Familie Walch einzukehren. Zum ersten Mal befinden sich drei Generationen von Frauen in meinem winzigen Fahrzeug. Camille sitzt bei mir vorn, Mu und Zette sitzen hinten, und Lucie hat sich dazwischen gezwängt. Die beiden alten Damen lächeln endlich wieder einmal fröhlich, und auch ich bin in heiterer Stimmung. Oscar kam vor ein paar Tagen bei mir vorbei und schlug mir vor, den Nachmittag hier mit seiner

Tante und seiner Mutter zu verbringen. Ich freute mich schon auf das gute Essen, das Robert Walch, der grummlige Landwirt und begnadete Koch, uns auftischen würde, aber Oscar legte mir nahe, das dortige Spa zu nutzen – das dem sturen Landwirt ein ausgesprochener Dorn im Auge ist – und mich mit den Frauen der Familie zu entspannen. Da habe ich nicht eine Sekunde gezögert. Entspannung im Sprudelbad, danach ein schönes Glas Crémant und zum Schluss noch ein Stück Heidelbeertarte – das klingt nach einem erholsamen Nachmittag. Wie jeder Elsässer, der etwas auf sich hält, sammelt Robbie im Sommer oben an der Höhenkammstraße der Vogesen, der *route des Crêtes*, diese kostbaren mauvefarbenen Perlen und friert einen Teil seiner Ausbeute ein, um den Gästen das ganze Jahr über diese spezielle Tarte mit ihrem subtilen Geschmack anbieten zu können. Robert Walchs Tarte ist so etwas wie der Heilige Gral für die Touristen. Nur wenigen Menschen ist bekannt, dass der Landwirt sich eigentlich nie von seinem Grund und Boden fortbewegt und nur für das Sammeln dieser emblematischen Frucht unserer Region eine Ausnahme macht. Man müsste schon verrückt sein, wenn man nicht gern in den Genuss der von Elsa Walch gestalteten »Entspannungsmomente« käme. Ein Besuch in ihrem Jacuzzi und ein Stück der berühmten Heidelbeertarte ist so manchem Besucher eine Reise wert. Ich war sofort Feuer und Flamme für Oscars Vorschlag. Ein solcher Tag musste einfach großartig werden. Um 14 Uhr waren wir zu einem ausgiebigen Spa-Aufenthalt und zu einer Verkostung verschiedener Patisserien angemeldet, um 19 Uhr waren wir mit Oscar im Restaurant verabredet, wo es ein regionales Sauerkrautgericht geben sollte. Eine perfekte Planung!

Schon haben wir unser Ziel erreicht. Ich parke auf dem kleinen, lediglich von ein paar großen Feldsteinen begrenzten Parkplatz. Wir müssen noch ein paar Schritte durch den

Schnee gehen, um den Eingang zu erreichen. Robert Walch möchte nicht, dass die Autos seinen Gartenerzeugnissen zusetzen. Er hat seine Schwester gebeten, den Parkplatz der *auberge* in etwa fünfhundert Metern Entfernung anzulegen, damit sein Gemüse nicht im Geringsten durch die Abgase Schaden nehmen kann. Zum Glück sind Mu und Zette noch gut auf den Beinen! Meine Mädchen haben ihnen ihre Unterstützung angeboten, aber die beiden Schwestern sind gut in Form und entschlossen, die *auberge* aus eigenen Kräften zu erreichen.

Wir haben unsere Winterschuhe angezogen und uns mit Daunenjacken gewappnet. Wenn man zu den Walchs fährt, muss man auf alles gefasst sein, denn Robert Walch ist ein eigenwilliger Mensch, für den Gefälligkeit ein Fremdwort ist. Aber er ist es auch, der diesem Ort seinen besonderen Reiz verleiht, wenn man ihn erst einmal kennenlernt und die Ehre hat, seine wunderbaren Gerichte zu kosten. Schon ein einziger Bissen seiner Vichy-Karotten rechtfertigt diesen unumgänglichen kleinen Spaziergang durch den Schnee, der noch dazu unseren Appetit anregen wird.

Der Weg ist recht gut freigeschaufelt. Elsa kümmert sich rührend um ihre Gäste. Wir blicken auf das verschneite Tal und die majestätischen Tannenwälder, die sich endlos die Hänge hinaufziehen. Im Sommer leuchtet die Landschaft im Sonnenlicht smaragdgrün, im Winter tut sich bei Schnee eine funkelnde weiße Kristallwelt auf.

»Ich freue mich wahnsinnig, diesen vertrauten Ort wiederzusehen!«, ruft Zette freudig, als wir am Haupteingang angelangt sind.

»Und ich freue mich, endlich einmal wieder das Sauerkraut von Robbie, dem Grantigen, zu schnuppern!«, sagt Lucie lachend.

Auch mir läuft ein wohliger Schauer über den Rücken in

diesem altbekannten Ambiente, das ich jetzt ganz neu wahrnehme. Die Fassade des alten, seit Generationen in Familienbesitz befindlichen Hauses hat einen nostalgischen Charakter. Unter Tausenden würde man es wiedererkennen. Die strohfarbenen Mauern sind durchzogen von schönem, kunstvoll verziertem dunkelbraunem Fachwerk, dazu das gewaltige, hufeisenförmige Eingangstor und die prachtvolle Wetterfahne, deren Hahn sich oben auf dem Dach langsam im Wind dreht – alles ist der traditionellen Bauweise der Region verpflichtet und das Ganze vermittelt ein Gefühl der Geborgenheit. Familie Walch hat bei allen Neuerungen das individuelle Aussehen eines alten Familiensitzes gewahrt, wodurch das Anwesen eine sanfte Wehmut ausstrahlt.

Ich gehe langsam auf den Haupteingang zu und nehme zufrieden das Gehöft in seiner ganzen Ausdehnung wahr. Das imposante vordere Gebäude wird nach hinten von einer Art Bauernhaus verlängert, sodass beide zusammen ein großes L formen. Von früheren Besuchen weiß ich noch, dass die Zimmer des Gasthofs lediglich im vorderen Teil liegen. Hinten befinden sich das Gehege für die Hühner und der Stall. Beides geht zum Garten hinaus, wo Robert sein fantastisches Gemüse anbaut.

Es ist eine sehr ursprüngliche Hofform, deren Harmonie wohltuend ist. Alles ist ganz nach meinem Geschmack. Das Wohnhaus setzt sich vom Wirtschaftstrakt ab und vermittelt den Eindruck, als sei es noch immer von den Eltern der Walch-Familie bewohnt. Im Frühling ist der Balkon in der oberen Etage mit sagenhaft üppigen Geranien geschmückt. Betritt man das Gehöft, dann gelangt man zunächst in einen enormen Eingangsbereich, von dem der Blick auf das Restaurant und die Terrasse fällt. Nach aufwändigen Umbauarbeiten finden hier seit Kurzem viel mehr Menschen Platz.

Der Anlass zu meinem letzten Besuch war Zettes Geburtstagsfeier. Sie liebt diesen Ort und kommt sehr gern hierher. Heute sieht Zette so freudig aus wie ein Kind am Weihnachtsabend, und auch Mu strahlt über das ganze Gesicht.

»Hello!«, lässt sich eine große Frau mit roter Haarpracht vernehmen und kommt uns entgegen.

Ich hatte erwartet, dass uns Elsa, Roberts Schwester, empfangen würde. Aber nun übernimmt statt ihrer eine Engländerin mit deutlichem Akzent diese Rolle.

»Herzlich willkommen, die Damen! Ich bin Maggie und stehe Ihnen zu Diensten. Sie haben eine ›Auszeit zum Entspannen‹ und eine ›Verkostung‹ gebucht, nicht wahr?«

»Ja, genau. Auch wenn ich jetzt vielleicht etwas indiskret scheinen mag, wo ist denn Elsa?«

Meine Frage veranlasst unsere Gastgeberin zu einem breiten Grinsen.

»Elsa befindet sich in freudiger Erwartung, so sagt man, glaube ich, und ist im Moment auf der Entbindungsstation im Krankenhaus von Colmar. Das bedeutet für mich alles andere als eine ruhige Zeit, da ich für die Reservierungen verantwortlich bin und auch noch auf ihre verflixten Zwillinge aufpassen muss.«

Ich bin starr vor Staunen. Ich habe mich schon oft mit Elsa unterhalten und mich ihr stets nahe gefühlt, da ihre Geschichte durchaus Ähnlichkeiten zu meiner eigenen aufweist. Niemals hätte ich gedacht, dass sie sich noch einmal auf eine Beziehung einlässt, und noch weniger, dass sie die Schlüssel des Gasthofs einer Fremden überlässt. Ich weiß nicht, wo sie diese Engländerin aufgegabelt hat, aber mit ihrem ansteckenden Lächeln wird sie ihr mit Sicherheit reichlich Kundschaft bescheren. Ganz anders als ihr eigenbrötlerischer Bruder, der sich kaum traut, die Gäste zu begrüßen, nicht einmal die Stammgäste.

Maggie geht hinter den Tresen, der zugleich als Bar und Empfangstheke dient, und öffnet die tiefen Schubladen eines großen Eichenschranks, um Morgenmäntel und Handtücher hervorzuholen, die angenehm nach ätherischen Ölen duften.

»Ich nehme an, dass Sie eine von Elsas Freundinnen sind?«, setze ich die Kommunikation fort.

Maggie lacht laut auf. Ein kraftvolles und ansteckendes Lachen. In der Tat, die *auberge* wirkt um einiges lockerer mit einer solchen Erscheinung.

»Ich bin Robbies Freundin. Mit Elsa hat das wenig zu tun. Oder doch, *a little bit* schon, denn eine Freundin von Elsa hat mich vor ungefähr zwei Jahren hierhin eingeladen, und seitdem habe ich den Hof kaum noch verlassen.«

Jetzt sind es Mu und Zette, die sich ein Lachen nicht verkneifen können, und ich verstehe sehr gut, was sie an Maggies Antwort so erheitert. Dass Robert eine Partnerin hat, ist eine beinahe schon surreale Vorstellung. Niemand hätte je gedacht, dass dieser verstockte Sonderling sein Einsiedlertum einmal aufgibt.

»Ich würde gerne einmal ein ganzes Jahr hier verbringen!«, äußert Zette fröhlich. »Das Spa würde ganz sicher meine Blasenprobleme kurieren.«

»Und ich würde mich zehn Jahre jünger fühlen!«, ergänzt Mu.

Maggie hebt amüsiert die Augenbrauen und legt Handtücher und Morgenmäntel auf den Tresen.

»Der französische Humor bleibt mir ein Rätsel …«

»Entschuldigen Sie die Damen«, erklärt Camille freundlich. »Meine Großmütter waren des Öfteren hier im Restaurant, und offenbar hätten sie nicht gedacht, dass der grandiose Koch sich einmal auf eine Partnerschaft einlässt.«

»Und schon gar nicht mit einer Frau wie Ihnen!«, haut Lucie jetzt raus und entfacht eine neue Lachsalve seitens Mu und Zette.

Ich erstarre förmlich vor Angst, dass Maggie diese Äußerung – und den Heiterkeitsausbruch der älteren Schwestern – krummnehmen könnte, aber sie geht lächelnd ihrer Tätigkeit nach und legt alles bereit für uns. In ihrem Lächeln liegt eine zärtliche Gelassenheit, die viel über die Gefühle aussagt, die sie für Robert empfindet.

»Lachen Sie nicht zu laut. Robbie bereitet sein Kraut vor, und er braucht viel Ruhe, um das saure Gold aus seinem Schlummer in der Salzlake zu holen.«

Das Lachen verebbt, und in den Blicken spiegelt sich bewundernde Verblüffung: Maggie kennt Robert sehr viel besser als wir. Sie weiß, was für ein Mensch sich hinter dem rauen und strengen Benehmen verbirgt. Elsa hat mir einmal anvertraut, dass er mit seinem Gemüse spricht und es versteht. Ich musste ihr schwören, das für mich zu behalten, aber nun scheinen sich die Dinge grundlegend verändert zu haben. Robert hat sich dieser Maggie offenbart, er versteckt sich nicht länger. Die Engländerin hat es geschafft, dass er Vertrauen zu ihr fasst und sich öffnet. Wie ich ihn darum mit einem Mal beneide! Er muss sehr viel Mut aufgebracht haben, und auf der anderen Seite muss Maggie sehr geduldig gewesen sein, um die Mauer einzureißen, die Robert zwischen sich und dem Rest der Welt errichtet hatte. Diese Mauer kommt mir mit einem Mal weniger unüberwindbar vor. Aber dennoch habe ich Zweifel, ob ich selbst in der Lage wäre, eine ähnliche Mauer zu zerstören. Zu zerstören, um etwas Neues, ganz anderes aufzubauen. Ich habe kein Händchen für Baustellen, sondern bin eher eine kreative Natur. Und in jedem Akt der Beschädigung oder Zerstörung sehe ich beinahe zwanghaft auch etwas Schmerzliches. Vielleicht ist das der Grund, warum es mir nicht gelingt, einen Schritt auf Oscar zuzugehen.

»Folgen Sie mir«, fordert Maggie uns nun auf. »Bitte machen Sie keinen Lärm, die Zwillinge machen gerade ihre Hausaufgaben.«

»Man könnte meinen, sie hätte hier immer schon gelebt«, flüstert Mu.

»Robbie hat eine wahre Perle gefunden«, wispert Zette zurück.

Maggie, die neben mir geht, lächelt zufrieden. Sie muss diese Art von Komplimenten schon öfter gehört haben, das kann man an ihrem Gesicht sehen. Die Menschen freuen sich vermutlich für Robert. Und ich könnte mir vorstellen, dass seine Küche durch diese Liebe noch gewonnen hat.

Wir gehen an der zum Spa-Bereich hin geöffneten Glastür vorbei, dann folgen wir Maggie durch einen kleinen Gang, an dem auch einige Zimmer des Gasthofs liegen. Sie biegt rechts ab, wo eine Tür zu einem weiteren Bereich führt, der angebaut wurde, um eine Möglichkeit zum Ankleiden zu schaffen. Nachdem sie das Licht eingeschaltet hat, stellen wir verblüfft fest, dass die Räumlichkeiten seit unserem letzten Besuch ganz neu eingerichtet wurden. Man spürt, dass es Elsa und unserer englischen Gastgeberin gelungen ist, Robert davon zu überzeugen, den Gasthof moderner und freundlicher zu gestalten. Wir befinden uns in einer Art kleinem Chalet, das in warmen Farben gehalten ist. An den Wänden sind ringsherum Holzbänke und Wandschränke angebracht. Zwei moderne Duschen sind vorhanden und auch eine kleine Sauna steht zur Verfügung. So sieht also das Ambiente der »Wellness-Auszeiten« aus, die Elsa endlich durchgesetzt hat. Und eine kleine Beigabe findet sich sogar auch von Robert: Auf einem Beistelltischchen stehen ein *Kougelhopf*, ein paar *Spitzbuebe* in Form von Störchen und eine marokkanische Teekanne bereit. Wer für den Tee an dieser Stelle verantwortlich ist, weiß ich nicht, aber der Minz- und Honigduft entführt mich auf der Stelle in den Orient. Diese stimmige Mischung verschiedener Kulturen weckt den Appetit, und schon haben sich meine Töchter an das Tischchen gesetzt, um sich ein Glas Tee und etwas Süßes zu gönnen.

»Ich hoffe, dass Ihnen diese Kleinigkeiten gut schmecken. Draußen stehen Stühle, auf denen Sie Ihre Morgenmäntel ablegen können. Haben Sie eine entspannende Zeit hier«, wünscht uns Maggie und zieht sich zurück.

»Einfach unglaublich!« Zette staunt noch immer. »Die Räumlichkeiten sind kaum wiederzuerkennen.«

»Ich erkenne Roberts Backkunst wieder. Ansonsten komme ich aus dem Staunen nicht mehr heraus«, pflichtet Mu ihr bei. »Bisher hat er immer genörgelt und sich strikt geweigert, den Hof zu verändern. Wenn ich mir nur vorstelle, wie wütend er gewesen sein muss über den Lärm bei den Umbauarbeiten!«

»Er hat ganz sicher seine Ziegen und seine Hühner ausgelagert, damit die Tiere nicht unter dem Lärm zu leiden haben. Anders kann ich es mir nicht vorstellen. *Jesus Gott!* Robert hat tatsächlich das Wohl seiner Gäste auf eine Stufe gestellt mit dem Wohl seiner Tiere und seines Gemüsegartens! Diese Maggie hat ihn wohl ganz schön umgekrempelt!«

»Und zwar zum Guten!«, befindet Lucie und beißt in einen der Kekse. »Seine *Spitzbuebe* waren immer schon meine Lieblingskekse, aber jetzt sind sie noch besser als früher! Die Erdbeerkonfitüre darin schmeckt wundervoll.«

»Liebe vollbringt Wunder«, stimmt Camille zu und kostet ebenfalls von den Keksen. »Wow, das ist der Knaller! Ein absoluter Ausflug ins Paradies für jeden Keksliebhaber. Mama, du musst unbedingt auch probieren!«

Meine Verblüffung spiegelt sich offenbar in meinem Gesicht wider, denn die beiden prusten los. Camille drückt sich normalerweise sehr gewählt, manchmal schon beinahe geziert aus. Robbies Backkunst muss sensationell sein, wenn Camille sich zu solchen Worten hinreißen lässt. Ich lasse mich verführen – und ja: Es ist kein schlichtes, mit Konfitüre gefülltes Weihnachtsgebäck, sondern ein Konzentrat an Liebe, das sich hier präsentiert. Unglaublich weich zergeht der Mürbeteig auf der Zunge. Robert hat sich verändert. In seinem Backwerk spüren wir die Leidenschaft eines Menschen für die Dinge um ihn herum, eine Kraft und Authentizität, die das Elsass in all seinen Facetten wachruft. Diese Authentizität hat er sich erhalten, sie ist intakt geblieben, nun aber mit einer fantastischen Milde verschmolzen. Die Verbindung dieser beiden Seiten erfüllt mein Herz mit Sehnsucht. Wie steht es denn um meine eigene Küche? Was spüren die Senioren, wenn sie meine Speisen zu sich nehmen? Würde sich etwas daran ändern, wenn ich es mir gestatten würde, Oscar zu lieben?

Nachdenklich und ein wenig bedrückt ziehe ich mich um und gehe zu meinen Nachbarinnen hinüber, die bereits im Morgenmantel vor der Tür warten. Zum Spa-Bereich hinüber sind es nur ein paar Schritte. Elsa hat alles im großen Stil geplant. Sie hat drei traditionelle Feuerschalen platziert, deren knisternde Flammen der Terrasse eine anheimelnde Atmosphäre verleihen. Eine Schale steht direkt am Ausgang aus der Umkleidekabine, zwei weitere am Sprudelbad. Trotz des kalten Winterwetters lädt der angenehme Rahmen zur Entspannung ein.

Meine Mitstreiterinnen sind bereits im Wasser. Ich kann sie kaum sehen, da dichter Dampf über dem Becken aufsteigt. Eilig ziehe ich meinen Bademantel aus und steige ins Wasser. Die Wärme müsste eigentlich meine Muskeln entspannen, aber das geschieht nicht, ich bleibe stocksteif. Der Geschmack der *Bredala* lässt mich nicht los. Wenn Robert Walch, der Unbeugsame, der Störrische, es geschafft hat, sein Herz zu öffnen, ist das nicht vielleicht ein Zeichen dafür, dass auch ich dazu in der Lage bin?

Ich lasse mich etwas tiefer ins Wasser gleiten, um mich zu entspannen. Mu und Zette gesellen sich zu mir, nehmen mich in ihre Mitte und legen von links und rechts einen Arm um meinen Nacken.

»Ach, die Liebe!«, ruft Zette theatralisch. »Gar nicht so leicht, eine Liebeserklärung herauszubringen, wenn man schüchtern ist und Schiss hat, stimmt's, Momo?«

»Ich weiß überhaupt nicht, was du meinst.«

»Glaubst du etwa, wir haben nichts bemerkt?«, wundert sich Mu. »Dein Verhalten hat sich grundlegend verändert. Du bist ganz anders, wenn Oscar in der Nähe ist, und wenn er nicht da ist, schaust du aus der Wäsche wie ein geprügelter Hund.«

»Genau! Wie Snoopy!«, scherzt Lucie liebevoll, die jetzt mit ihrer Schwester zu uns in den Jacuzzi steigt.

»Eher wie Droopy!«, verbessert Camille. »Der Vergleich ist nicht gerade schmeichelhaft, aber es ist tatsächlich etwas Wahres daran. In Oscars Gegenwart strahlst du förmlich und …«

Ich schlage mit der flachen Hand auf die Wasseroberfläche, um sie zum Schweigen zu bringen.

»Jetzt ist aber Schluss! Wollen wir hier über mich sprechen oder uns entspannen?«

»Schon recht! Immer schnell das Thema wechseln, wenn es ernst wird!«, neckt Mu. »Du bist alt genug, um den ersten Schritt zu tun. Auf Oscar kannst du dabei nicht zählen. Das liegt ihm nicht.«

»Dann brauche ich ihn auch nicht in Nöte zu bringen.«

Zette pufft mich mit dem Ellbogen leicht in die Rippen.

»Im Gegenteil, genau das musst du tun. Er braucht jemanden in seinem Leben, jemanden, der ihm dieses verflixte Schuldgefühl nimmt. Er hat viel zu viel Angst, die gleichen Fehler noch einmal zu machen.«

»Da hast du's, Mama. Ich bin nicht die Einzige, die dich mit Oscar verkuppeln will!«, stellt Lucie befriedigt fest.

»Oh, du, halt du mal schön deine Klappe! Ihr seid alle sehr lieb, aber ich will nichts erzwingen. Wenn etwas aus uns werden soll, dann wird das schon geschehen, und wenn nicht, dann eben nicht.«

»›Dann eben nicht‹ – und damit Schluss? Du willst nicht versuchen, ihm deine Gefühle zu zeigen?«, fragt mich Zette.

»Wer sagt dir denn überhaupt, dass ich Gefühle für ihn habe?«

Zette bewegt sich vor mich und schließt mich in ihre Arme.

»Ach, die sieht man dir einfach an – *Jesus Gott!* Was macht ihr denn hier?« Zette kommt aus dem Staunen nicht mehr heraus, als sie sieht, wer da plötzlich aus dem Umkleidebereich tritt.

»Das frage ich dich! Uns drei Tage vor unserem Basar so zu versetzen! Hast du etwa gedacht, dass du dich einfach heimlich, still und leise verdrücken kannst?«

Das ist die Stimme von Bernadette! Als ich mich umdrehe, sehe ich sie tatsächlich, flankiert von den Brontë-Schwestern, durch die Kälte zu uns herüber humpeln. Wir rücken zusammen, denn glücklicherweise ist das Sprudelbad groß genug für sechs bis acht Personen.

»Jetzt aber ernsthaft, wer hat euch denn hierhergebracht?«

»Dein Sohn natürlich! Er ist mit Gégé und dem Chef im Keller. Robert braut sein eigenes Bier und hat eine zwanglose Verkostung vorgeschlagen. Dein Gégé wird glühen, wenn er zurückkommt!«, antwortet Mireille.

»Ganz schöne Machos!«, empört sich Zette zum Spaß. »Man könnte meinen, dass Bier den Kerlen vorbehalten ist. Dabei würde ich auch nicht Nein sagen zu einem kühlen Blonden mit viel Schaum, vor allem, wenn es von Robert Walch kommt!«

»Aber bis es so weit ist, genießt du am besten erst einmal diesen Schaum!«, spottet Bernadette freundlich und haucht ihr ein paar Blasen ins Gesicht.

Es folgen Momente wie in einem unbeschwerten Kindertraum. Wir lachen gemeinsam, amüsieren uns über unser unterschiedliches Alter und manche unserer Vorlieben, die trotz der Jahre, die uns trennen, offenbar die gleichen bleiben. So lerne ich beispielsweise, dass auch unsere lieben Omis *Grey's Anatomy* im Fernsehen anschauen oder ausgiebig darüber diskutieren, wer den schönsten Hintern im Kino hat. Was das betrifft, entwickelt sich jetzt ein echtes Duell zwischen der älteren Generation, die sich für Mel Gibson ausspricht, und meinen Töchtern, die für Tom Ellis schwärmen – diesen Schönling, der als Lucifer in der gleichnamigen Serie seinen makellosen Körper zur Schau trägt. Mithilfe von Bildern auf dem Smartphone wird streng verglichen und bewertet, und letztlich fällt die Entscheidung zugunsten von Mel Gibson aus, der in jeder Lebenslage eine gute Figur abgibt. Ehre, wem Ehre gebührt. Mel kann selbst splitternackt komisch und anrührend sein, und das vermag wirklich nicht jeder Schauspieler.

Mu und ich haben in unserem Zusammenleben viel Spaß miteinander, da wir oft auf der gleichen Wellenlänge liegen und einen ähnlichen Humor haben. Doch jetzt wird mir klar, dass es auch mit den anderen älteren Damen hier und da Übereinstimmungen gibt. Dieses gemeinsame Bad erinnert mich an Abende, die ich vor langer Zeit mit meinen Freundinnen verbracht habe. Niemals hätte ich gedacht, dass ich so viel Spaß mit Freundinnen haben kann, die fast achtzig Jahre auf dem Buckel haben.

»Habt ihr den Himmel gesehen?«, sagt Zette schließlich. »Es wird schon dunkel, wir müssen uns allmählich für den Aperitif fertigmachen!« Voller Vorfreude steigt sie aus dem Wasser.

Wir folgen ihr und huschen so schnell es geht in den Umkleidebereich hinüber, um uns abzuduschen. Dort wartet schon ein kleiner süßer Imbiss mit Weihnachtsplätzchen und Heidelbeertarte sowie ein Glas Crémant auf uns.

Ich tue mich schwer damit, den Augenblick so zu genießen

wie die anderen. Meine Freundinnen haben mich mit ihren Anspielungen ordentlich durcheinandergebracht. Ich dachte, dass es ein angenehmer und unbeschwerter Tag für mich werden würde, aber jetzt fühle ich mich innerlich zerrissen. Alte Wunden sind wieder aufgebrochen. Ich habe mich immer sehr schnell verliebt und hatte nie Schwierigkeiten, bei meinen früheren Partnern den ersten Schritt zu tun. Aber all meine Beziehungen sind gescheitert. Die Männer, in die ich mich verguckt hatte, haben mir nicht gutgetan. Und mit Oscar will ich jetzt auf keinen Fall Gefahr laufen, alles zu verderben.

Ich versuche, mich auf das allgemeine Herumalbern einzulassen und möglichst viel zu lächeln. Das gelingt mir scheinbar gar nicht so schlecht, denn niemand bemerkt meine Verwirrung. Meine Töchter betätigen sich als Friseurinnen und haben es sogar geschafft, Mireille davon zu überzeugen, ihren Haarknoten zu lösen. Das weich auf die Schultern fallende Haar lässt sie viel sanfter und weniger streng wirken. Thérèse hat beschlossen, ihre zerzausten Haare nicht unnötig zu bändigen, sodass sie viel ungezwungener aussieht. Die beiden Brontë-Schwestern wirken heute ziemlich ausgeglichen, wozu auch der Crémant und das Gebäck beigetragen haben mögen. Was gibt es Schöneres, um die Seele zu beruhigen und einen inneren Frieden herzustellen? Aber mir ist diese wohltuende Wirkung heute nicht vergönnt. Jeder Schluck, jeder Bissen bedrückt mich und führt mir vor Augen, wie wichtig es ist, geliebt zu werden. Robert Walch ist nicht mehr derselbe Mann, und auch seine Küche hat sich gewandelt.

Plötzlich fliegt die Tür auf. Zwei kleine Rotschöpfe stehen auf der Schwelle, verschränken die Arme vor der Brust und schauen uns streng an. Ich erkenne Elsas Kinder, zwei echte kleine Racker.

»Unser Onkel findet, dass ihr zu laut seid!«, schimpft Charlotte.

»Seinen Knackwürstchen tut schon der Schädel weh, und am Ende platzen sie noch. Also immer mit der Ruhe hier drinnen! Sonst lassen wir Calimero los!«, droht David, der sich sogleich auf seinen Schenkel schlägt, um Robbies riesigen Bernhardiner herbeizurufen.

Nun muss ich doch fast lachen, als ich einen großen Hund schwerfällig herantapsen sehe, der kaum seinen Blick in unsere Richtung erhebt. Der Gute ist wirklich alt geworden.

»Gehört ihr zur Würstchenpolizei, oder wie soll ich das verstehen?«, will Lucie schlagfertig wissen und lacht ihnen entgegen.

»Genau!«, lässt sich Charlotte auf ihre Worte ein und schwingt als Zeichen ihrer Zunft den Kochlöffel, den sie in der Hand hält. »Wir sind die Küchenpolizei! Wir müssen darauf achten, dass es dem Gemüse von unserem Onkel gut geht, und wenn ihr ein gutes Sauerkraut essen wollt …«

»Wir werden leiser sein«, verspricht Zette. »Du kannst deinem Onkel ausrichten, dass wir brav sein werden.«

»Hoch und heilig versprochen?«, drängen die Zwillinge im Chor.

»Beim heiligen Sauerkraut deines Onkels, ich schwöre!«

»Das reicht, niemand bricht ein solches Versprechen«, erklärt David zufrieden.

Charlotte waltet ihres Amtes als Gemüseschützerin und misst jede im Raum anwesende Person noch einmal mit strengem Blick. Dass wir hier von einer solchen Göre in die Mangel genommen werden – damit hatte ich wahrlich nicht gerechnet!

Kurz darauf verlassen wir den Spa-Bereich, um die Männer im Restaurant zu treffen. Diesen Raum hat man sehr schlicht, aber ansprechend dekoriert. An den Seiten der Glasfront sind hübsche rot-grüne Vorhänge angebracht mit schmückenden Ilex-Zweigen. Auf jedem Tisch steht eine schöne Holzfigur –

entweder ein Rentier, eine Tanne oder ein Schlitten. An den Wänden stehen Vasen mit Tannenzweigen, an denen goldene und silberne Kugeln schimmern. Und neben dem Kamin, in dem ein Feuer knistert, ist ein prachtvoller Weihnachtsbaum aufgestellt.

Für unsere Gruppe ist ein großer Tisch festlich gedeckt. Oscar, Gégé und Louis knabbern bereits ein paar Bretzeln. Robert Walch hat sich zu ihnen gesetzt, um ein Bier mit ihnen zu trinken. Ich habe ihn noch nie aus der Nähe zu sehen bekommen, denn normalerweise verlässt er seinen Herd nicht. Aber auch heute scheint er sich selbst treu zu bleiben. Er sitzt schweigend am Tisch, folgt anscheinend nur mit einem Ohr dem Redefluss von Gégé, der ausschweifend von einem Bierfest an der deutschen Grenze erzählt, bei dem er, ohne zu wissen wie, am Ende mit nacktem Oberkörper auf einem Traktor landete. Alle lachen gern über seine Anekdote, nur Robert nicht. Sein Blick ist nach draußen gerichtet. Vom Spa-Bereich weiter hinten steigt immer noch Dampf auf. Nachdenklich blickt er auf den Schnee, der langsam auf die im Dunst liegende Terrasse herabrieselt.

»Da kommen ja unsere Schönen!«, freut sich Louis lautstark, als er uns an der Tür erblickt.

Robert steht abrupt auf, als hätte ihn ein elektrischer Schlag getroffen. Ein wenig blass greift er nach seinem Bierkrug und verlässt den Restaurantbereich mit eingezogenem Kopf. So kenne ich den Chefkoch des Hauses. Seine krankhafte Schüchternheit rührt uns alle, und niemand von uns spricht ihn an, um ihn nicht in eine noch größere Bedrängnis zu bringen.

Wir nehmen am Tisch Platz. Ich richte es so ein, dass ich möglichst weit von Oscar entfernt sitze. Bei unserer recht großen Gruppe lässt sich das leicht bewerkstelligen, ohne dass es auffällt. Oscar sitzt in der Nähe des Kamins, sein Blick ruht liebevoll auf seiner Mutter. Ich mag Männer mit weichem

Herzen, die mit Kinderaugen an ihrer Mutter hängen und darauf achten, dass es ihr gut geht. Verflixt! Jetzt gerate ich schon wieder ins Schwärmen. Zum Glück wird auch schon das Sauerkraut auf einer riesigen Platte aus Steingut aufgetischt. Ein junger Mann maghrebinischer Herkunft trägt es herein. Jetzt wird mir klar, woher dieser köstliche Tee stammt, der uns vor dem Baden serviert wurde. Der Gasthof hat sich gewandelt, und die Veränderungen sind allesamt sehr vorteilhaft. Andere Menschen haben sich mit ihren Ideen hier eingebracht und der Atmosphäre etwas Weltoffeneres gegeben. Wenn ich bedenke, dass mein Leben seit der Geburt meiner Töchter im Wesentlichen gleich geblieben ist … bei mir hat sich kaum etwas geändert. Ich habe mich entschieden, kein Risiko mehr einzugehen, nichts mehr zu wagen. Mein Alltag sollte einfach und angenehm verlaufen, ohne Störung von außen. Aber ich spüre nur allzu gut, dass ein wichtiges Teil im Puzzle meines Lebens fehlt. Und ich kann dieses Teil sogar sehen, es ist in greifbarer Nähe, aber ich bin nicht in der Lage, zuzugreifen, um meine innere Leere zu füllen.

»Mama, iss endlich, lass dein Sauerkraut nicht kalt werden«, rät mir Camille.

Ich habe keinen großen Appetit, aber der Duft des Krauts und das fröhliche Lachen um mich herum reißen mich schließlich doch aus meinen trüben Gedanken. Alle am Tisch wirken glücklich, hingerissen vom köstlichen Geschmack dieses Gerichts, das die Liebe und Freundschaft einfach unwiderstehlich gemacht hat.

Beim ersten Bissen kommen mir beinahe die Tränen, und ich schließe die Augen. Ich kann Robert vor mir sehen, wie er sein Kraut vorsichtig ausspült – so, wie man das Haar einer geliebten Frau auswäscht. Zärtlich fährt er mit den Fingern durch die goldenen Fäden, hält sie unter einen weichen Wasserstrahl, um die Säure des Gemüses zu erhalten. Ich spüre die Liebe, die Robert für Maggie empfindet, aber auch für alle Dinge, die ihn glücklich machen. Bissen für Bissen habe ich ein wenig an seinem Glück teil, halte es für eine Weile fest und weiß doch, dass es am Ende wieder verschwunden sein wird und sich stattdessen erneut ein klaffendes Loch auftut, um mich daran zu erinnern, dass ich mir einen Ruck geben muss, wenn sich in meinem Leben etwas zum Guten wenden soll.

Wenn Robert Walch, dieser ewige Eigenbrötler, das geschafft hat, warum sollte nicht auch ich es schaffen?

18

Der Tanz des Schwans

Ich kann es einfach nicht glauben. Gestern Abend hat Mireille noch mit uns am Tisch gesessen und in der *auberge* der Familie Walch das köstliche Sauerkraut genossen. Ich höre noch ihr Lachen und den melodischen Klang ihrer Stimme. Und doch war in der Nacht der Tod unterwegs und hat der jüngeren der beiden Brontë-Schwestern seinen Besuch abgestattet. Als ob er es gut mit ihr meinte, hat er ihr davor die Zeit für eine letzte, köstliche Mahlzeit, vielleicht die beste ihres Lebens, gelassen und ihr auch das ausgelassene, fröhliche Beisammensein mit ihren Freunden gegönnt. In der gemütlichen *auberge* ist die Blume gestern noch einmal aufgeblüht, hat sich in ihrer ganzen Schönheit gezeigt und ihren freudigen Duft verströmt, bevor sie in den makellosen weißen Bettlaken verwelkt ist.

Mireille ist tot.

Ich setze mich an den Rand der Matratze. In ihrem Zimmer ist es still, und auch im gesamten Altenheim herrscht eine außergewöhnliche Ruhe. Die meisten Bewohner wissen Bescheid, und manche kommen vorbei, um sich von ihr zu verabschieden.

Ich bin es nicht gewohnt, länger in der Nähe von Toten zu verweilen. Angesichts eines leblosen Körpers beschleicht mich ein gewisses Unwohlsein. Aber bei Mireille muss ich einfach eine Ausnahme machen. Das bin ich ihr schuldig.

Sieben Jahre lang habe ich immer wieder einmal Schokolade an allen möglichen Stellen in diesem Zimmer versteckt. Ich habe die Rolle des Osterhasen hier im Altenheim gespielt und meinen Spaß dabei gehabt, Spuren zu legen, um gerade Mireille den Alltag zu versüßen. Womöglich liegen noch ein paar Schokolädchen in ihren Verstecken und warten darauf, dass ein neuer Bewohner sie entdeckt und sich schmecken lässt. Das alles geht mir durch den Kopf, unendlich traurig stimmt mich dann aber der Gedanke an Thérèse, die nun allein zurückbleibt und noch dazu Louis, den Freund ihrer Schwester, trösten muss.

Ich fahre mit der Hand über ihre Haare, als wolle ich noch einmal eine Strähne zurechtschieben. Selbst im Tod hat Mireille ihre Eleganz bewahrt. Sie liegt auf dem Bett, hat die Hände vor der Brust zusammengelegt und ähnelt mit ihrer Blässe und ihrer Zierlichkeit einem jungen Mädchen.

»Das kann doch nicht wahr sein ...«

Ich drehe mich um und entdecke Oscar. Seine Augen sind gerötet, und er wagt es kaum, zum Bett hinüberzusehen.

»Guten Tag, Oscar.«

»Ich glaube, ein guter Tag sieht anders aus«, murmelt er tonlos und niedergeschlagen.

Er wirkt regelrecht verzweifelt. Der Todesfall scheint ihn weitaus mehr mitzunehmen als mich. Ich bin hier im Altenheim schon des Öfteren mit dieser Situation konfrontiert gewesen und habe mich in gewisser Weise damit vertraut machen können. Das »Les Cigognes« ist trotz allem ein Ort des Übergangs zwischen unserer Zeit auf der Erde und dem Jenseits. Das wissen die Bewohner genau, und sie haben einen angenehmen Zwischenstopp gewählt, bevor sie auf ihre letzte Reise gehen, auf der sie niemand begleiten kann. Oscar hingegen erlebt diese Situation heute zum ersten Mal. Eigentlich war der Sensenmann nicht gerade eifrig an der Arbeit in den letzten Monaten. Dadurch ist das hohe Alter der Bewohner etwas in den Hintergrund getreten. Das hat uns ein wenig Unbeschwertheit vorgegaukelt – umso härter trifft uns nun, dass der Tod wieder vorbeigeschaut hat und Mireille von uns genommen hat.

»Sie ist im Schlaf von uns gegangen und hat nicht gelitten.«

Oscar kommt vorsichtig näher. Für einen Augenblick glaube ich, dass er sich auf die andere Seite des Bettes setzen will, um nach Mireilles Hand fassen zu können, aber er bleibt neben dem Nachttisch stehen, auf dem noch ein Stapel Rätselhefte und ein paar zerknitterte Bonbonpapiere liegen.

»Oscar, das Leben geht trotzdem weiter. Die anderen Bewohner brauchen jetzt erst recht deine Unterrichtsstunden, um …«

»Um auf andere Gedanken zu kommen«, schneidet er mir ein wenig grob das Wort ab. »Ich weiß nicht, ob ich den Mut habe, hierzubleiben und Bindungen zu Menschen aufzubauen, die dann ganz plötzlich sterben.«

Oscars Verletzlichkeit erschüttert mich. Ich sehe wieder den schweigsamen Mann vor mir, der sich in sein Schneckenhaus zurückzieht und nur ein Schatten seiner selbst ist. Sein Engagement für die Bewohner, seine Lebensfreude und sein Wunsch, gebrechlichen, alten Körpern neuen Lebensmut einzuflößen – all das darf nicht verloren gehen. Ich wage kaum, zu ihm hinüberzusehen. Er steht abseits wie ein bestraftes Kind. Tränen laufen ihm übers Gesicht.

Ein Schlurfen auf dem Fliesenboden lässt uns aufhorchen. Wir blicken uns um und sehen Bernadette auf der Schwelle stehen. Sie trägt einen geblümten Morgenmantel und nimmt ganz ruhig noch einen Schluck von ihrem Kaffee, bevor sie die Tasse auf den kleinen Beistelltisch neben der Zimmertür stellt.

»Mireille hat mir oft den Besuch unseres Freundes angekündigt«, teilt sie uns jetzt mit und lehnt sich gegen den Türrahmen. »Sie hatte einen Riecher dafür, wenn er sich in seiner

Kutte auf den Weg machte. Aber diesmal hat sie sein Kommen nicht vorausgesehen.«

»Euren Freund? So habt ihr ihn genannt?« Oscar staunt und fährt sich hastig mit der Hand über das Gesicht, um die Spuren seiner Tränen zu beseitigen.

Bernadette betritt das kleine Appartement. In sich ruhend, setzt sie sich zunächst auf die Bettkante und legt dann eine Hand auf die von Mireille.

Ihre Bewegungen sind vollkommen natürlich, gerade so, als wäre Mireille noch bei uns. In gewisser Weise ist das ja auch der Fall. Oscar jedoch kann den Anblick eines leblosen Körpers offenbar kaum ertragen. Er wendet den Blick ab und presst die Kiefer aufeinander. Den Tod einfach so hinnehmen, das entspricht nicht seiner Gedankenwelt. Und darin fühle ich mich ihm sehr nahe. Auch mir fällt es schwer, den schmerzlichen Kreislauf des Lebens zu akzeptieren. Wenn man jedoch in einem Altenheim arbeitet, muss man damit zurechtkommen, auch wenn es einem manchmal unmöglich erscheint. Jeder Verlust schlägt eine Wunde.

»Du bist noch zu jung, um diesen Blick auf den Tod zu haben«, erklärt Bernadette Oscar, während sie ihre dicke Brille abnimmt, um die Gläser mit einem Zipfel ihres Morgenmantels zu polieren. »Mireille ist weder die Erste noch die Letzte, die von uns geht. Wer weiß, vielleicht bin ich schon morgen dran.«

»Und ihr geht schlafen in dem Bewusstsein, dass jeder Tag der letzte sein kann?«

»Gerade weil das Leben vergänglich ist, kosten wir es aus, so gut es geht. Es war eine großartige Idee von deiner Mutter, dich dazu zu bewegen, bei uns zu arbeiten. Davor war das Heim vor allem ein Ort des Wartens. Man kommt hierher, um einen friedlichen Lebensabend zu verleben, ohne eine Last für die Angehörigen zu werden. Man gewöhnt sich hier schnell daran, dass der Tod uns hin und wieder einen Besuch abstattet, und man entwickelt auch bald einen Blick dafür, wem dieser Besuch droht. An manchen Tagen reicht es aus, ein wenig durch die Flure zu laufen, und schon glaubt man, seinen kalten Atem zu spüren. Manchmal rechnet man bereits damit, dass er einen von uns holt, aber dann zieht sich der Tod noch einmal zurück und gönnt dem müden Weggefährten einen letzten Tag an unserer Seite. So ist das Leben. Uns allen steht dieser Besuch bevor, und wir kommen sehr viel besser damit klar, seit unsere Tage durch eure Bemühungen so viel lebenswerter sind.«

Mir scheint, als wolle Oscar am liebsten mit der Wand verschmelzen, gegen die er sich lehnt, um dieser Situation irgendwie entkommen zu können. Ich würde gern aufstehen und ihn in meine Arme schließen, um ihm Beistand zu leisten, aber ich spüre, dass diese Geste von meiner Seite aus unangebracht wäre. Bernadette hingegen steht auf und nimmt Oscar in den Arm. Sie ist zwar winzig klein, beweist aber gegenüber diesem kräftigen Riesen, dem die Tränen nun wieder über die Wangen fließen, ungeheure Stärke.

»Hadere nicht. Jeder von uns muss irgendwann gehen.«

»Ich weiß nicht, ob ich in der Lage bin, diese Schicksalshaftigkeit zu akzeptieren. Gestern hat Mireille noch mit uns gelacht. Ich habe sie in der Zeit, die ich hier verbracht habe, wirklich lieb gewonnen …«

Bernadette legt einen Finger auf Oscars Lippen, und er hält inne. Sein verzweifelter Blick sucht Rat in den großen blauen Augen der alten Dame an seiner Seite.

»Sag so etwas nicht. Weißt du, ich habe meinen Ehemann beerdigt und auch meinen Sohn, der noch nicht einmal so alt war wie du. Manchmal ist das Leben ungerecht. Aber ich verspüre keinen Groll gegen den Tod. Er hat mir die beiden Menschen genommen, die ich am meisten geliebt habe. Aber die Liebe selbst hat der Tod mir gelassen. Sie ist lebendig und stark in meinem Herzen geblieben, und das hat mir die Kraft gegeben, nach vorne zu blicken und die kleinen, schönen Augenblicke in meinem Leben wertzuschätzen. Für manche ist das Leben kurz, aber wundervoll. Anderen gelingt es nicht, ein erfülltes Leben zu führen, und sie werden im Alter verbittert. Man soll sein Leben nicht mit ewigem Bedauern und Hadern vertun. Gib deinem Leben eine Fülle, so wie du unserem Leben eine Fülle gibst. Mireille ist gestorben, nachdem sie einen wunderschönen Abend verbracht hat. Besser konnte es gar nicht kommen für sie.«

Oscar nickt zaghaft. Bernadette drückt ihm zum Trost einen Kuss auf die Wange. Er scheint ein wenig zur Ruhe zu kommen und wagt sogar, einen Blick zum Bett hinüber zu werfen. Eine friedliche Stimmung ist eingekehrt. Aber nur für einen kurzen Augenblick, denn Louis kommt mit hochrotem Gesicht ins Zimmer gestürmt.

»Thérèse! Sie ist Richtung Schwimmbecken gegangen, und ich habe Angst, dass sie am Ende eine Dummheit macht.«

Eilig verlassen wir das Zimmer und laufen zum Schwimmbecken hinüber. Da Louis alle Teilnehmer des Schwimmkurses in Aufregung versetzt hat, folgt uns die gesamte Gruppe auf dem Fuße. Oscar reißt die Tür zum Schwimmbereich auf und bleibt wie angewurzelt stehen. Thérèse sitzt auf dem Boden des Beckens und hält mit ihren Armen die Beine umfasst. Sie trägt ein weißes Kleid, das um sie herumschwebt wie die Federn eines Schwans.

Oscar will schon ins Wasser springen, aber ich halte ihn am Ellbogen fest.

»Sie sucht nur Ruhe …«

»Woher willst du das so genau wissen?«

»Schau ihre Hände an.«

Unten im Wasser bewegt Thérèse langsam die Finger wie eine Pianistin, die eine Partitur spielt. Welche Melodie es wohl sein mag, die sie so gelassen aussehen lässt? Wir wissen es nicht, ihre Bewegungen wirken unendlich anmutig und verraten uns lediglich, dass die Musik, von der sie ganz erfüllt zu sein scheint, unglaublich schön sein muss.

Die Zeit scheint auf einmal stillzustehen. Wir stehen am Beckenrand, beugen uns vor und sehen Thérèse wieder auftauchen. Ihr Kleid legt sich um ihre langen Beine. Ich habe den Eindruck, als schwebte eine Lilie auf der Oberfläche eines Sees – eine Lilie, die sich öffnet und in einen Vogel verwandelt.

In ihrem Blick liegt eine große Zärtlichkeit, als sie jetzt die Arme über den Kopf hebt und eine kleine Arabeske ausführt. Die Melodie von *Schwanensee* kommt mir in den Kopf. Ich sehe die Choreografie der Schlussszene vor mir und auch das tragische Ende. Thérèse greift diese Szene auf, die vertraute Musik scheint in der Erinnerung der einstigen Ballerina zu erklingen und die dazugehörenden Bewegungen wachzurufen.

Sie tanzt, spielt mit dem Wasser und seiner bewegten Oberfläche wie ein mit seinen Flügeln flatternder Schwan. Der Kosename, den wir ihr gegeben haben, passt besser denn je. Sie ist tatsächlich eine der Schwestern Brontë. Ein romantisches Wesen von sagenhafter Schönheit. Ich sehe keine alte Frau vor mir, sondern nur den Ausdruck einer grenzenlosen Liebe. Der weiße Schwan hat sein Alter Ego verloren. Der schwarze Schwan schläft in seinem makellos weißen Bett, der weiße Schwan jedoch tanzt weiter und verströmt eine ungeheure Lebenskraft.

Mir ist, als könnte ich die Melodie hören, als würden wir alle von ihr erfasst. Der zerbrechliche Körper der Tänzerin dreht sich in einem wunderschönen Wasserwirbel. Jetzt spielen sogar die Bläser drohend auf, und Thérèse taucht noch einmal ins Wasser und nähert die Hände einander, um sie zu einem Gebet zu erheben.

Thérèse ist ein Symbol für das Leben und die Widerstandsfähigkeit. Sie wird sich nicht vom Kummer beherrschen lassen. Sie wird weiterleben, und sie wird zu den Klängen der erinnerten Melodien tanzen und schwimmen.

19

Papierschlangen und Zuckerwatte

Das Altenheim hat sich zu einem festlichen Basar geschmückt, und es herrscht eine ausgelassene Stimmung. Ein paar Kinder stecken in Kartoffelsäcken und treten zum Wettlauf gegen im Rollstuhl sitzende Bewohner an. Momo hat in den letzten Wochen solche Säcke gesammelt, um ein echtes »Sackhüpfen« veranstalten zu können. Die Stimmung ist wie bei einem Abschlussfest am Schuljahrsende. In Verbindung mit den weihnachtlichen Zutaten ergibt das eine höchst gelungene Veranstaltung.

Die Tische des Restaurantbereichs wurden an den Rand gerückt, um die Spielstände um eine riesige Tanne herum aufbauen zu können. Anthony betreut gemeinsam mit Rémy das Dosenwerfen und gibt großzügig mit Zeitungspapier gefüllte Strümpfe aus. Ihnen gegenüber lädt Julie zu Geschmacksratespielen ein. Sie hat den ganzen Morgen die unterschiedlichsten Früchte und Gemüsesorten zu Saft verarbeitet, um sie den Bewohnern anzubieten und diese raten zu lassen, aus welchen Zutaten der jeweilige Saft besteht. Die Belohnung für die richtige Antwort ist ein Stück Kürbiskuchen. Die Ernährungsberaterin hat endlich das Kriegsbeil begraben und nutzt ihr Wissen heute für eine gleichermaßen spielerische und gesunde Beschäftigung der Bewohner mit Nahrungsmitteln, die ihren Vorstellungen Rechnung trägt.

»Nervös?«, fragt mich Mauricette, während ich auf Rémy und Anthony warte, um mit der Vorführung zu beginnen.

»*A bessala …*«

»Aha, du verwendest immer häufiger die elsässischen Ausdrücke. Am Ende verlierst du den Hauptstadtslang noch ganz und gar!«

»Bring mich nicht durcheinander so kurz vor der Show, ich muss mich konzentrieren.«

»Ich habe Zette getroffen. Ich glaube, sie war heute Nacht bei Gégé, sie hatten …«

Ich lege ihr rasch eine Hand auf den Mund, aber sie lacht nur.

»Klappt wohl nicht so gut mit dem Konzentrieren!«, neckt sie mich.

»Du hast gewonnen!«

Sie drückt mir einen flüchtigen Kuss auf die Wange und schiebt mir einen Hagebutten-Lutscher in die Hand.

»Ein *Schmoutz*, um dir viel Glück zu wünschen, und ein bisschen Zucker, um dich etwas aufzumöbeln. Du kannst stolz auf dich sein. Deine ganze Truppe steht parat. Du hast ihnen eine Gelegenheit verschafft, gemeinsam Spaß zu haben und zu zeigen, dass man sich auch im Alter noch verausgaben und über sich hinauswachsen kann. Vergiss nicht, dass alles, was du heute siehst, all die freudigen Gesichter um uns herum, das Ergebnis deiner Bemühungen sind.«

»Und du, vergiss du deinen Anteil daran nicht, Madame Bescheidenheit.«

»Madame Bescheidenheit? Ich bin wohl eher eine Madame mangelndes Selbstvertrauen!«

»Du bist beides zugleich. Auf jeden Fall tust du dich reichlich schwer damit, deine Qualitäten zu erkennen. Schau doch nur, wie die Leute deine Süßigkeiten lieben. Du hast ein Riesentalent, und selbst Robert Walch würde vor deiner Konfiserie niederknien.«

»Robert isst einzig und allein, was aus seinem Gemüsegarten kommt. Es ist ganz ausgeschlossen, dass …«

Bevor sie weiter ausholen kann, unterbreche ich sie, indem ich ihren Blick auf den guten Robbie lenke, den es offenbar ebenfalls hierher verschlagen hat und der sich gerade an den gebrannten Maronen labt. Er steht ein wenig versteckt hinter Julies Stand und beobachtet Maggie, die hoch konzentriert beim Dosenwerfen in Aktion ist und dabei ihren Spaß hat. Mauricette legt eine Hand auf ihre Brust.

»*Vertomi!* Ich hätte nie im Leben geglaubt, dass er für unsere Aktion seinen Hof verlässt!«

»Der Duft deiner Konfiserien hat ihm wohl den Weg hierher ins Altenheim gewiesen …«

»Gib doch zu, dass du ihn eingeladen hast. Das liegt um einiges näher.«

»Um die Wahrheit zu sagen, ich habe ihm ein kleines Schächtelchen mit süßen Sachen zum Probieren geschenkt, als wir bei ihm waren. Ich habe mir gedacht, dass Mu und Zette es schön fänden, wenn ihr Lieblings-Landwirt ihnen einen Besuch abstattet.«

»Du bist unverbesserlich!«

»Ich weiß, ich kann es einfach nicht lassen, deine Kreationen ins rechte Licht zu rücken. Das geschieht irgendwie von selbst. Wenn es um Werbung für deine Produkte geht, dann bin ich genau dein Mann!«

»Werbung wofür? Ich arbeite schließlich in einem Altenheim.«

»Eine solche Begabung muss doch allen zugutekommen …«

Meine Worte werden vom Klang der Djembes unterbrochen. Ich frohlocke innerlich. Endlich ist es so weit! Die etwa fünfzig Gäste halten mit ihren Beschäftigungen inne und blicken zu Anthony und Rémy hinüber, die den langen Flur entlangkommen und zu ihren Trommeln das Lied »We Will Rock You« anstimmen.

»Alle, alle ins Schwimmbad!«, singen sie und nehmen den Rhythmus des Liedes auf.

Die Menschen folgen ihnen klatschend. Der Zauber entfaltet sich sofort. Ich kann mich aber auch nicht daran erinnern, jemals ein Publikum erlebt zu haben, das sich dem Sog dieses Liedes entziehen konnte. Ich beeile mich, um die letzten Schritte zum Schwimmbecken neben meinem Sohn zurückzulegen. Ich bin stolz darauf, an seiner Seite zu gehen. Sein Lächeln ist strahlend und mein Glück vollkommen. Anthony so glücklich zu sehen – das ist für mich der schönste Erfolg.

Wir erreichen das Schwimmbecken. Julie und Momo übernehmen es, das Publikum zu den um das Becken herum platzierten Stühlen zu leiten. Mein Sohn hält mit seiner Musik weiterhin alle im Bann. Offenbar macht es ihm Spaß, dem Publikum ein wenig einzuheizen. Die Kinder tummeln sich auf der Hüpfburg oder versuchen sich beim Entenangeln. Aufsicht führen einige Pflegekräfte, die über diese neue Beschäftigung hocherfreut sind. Alles klappt wie am Schnürchen.

»We Will Rock You« schallt durch den gesamten Schwimmbereich. Die Musik von Queen im Altenheim – na klar, warum nicht? Man muss nur zusehen, wie die Älteren den Takt klatschen, um zu begreifen, dass sie ihr Rhythmusgefühl nicht verloren haben.

Dass die Musik unser Publikum tatsächlich erreicht und mitreißt, befriedigt mich sehr, und ich eile zu meiner kleinen Gruppe, die in der Umkleide auf mich wartet. Sie tragen alle rot-weiße Oberteile, also die Farben der elsässischen Flagge, und geben ein stimmiges Bild ab. Allerdings sind sie aufregt wie vor der Aufführung eines Schülertheaters, vor allem Bernadette, die unentwegt ihre riesige Brille säubert.

»Na, ihr Jungspunde, seid ihr bereit?«

»Mehr denn je!«, tönt Louis. »Ich werde meiner Tochter zeigen, wozu ich noch in der Lage bin!«

»Meine Urenkel werden nicht glauben, dass ihr Uropi ein so gut aussehender Typ ist!«, freut sich Gégé und wirft sich in die Brust.

Alle sind guten Mutes. Sogar geschminkt ist die ganze Truppe. Thérèse trägt bei Mama gerade die letzten weißen Tupfer auf, um ihrem Gesicht mehr Konturen zu verleihen.

»Ich möchte euch unbedingt vorher noch meine Glückwünsche aussprechen. Ihr habt eure Ängste und eure Wehwehchen überwunden. Ich bin überzeugt, dass die Hälfte der anwesenden Gäste noch nie so viel Einsatz gezeigt hat wie ihr. Dabei seid ihr mindestens doppelt so alt wie sie. Ihr könnt also erhobenen Hauptes und mit stolzem Lächeln auftreten – und euren Auftritt genießen! Verstanden, Bernadette? Habt Spaß!«

Bernadette feuert ihre Brille in die Ecke.

»*Vertomi!* Ich sehe viel besser aus ohne dieses schreckliche Fahrrad auf der Nase!«

»Du bist doch fast blind ohne deine Brille!«, sagt Mama erstaunt.

»Aber dafür kenne ich die Choreografie auswendig. Ich habe keine Lust, wie eine alte Eule auszusehen, und außerdem fühle ich mich wohler, wenn ich das Publikum nicht sehe.«

Die Tür geht auf, und Anthony schaut kurz herein, um uns mitzuteilen, dass wir jetzt an der Reihe sind. Die ungeduldigen Rufe aus dem Publikum verraten die allgemeine Neugierde und versetzen uns noch mehr in diese positive Anspannung, die mich an die Zeit meiner Schwimmwettkämpfe erinnert. Es ist so weit. Ich habe die Seiten gewechselt, nur ist mein Vergnügen heute um einiges größer, wenn ich sehe, welche Freude sich auf den Gesichtern meiner Schützlinge abzeichnet.

Wir verlassen die Umkleide, und Rémy schaltet das Radio ein. Die Lautsprecherboxen bringen die Wände zum Wackeln, die Bässe wecken auch das Interesse der Kinder, und sie springen eilig an die Seite ihrer Eltern, um sich das Schauspiel nicht entgehen zu lassen. Und was für ein Schauspiel! Die kleine Truppe trippelt stolz zum Beckenrand und springt ins Wasser. Die Frauen zuerst, die Männer hinterher. Ich werfe jedem Mitglied eine Schwimmnudel zu. Und los geht ein rhythmisches Percussion-Spiel, das von Freddie Mercury aus den dröhnenden Lautsprechern untermalt wird.

Das Schauspiel ist gleichermaßen überraschend und erheiternd. Die Choreografie sitzt. Das wochenlange Training zahlt sich aus, jeder ist auf seinem Posten. Die Männer stellen sich in eine Reihe, spreizen die Beine und ihre jeweiligen Partnerinnen schwimmen hindurch. Mama ist die Erste, die ins Wasser eintaucht. Nach ein paar perfekten Schwimmzügen taucht sie wieder auf und springt in die Arme von Gégé, der sie hochhebt wie im Film *Dirty Dancing*, bevor er sich wieder ins Wasser fallen lässt und damit ein tosendes Lachen auslöst. Jetzt ist die Reihe an Bernadette und Thérèse. Sie tauchen alle beide und gleiten unter den Beinen von Louis hindurch, der ihnen anschließend galant die Hand reicht, um mit seinen beiden Partnerinnen ein paar Tanzschritte auszuführen.

Das Publikum ist entzückt und klatscht begeistert Beifall. Mu sitzt neben Mauricettes Töchtern, jubelt lauthals und pfeift auf ihren Fingern. Sie wirkt wie eine Jugendliche, die ihr erstes Rockkonzert besucht. Ich bedeute Rémy mit einem Handzeichen, den nächsten Song aufzulegen, und gebe Gégé das Startzeichen. Letzterer eilt zur Leiter, steigt ein paar Stufen aus dem Wasser, pumpt sich auf und schlägt sich zum Rhythmus von Baltimoras komischem Song »Tarzan Boy« auf die Brust. Dann zerreißt er mit großer Geste sein rot-weißes Oberteil und wirft es in die Menge. Auf seinem Oberkörper kann man in schwarzen Buchstaben lesen: »Mu, zieh bei uns ein!«

Mu macht große Augen. Ich muss mich angesichts ihres schockierten Gesichtsausdrucks sehr beherrschen, um nicht loszulachen. Nun steigt Louis aus dem Wasser, entledigt sich ebenfalls seines Oberteils, und auch auf seiner Brust prangen ein paar Buchstaben: »Wir haben Spaß hier!« ist zu lesen. Die Frauen klatschen in die Hände und skandieren: »Mu! Mu!«, was das Publikum alsbald aufnimmt.

Ich gehe zu Mu hinüber und greife nach ihrer Hand.

»Komm schon, Tantchen, du wirst dich bei ihnen wohlfühlen!«

»*Kopfklemi*, Oscar, ihr habt ja alle eine Meise!«

Sie lacht herzhaft und steht entschlossen auf. Ich bin gespannt, was sie erwidern wird, aber überraschenderweise geht sie wortlos an mir vorbei, um so, wie sie ist, ins Becken zu springen und ihre Schwester in die Arme zu schließen. Das ist eine eindeutige Antwort, Mu hat ihre Entscheidung getroffen.

Ich verdrücke eine Träne, als ich meine Tante und meine Mutter endlich wieder vereint sehe. Egal an welchem Ort, es ist wichtig, dass sie die ihnen verbleibenden Jahre miteinander verbringen und gemeinsam eine schöne Zeit haben.

Nach dem Ende der Darbietung bittet Iris alle Anwesenden, sich in die große Empfangshalle zu begeben, wo eine kleine Musikgruppe zum Tanz aufspielt. Um den großen Tannenbaum herum hat man eine Tanzfläche freigehalten. Robert Walch und Maggie sind die Ersten, die dem Zauber der Musik erliegen. Eng aneinandergeschmiegt bewegen sie sich im Walzertakt auf der Tanzfläche und scheinen alles um sich herum zu vergessen.

Die volkstümlichen Akkordeon-Klänge locken nach und nach mehr Paare auf die Tanzfläche. Ich mag diese Melodien aus vergangenen Zeiten, die schon zu den Tanzveranstaltungen der älteren Generationen gespielt wurden. Iris, unsere Wohltäterin, hatte eine wundervolle Idee, als sie diese Gruppe eingeladen hat, die nun »La valse à mille temps« von Jacques Brel spielt. Ein Strahlen liegt auf ihrem Gesicht, während sie mit einem Bewohner tanzt, dem ich schon oft frühmorgens begegnet bin – dann allerdings auf seinen Rollator gestützt und den leeren Blick in die Ferne gerichtet. Die Musik und das Tanzen haben ihn sein Gefährt vergessen lassen, und der Kontakt mit einer so hübschen jungen Frau verleiht ihm geradezu Flügel. Bernadette hat recht. Alte Menschen müssen ihr Leben in vollen Zügen genießen, bis ihr Stündlein geschlagen hat. Wenn sie nicht bedauern müssen, etwas versäumt zu haben, können sie mit einem Lächeln auf den Lippen und einem zufriedenen Blick auf das hinter ihnen Liegende gelassen von uns gehen.

Viel zu lang zählte auch ich zu denjenigen, die Versäumnisse anhäufen. Jetzt lutsche ich nachdenklich einen Hagebuttenlolli und sehe den anderen beim Tanzen zu. Mit einem Mal komme ich mir schlicht und ergreifend dumm vor, denn ich sollte hier nicht so stocksteif in einer Ecke stehen bleiben. Nicht nach Bernadettes Worten. Die Musikgruppe hat mit ihren Melodien den ganzen Saal erfasst, und auch ich kann dem Wunsch nicht mehr widerstehen, mit Mauricette zu tanzen, die allerdings gerade in ein intensives Gespräch mit Mu verwickelt ist.

»Darf ich sie dir entführen?«

»Aber gern, *Oscarala*«, sagt sie und fährt mir liebevoll über die Wange. »Und danke, dass du mich überzeugt hast.«

Ich umarme sie herzlich und wende mich Mauricette zu.

Sie folgt mir auf die Tanzfläche, wirkt aber ein wenig nervös. Ich muss ihre Hände nehmen und sie um meinen Nacken legen. Ihr Blick glänzt ein wenig zu sehr. Sie ist bewegt, das sehe ich, und eine Art Traurigkeit hat sich in ihre dunklen Augen geschlichen.

Ich versuche sanft, unsere Bewegungen zu den Klängen von »La vie en rose« in Einklang zu bringen, aber sie entspannt sich nicht und tritt mir immer wieder fast auf die Füße, anstatt sich meiner Führung zu überlassen. Mauricette bleibt verkrampft und völlig unempfänglich für die festliche, ausgelassene Stimmung um uns herum.

»Und jetzt, was bedeutet das für uns?«, fragt sie mich schließlich leise.

Ich löse mich etwas von ihr und schaue sie verwundert und überrascht an.

»Für uns?«

»Ja. Mu wird bald hier leben, und was ist dann mit dir? Willst du weiterhin in ihrem Gästezimmer schlafen?«

»Mu hat immer beteuert, dass das Haus, wenn sie es irgendwann verlassen sollte, dir gehören wird. Ich wüsste nicht, warum du dir einen Mieter aufhalsen solltest. Ich werde gegenüber wohnen, bei Anthony. Damit habe ich die große Chance, etwas von der verlorenen Zeit aufzuholen. Und wir wären auf ganz wunderbare Weise Nachbarn!«

Mauricette seufzt. Sie lehnt ihren Kopf an meine Schulter und versinkt in Schweigen. Vielleicht verwirrt sie die Vorstellung, »allein« mit ihren beiden Mädchen zu leben. Ihre Töchter haben ihre gesamte Kindheit mit Mu und Zette verlebt. Sie sprangen ganz selbstverständlich von einer Omi zur anderen, aber diese Zeiten sind vorbei, und Mauricette wird sich an neue Lebensumstände gewöhnen müssen. Der Tagesablauf wird nicht mehr von zwei verschmitzten Großmüttern geprägt sein.

Schon bald wird das ganze Haus der jetzigen Mieterin gehören. Mauricette und ihre Töchter werden sich mit Sicherheit über ihre bisherige Etagenwohnung hinaus ausbreiten und die anderen Zimmer zu nutzen wissen. Ich würde mich dann fremd fühlen. Es kommt mir irgendwie unpassend vor, bei ihr im Haus zu bleiben. Momo hat endlich die Gelegenheit, unabhängig zu sein. Diese Wohngemeinschaft hat lange genug angedauert. Es wird ihr guttun, sich allmählich von dem Bild zu befreien, als ewige Junggesellin bei einer älteren Dame zu wohnen. Bevor ich sie richtig kennenlernte, habe auch ich sie so gesehen. Dieses Image haftet ihr ein wenig an, und das verstellt ihr vielleicht die Möglichkeit, mehr zuzulassen und sich selbst zu finden. Auch wenn sie wahrscheinlich anders darüber denkt, ist mir klar, dass Momo nicht ohne die Liebe eines Mannes leben kann. Und wenn ich unter ihrem Dach bleibe, werde ich sie mit Sicherheit daran hindern, jemanden kennenzulernen. Meine Freundin verdient es aber, geliebt zu werden und genau so gesehen zu werden, wie ich sie jetzt sehe.

»Gräm dich nicht. Ich bin überzeugt, dass diese Veränderung auch dir etwas bringen wird. Pack dein Glück beim Schopf! Endlich hast du die Gelegenheit, dir ein echtes Zuhause zu schaffen und ganz allein zu leben. Man könnte beinahe sagen, dass du dich emanzipierst.«

»Hältst du mich etwa für einen ewigen Teenager?«, hakt sie sofort nach.

Ich spüre ein leichtes Zittern ihrer Hände in meinem Nacken. Offenbar habe ich sie durch meine Direktheit verletzt.

»Ich bin ein Dummkopf und rede Blödsinn.«

»Und ich bin zu schnell aufgebracht. Das passt wie die Faust aufs Auge.«

»Das Haus meiner Tante braucht dich. Du kannst mit deinen Töchtern dort leben, ohne dass ihr euch auf die Nerven geht. Jede kann ihren Talenten nachgehen und hat den nötigen Platz dazu. Raum zu haben ist wichtig, wenn man kreativ sein will. Und der steht euch dann ausreichend zur Verfügung. Nutzt diese Chance!«

»Man könnte meinen, dass du alles schon genau geplant hast.«

»Ich kenne dieses Haus seit meiner Kindheit, und der Gedanke, dass du ihm neues Leben einhauchst, macht mich sehr froh. Das hat dieses Haus verdient, und du verdienst es, genug Raum für dich allein zu haben.«

»Ich fühle mich in meiner Wohnung, wie sie jetzt ist, aber auch wohl …«

»Na, hör mal. Sie ist viel zu klein für euch drei. Ihr müsst euch geradezu stapeln. Es wird dir guttun, einen Bereich ganz für dich allein zu haben. So bist du nicht gezwungen, immer nur die Mutterrolle zu übernehmen, sondern kannst in deinem Reich tun, was du willst. Kannst du dir das überhaupt vorstellen? Die Mädchen oben in der Wohnung und du unten in einer Küche, die nur dir allein gehört?! Lucie könnte die Küche in der oberen Etage für sich nutzen und sich dort mit ihren kulinarischen Experimenten austoben, ohne dir in die Quere zu kommen. Jetzt sag bloß nicht, dass du eine solche Möglichkeit nicht verlockend findest!«

Momo sagt kein Wort. Man könnte sie für ein Schulmädchen halten, das am ersten Tag nach den Ferien von den Ereignissen überrollt und erschreckt wird. Ganz neue Perspektiven tun sich vor ihr auf. Das ist verwirrend, noch dazu, wo ihr die Wohnung meiner Tante so vertraut ist.

Ihre Wange ruht immer noch an meiner Schulter, und ich fühle mich wohl, so dicht an dicht mit ihr. Meine kleine Momo, die so zart und süß ist wie ihre Leckereien. Eine gewaltige Woge der Zuneigung zu ihr erfasst mich. Am liebsten würde ich sie an mich drücken, aber sie wirkt so zerbrechlich.

»Ich habe wirklich Glück, einen so fürsorglichen Freund zu haben.«

»Das beruht auf Gegenseitigkeit.«

Wange an Wange bewegen wir uns zu sanften Walzerklängen auf der Tanzfläche. Ich weiß nicht, ob sie die gleiche Wärme verspürt, die meinen Körper jetzt durchströmt. Und ich möchte diese Empfindung auch gar nicht unterdrücken, sondern mich ihr überlassen. Ich fühle mich unglaublich entspannt und unbeschwert. Momos Nähe bedeutet mir viel, ich liebe es, ihre zarte Haut an meiner zu spüren. Ich schließe die Augen und führe sie weiter zu den Klängen des Akkordeons. Ich hätte nie gedacht, dass ich noch einmal den Mut fasse, auf diese Weise mit einer Frau zu tanzen. Und es ist nicht irgendeine Frau. Es ist ein kostbares Geschenk für mich, Momo als Freundin gewonnen zu haben. Sie ist die erste Frau, mit der ich eine so tiefe und dennoch rein platonische Beziehung habe. Eine Beziehung, die auf gegenseitiger Unterstützung, auf Anteilnahme und Austausch basiert.

»Danke für alles, Momo.«

Ich küsse sie vorsichtig auf die Wange, bemerke aber sofort das leichte Beben, das sie bei der Berührung meiner Lippen durchfährt. Verwirrt weiche ich zurück.

»Was ist los?«, fragt sie überrascht.

»Ich bin einfach nur gerührt. Ohne dich würde es das alles überhaupt nicht geben. Ich habe unglaubliches Glück, dich zu haben. Ich hätte nie gedacht, dass mein bester Freund eine Frau sein könnte.«

»Und ich nicht, dass meine beste Freundin ein Mann sein könnte«, sagt sie, tritt auf mich zu und schließt mich in ihre Arme.

20

Gleckika Wianachta – Frohe Weihnachten!

Mus Haus hat sein weihnachtliches Kleid angelegt. Es ist liebevoll und schlicht geschmückt, aber alles verrät eine kindliche Freude an den Vorbereitungen. Die glückliche Stimmung vergangener Festtage stellt sich ein, und man muss es sich jetzt nur noch am Kamin mit einem nach Zimt duftenden Tee gemütlich machen. Von meiner Wohnung aus rieche ich den Duft von in Butter gebräunten *Fleischschnacka*. Mu steht mit ihrer Schwester am Herd und bereitet diese elsässische Spezialität zu. Noch eine halbe Stunde, und wir werden alle in ihrem Esszimmer zusammenkommen, um das Feiertagsessen gemeinsam zu genießen. Ich bin gerade dabei, meine zweite Fischterrine aus ihrer Form zu befreien, wobei meine Töchter mich amüsiert beobachten und darum wetteifern, wer mich mehr aus meiner Konzentration zu reißen vermag.

Lucie hat sich eine Schöpfkelle geschnappt und kitzelt mich hier und da, sodass ich mich immer wieder verbiegen muss, um meine Terrine nicht unsanft aus ihrer Form fallen zu lassen.

»Kümmert euch lieber um die Cocktails, anstatt mich zu piesacken!«

»Alles bereits vorbereitet«, reibt mir Anthony prompt unter die Nase, der gerade mit Rémy hereingekommen ist und bereits an einem Glas Champagner mit Heidelbeerlikör nippt.

»Meine Güte! Wenn du jetzt auch noch mitmachst, werde ich noch verrückt!«

Anthony entschuldigt sich auf der Stelle und überreicht mir einen prachtvollen Weihnachtsstern, meine Lieblingspflanze.

»Wie ich sehe, haben meine Töchter dir verraten, wie du mich besänftigen kannst.«

»Gar nicht! Mein Vater hat mir geraten, den Weihnachtsstern zu kaufen, um den Tisch zu dekorieren. Wir hatten nie eine Tanne, aber Papa hat immer eine solche Pflanze gekauft.«

»Wo ist er denn überhaupt?«

»Er geht Tante Mu und Oma Zette ein wenig zur Hand …«

»Du meinst wohl eher, er spielt den Vorkoster für das Festessen!«, frotzelt Rémy. »Ich habe gerade einen Blick durch das Küchenfenster geworfen und gesehen, dass er mehr Häppchen verspeist hat, als er auf den Tisch getragen hat.«

»Er legt sich einen Schwimmring mehr zu, um nicht unterzugehen«, spottet Anthony. Dann legt er mir einen Arm um die Schultern und küsst mich auf die Wange. »Fröhliche Weihnachten, Mauricette! Ich bin so glücklich, dass wir endlich alle zusammen sind.«

»Ich auch, mein Großer«, murmele ich und drücke ihn an mich.

Es macht mich froh, ihn so zu sehen, und ich bin erleichtert, dass die Festtage diesmal nicht in einer gedrückten Stimmung begangen werden müssen. Alles ist anders in diesem Jahr. Noch nie war ich so voller Vorfreude im Hinblick auf die Festtage. Die Vorbereitungen für den Basar im Altenheim haben mir neue Perspektiven vor Augen geführt. In den Jahren zuvor habe ich mich allein gefühlt, aber nun hat Oscar mich aus meiner Einsamkeit geholt. Es war so schön zu sehen, wie die Bewohner dadurch aufblühten, dass sie an den Vorbereitungen und Dekorationen für das Fest beteiligt waren. Und noch mehr hat mich die Entwicklung der Aquagymnastik-Gruppe beeindruckt, deren Darbietung auf dem Basar ein voller Erfolg war. Allerdings hat diese Darbietung nun auch das Ende meiner bisherigen Lebensumstände eingeläutet. Mu wird ins Altenheim ziehen. Wer hätte geglaubt, dass sich alles so schnell ändern würde?

»Mama, du solltest dich allmählich umziehen«, legt mir Camille nahe. »Es hört sich so an, als sei unten alles vorbereitet.«

Ich lasse Anthony wieder los und gehe ins Badezimmer. Die beiden jungen Männer und meine Töchter sind bereits im Treppenhaus auf dem Weg zu Zette, Mu und Oscar. Verführerische Düfte ziehen nach oben in meine Wohnung.

Ich beeile mich mit meiner Garderobe, denn ich will nicht zu spät kommen. Rasch schlüpfe ich in ein Paar glänzende schwarze Seidenstrümpfe und streife ein smaragdgrünes Hemdblusenkleid über. Einen Augenblick halte ich nachdenklich vor dem Spiegel inne und überlege, was ich mit meiner üppigen Haarpracht anstellen soll. Am besten trage ich meine Haare ganz natürlich offen. Zum Teufel mit den Konventionen! Wir sind unter uns, und Oscar kennt mich eher so als künstlich aufgebrezelt. Aber ich gebe zu, dass ich mir Gedanken darüber mache, wie er mich wohl wahrnimmt. Ich hole tief Luft und eile nach unten, ohne noch einmal in den Spiegel zu sehen. Wenn ich noch länger hin und her überlege, werde ich mich am Ende gar nicht mehr hinuntertrauen. So bin ich, wenn ich jemandem gefallen will. Mich packt eine so furchtbare Angst, ich sei nicht vorzeigbar, dass ich der Situation lieber gleich aus dem Weg gehe. Ich suche dann nur allzu gern das Weite. Aber heute ist ein Festtag, Mu hat für uns gekocht, und es wäre undenkbar, ihr nicht die Ehre zu erweisen.

»Endlich! Hier kommt die Schönste von allen!«, ruft Zette schon freudig, als ich meinen Fuß auf die unterste Stufe der Treppe setze.

Ich erröte. Mir ist mit einem Mal so heiß, dass ich das Gefühl habe, gleich zu zerfließen. Alle sitzen im Wohnbereich um den reich gedeckten Couchtisch herum und scheinen in ausgelassener Stimmung damit beschäftigt, sich mit Gänseleber bestrichene Häppchen und Süßkartoffel-Kaviar-Röllchen streitig zu machen. Alle außer Oscar, der am Rand des Sofas sitzt und mich unverwandt ansieht.

Ich traue mich keinen Schritt vorwärts. Er steht auf und bietet mir seinen Arm an, um mich zum Tisch zu geleiten.

»Mama hat recht, du siehst heute Abend großartig aus.«

Jetzt färben sich meine Wangen sicher krebsrot. Ich wage nicht, auch ihm ein Kompliment zu machen, obwohl das durchaus angebracht wäre. Denn im Gegensatz zu mir hat Oscar sich wirklich Mühe gegeben. Er trägt ein weinrotes Hemd, eine schwarze Krawatte und eine dazu passende Hose. Sogar seine Schuhe hat er geputzt. Da ich ihn sonst nur in Jeans und Pullover kenne, kann ich ein leichtes überraschtes Lächeln nicht ganz unterdrücken angesichts seiner gekämmten und frisch geschnittenen Haare.

»Sehe ich tatsächlich so lächerlich aus? Ich kann auch meine Badehose holen, wenn dir das lieber ist.«

»Ich gebe neben dir eine schlechte Figur ab, so elegant, wie du bist.«

»Das bist du doch auch, nur ist es dir nicht klar. Madame ›mangelndes Selbstvertrauen‹«, sagt er und küsst mich auf die Wange.

Sein Kuss ist sanft. Zärtlich wie der eines Kindes. Der Kuss eines Freundes, der mich dennoch aufwühlt und dazu zwingt, mir schnell einen Platz an dem altehrwürdigen Kachelofen zu suchen, der zu dieser Gelegenheit angefeuert wurde. Ich lehne mich an die grünen Kacheln und hoffe, dass ich in der fröhlichen Runde nicht weiter auffalle, denn meine Gedanken fahren gerade Achterbahn. Oscar ist nicht bereit für eine neue Liebe. Das hat er mir mehr als einmal gesagt. Ich habe nicht das Recht, mich ihm an den Hals zu werfen, und schon gar nicht am Weihnachtsabend.

Ich weiß, dass er die Feiertage nie gemocht hat, aber an diesem Abend ist davon nichts zu merken. Oscar lächelt, er lacht über Lucies Witze und lässt sich die von Mu zubereiteten Häppchen schmecken. Alle gehen liebevoll miteinander um. Die Wärme des *Kochelofa* beruhigt mich. Von meinem Plätzchen aus beobachte ich das Glück der anderen und kann mich kaum daran sattsehen. Ich hätte nie gedacht, dass ich einmal zu einem solchen Kreis gehören würde. Eigentlich bin ich immer dafür zu haben, auf ein Fest zu gehen, zu lachen und mitzusingen, wo immer Musik gespielt wird. Aber jetzt sitze ich hier, ganz friedlich und ohne etwas erzwingen zu wollen, ohne mich aufzudrängen. Ich bin einfach nur ich selbst. Eine Frau, die ruhig und zufrieden auf eine wieder vereinte Familie blickt. Rémy und Anthony strahlen. Sie wirken entspannt und glücklich darüber, Weihnachten feiern zu können, ohne ihre Liebe verstecken zu müssen. Zette und Mu lachen über die Witze von Gégé, der große Töne spuckt und behauptet, er habe sich beinahe eine Schulter ausgekugelt, als er die Hebefigur im Wasser versuchte. Wenn er wüsste, dass ich ihn dabei gesehen habe! Jeder scheint seinen Platz gefunden zu haben. Meine Töchter haben offenbar etwas miteinander zu besprechen und tuscheln, während sie den Blick auf die noch ungeschmückte Tanne richten, unter der bereits die Geschenke liegen. Es scheint, als könnten sie es kaum erwarten, die für sie bestimmten Päckchen auszupacken. Als mein Blick so auf ihnen ruht, habe ich wieder die kleinen Mädchen vor Augen, die in der oberen Etage von Mus Haus groß geworden sind. Kinder, die mittlerweile fast erwachsen sind und nun bald ihre Flügel ausbreiten werden.

Wir beschließen, uns an den Tisch zu begeben. Oscar setzt sich mir gegenüber. Ich halte den Blick auf meine *Fleischschnacka* gerichtet und schaffe es nicht, ein Wort an ihn zu richten – nicht mit den Gedanken, die mich umtreiben. Am liebsten würde ich sie mir aus dem Kopf schlagen, aber das brauche ich gar nicht erst zu versuchen. Oscar gefällt mir. Heute Abend noch mehr als sonst. Die verborgenen Gefühle in meinem Herzen spielen dort verrückt. Es schlägt heftig, empört darüber, sich nicht äußern zu dürfen.

Was, wenn Zette tatsächlich recht hat? Wenn ihr Sohn tatsächlich etwas für mich empfindet? Ich sehe von meinem Teller auf und unsere Blicke treffen sich. Er sagt kein Wort. Er hat verstanden, dass ich verwirrt bin, und wagt nicht, mich in noch größere Verlegenheit zu bringen. Ich lächele ihm nervös zu, beinahe wie ein Backfisch, der sich nichts sehnlicher wünscht, als zum Tanzen aufgefordert zu werden. Was, wenn es noch einmal einen magischen Augenblick gäbe? Wenn er mich noch einmal zum Tanzen auffordern und ich es tatsächlich wagen würde, meine Wange an seine zu legen? Was für Fragen und Unwägbarkeiten! Und es geschieht auch kein Wunder. Wir sitzen am Tisch, ein Gang nach dem anderen wird aufgetragen, und alle lassen sich entzückt die Köstlichkeiten schmecken. Kein Gedanke an Musik. Nichts, was mich die Nähe zu Oscar suchen lassen könnte.

Endlich ist Mitternacht. Lucie und Camille zünden die letzte Lichterkette an der Tanne an. Traditionell läuten wir Weihnachten auf diese zauberhafte und kindliche Weise ein. Die Lichterkette wirft ihren Schein auf den nun rundum geschmückten Baum. Zierliche, bunt lackierte Anhänger glitzern hier und da, an den stärkeren Zweigen hängen Mandarinen, die wie kleine Sonnen in dem dunklen Grün leuchten. Jeder hat sich beim Schmücken des Tannenbaums eingebracht, und nun erstrahlt er in seiner Pracht. Von Mu stammen getrocknete Mandarinenscheiben, von Zette rote und silberne Seidenbänder, meine Töchter haben Papiergirlanden gebastelt, und von mir kommen die Salzteigformen, die ich mit Gewürznelken und Sternanis versehen habe, damit es weihnachtlich duftet.

Ich fühle mich in frühere Zeiten zurückversetzt: das fröhliche Lachen der beiden Schwestern, die Zärtlichkeit der Verliebten bei ihrer Umarmung unter dem Mistelzweig, der freudige Eifer meiner Töchter, die Zette und Mu ihre Geschenke überreichen. Die Erinnerung an all diese Momente versetzt mich in eine angenehme Leichtigkeit, und dennoch bleibt tief in meinem Innern ein Platz, der nicht frei bleiben will. Ich muss es mir eingestehen: Ich träume davon, dass sich eine Hand in die meine schiebt und mich nach draußen führt, wo der Schnee unter dem Sternenhimmel glitzert.

»Fröhliche Weihnachten, Momo«, wünscht mir Oscar jetzt und hält dabei etwas hinter seinem Rücken versteckt.

Mein Herz gerät aus dem Takt. Sichtlich verlegen wagt Oscar nicht, mir das Geschenk zu überreichen, das er hinter sich in der Hand hält. Um die Peinlichkeit nicht unnötig in die Länge zu ziehen, beuge ich mich unter den Tannenbaum und greife nach der Gebäckdose, die ich für ihn vorbereitet habe.

»Auch dir fröhliche Weihnachten«, murmele ich und halte ihm sein Geschenk hin. »Ich habe es nicht eingepackt, also kannst du die Dose gleich aufmachen, wenn du sehen willst, was darin ist.«

Er streckt die Hand aus, um sein Geschenk entgegenzunehmen, wodurch er nun gezwungen ist, auch mir seines zu überreichen.

»Das ist für mich?«

»Ja«, sagt er und wir tauschen beides aus.

Sein Päckchen ist rechteckig und ziemlich schmal, vermutlich ein Buch, das mit sehr großer Sorgfalt eingepackt wurde. Oscar hat ein marineblaues, seidiges Papier gewählt und das Ganze mit einem hübschen hellblauen Band verschnürt.

Ich habe eigentlich nicht erwartet, dass er mir etwas schenkt, auch wenn ich es vielleicht doch ein wenig gehofft habe. Jedenfalls bin ich überrascht, ein so hübsch verpacktes Geschenk zu erhalten.

»Willst du es nicht aufmachen?«, fragt er mich.

»Und du?«

»Gut, auf drei machen wir beide unsere Geschenke auf.«

»Eins, zwei … drei!«

Das Geschenkpapier entgleitet meinen Händen, so gerührt bin ich. Gleichzeitig fühle ich mich einfältig, dass ich ihm lediglich Plätzchen in der Form von Weihnachtsmännern schenke, die alle eine Badehose tragen. Obwohl es mich Stunden gekostet hat, Oscars rote Badehose mit Zuckerguss hinzubekommen, reicht mein Geschenk nicht im Entferntesten an das schöne Notizbüchlein heran, das ich in Händen halte.

Die Seiten werden von einem ledernen Einband zusammengehalten. Das feine Papier im Innern verströmt einen Hauch von Lavendelduft. Ich brauche nur über die leeren Seiten zu streichen, um bereits daran zu denken, wie ich meine Rezepte hier hineinschreiben werde, und das erste, das mir jetzt in den Sinn kommt, ist eine mit Lavendel aromatisierte Zitronentarte. Das Büchlein hat etwas sehr Vertrautes, beinahe Sinnliches. Die Seiten sind hauchdünn und unglaublich weich. Ich werde darauf achten, meine Rezepte stets mit großer Sorgfalt und Umsicht aufzuschreiben, damit auch das Papier die ganze Liebe aufnimmt, die bei meiner Küche mit im Spiel ist.

»Ich finde, dass deine Rezepte etwas Besseres verdient haben als zerknitterte Kladden«, sagt Oscar und beißt in einen seiner Kekse. »Auch deine köstlichen Weihnachtskekse werden darin einen angemessenen Platz finden.«

»Ich weiß gar nicht, was ich sagen soll, Oscar. Das ist ein so schönes Geschenk.«

»Und es wird noch viel schöner, wenn du erst einmal deine neuen Kreationen dort verewigt hast. Aber jetzt möchten deine Töchter dir gern ihr Geschenk übergeben. Mit meinem hältst du nämlich gewissermaßen die Zukunft in Händen.«

Camille kommt etwas verlegen auf mich zu und überreicht mir ein Päckchen, das in eine mit elsässischen Mustern verzierte Serviette eingewickelt ist. Ich erkenne, dass es sich um eine der Stoffservietten meiner Mutter handelt, die wir früher nur sonntags benutzten. Und dann wagte niemand, sich damit den Mund abzuwischen, da jeder wusste, wie sehr sie der Hausherrin am Herzen lagen.

»Die Verpackung ist schon mal vielversprechend!«

»Diese Idee stammt von Lucie, sie dachte, dass es dir gefallen würde.«

Ich lege eine Hand auf mein Herz. Lucie kennt mich wahrlich gut. Wir sind aus dem gleichen Holz geschnitzt, haben beide eine sehr nostalgische Ader und die gleiche Vorliebe für schlichte Dinge.

»Los, Mama! Du brauchst ja eine Ewigkeit. Pack endlich aus!«, fordert sie ungeduldig.

Alle Augen sind mittlerweile auf mich gerichtet. Mu und Zette halten einander an den Händen. Man könnte meinen, sie warten darauf, dass ich das Glücksrad endlich in Schwung bringe. Welche Kostbarkeit verbirgt sich unter dieser Serviette? Es wirkt geradezu so, als würden alle unter einer Decke stecken. Rémy wagt kaum, mich anzusehen. Anthony knetet ungeduldig seine Hände, und Oscar … Oscars Augen glänzen und seine Wangen sind leicht gerötet. Mein Gott. Dieses Geschenk kommt also nicht nur von meinen Töchtern, es kommt auch von ihm. Meine Hände nesteln zitternd an der Hanfschnur, die Lucie um das Päckchen gewunden hat. Vorsichtig öffne ich es.

»*Jesus Gott!*«

»Heißt das vielleicht so viel wie, ›ich finde dieses Geschenk großartig‹?«, mutmaßt Camille.

»Nach ihrem Gesichtsausdruck zu urteilen, wohl eher ›was ist das denn für ein dämliches Geschenk‹!«, meint Lucie und fasst mich an den Schultern.

Daran tut sie gut, denn etwas Halt kann ich wahrlich brauchen.

Ich finde keine Worte, so aufgewühlt bin ich. Am liebsten würde ich mich in Oscars Arme werfen, bleibe aber in meiner Überraschung wie angewurzelt stehen. Denn er ist derjenige, der mir dieses Geschenk gemacht hat, wenn auch mit Hilfe meiner Töchter. Vielleicht heißt das ja indirekt, dass er es nicht schafft, den ersten Schritt zu tun?

»Alles in Ordnung, Mama? Man könnte meinen, dass du gleich umkippst?«, sorgt sich Lucie.

»Ihr bringt mich tatsächlich noch ins Grab …«

Ich setze mich auf einen Stuhl und lege das Buch vor mich. Es kommt mir vor, als hätte ich noch nie etwas so Schönes gesehen. Auf dem matten Papier des Buchcovers ist ein Foto meiner Küche zu sehen. Auf der Arbeitsplatte steht ein *Kougelhopf* mit getrockneten Früchten und auf den weißen Schränken meiner Küche steht in goldenen Lettern der Titel des Buches: *Daheim in Mauricettes Küche – Rezepte für Familie und Freunde.*

»Das war deine Idee, stimmt's?«, wende ich mich an Oscar.

»Aber es ist nicht mein Verdienst. Du kannst dich bei deinen Töchtern und Rémy bedanken. Dein Mitarbeiter hat heimlich deine Rezeptkladden mitgehen lassen. Lucie hat die Gerichte nachgekocht und Camille hat alles geschickt arrangiert, um schöne Fotos zu machen … Ganz nebenbei, sie hat einen unglaublichen Blick für gute Fotos!«

Mein Hals ist wie zugeschnürt. Die Fotos sind zum Niederknien. Mein *Kougelhopf* mit den getrockneten Aprikosen auf dem Cover sieht großartig aus. Man hat den Eindruck, als würde Puderzucker auf ihn herabschneien. Ich blättere weiter und entdecke verblüfft meine eigenen Rezepte, getreu abgeschrieben und um Camilles Fotos ergänzt. Sie müssen Tag und Nacht an dem Projekt gearbeitet haben. Nicht nur, dass meine Hefte heimlich entwendet werden mussten. Sie haben sich richtig ins Zeug gelegt, um meine Sauklaue zu entziffern, alles zu übertragen, meine Rezepte nachzukochen und zum Schluss auch noch alles optisch ansprechend zu arrangieren, um schöne Fotos zu machen. Ganz zu schweigen von der Zeit, die man auf einer dieser Seiten im Internet verbringt, wenn man ein Fotobuch konzipieren und druckfertig in Auftrag geben möchte.

Oscar war der Drahtzieher dieser Mannschaftsleistung, davon bin ich überzeugt. Der Bademeister ist offenbar auch ein Meister darin, schöne Überraschungen zu bereiten. Ich staune über Camilles fotografische Begabung, denn zum ersten Mal sehe ich voller Verwunderung, dass die von mir gekochten Gerichte wirklich ästhetische Qualitäten haben. Sie werden mit großem Einfühlungsvermögen vorgestellt. Meine Töchter waren mit ganzem Herzen bei der Sache. Wie schön ist zum Beispiel die Art, wie mein Heidelbeergebäck in einem Korb präsentiert wird, flankiert von einem Blumenstrauß und einem elsässischen Buttertopf. Alles ist wohlüberlegt und ausgewogen. Es kommt mir wie ein Märchen vor.

»Kaum zu glauben! Momo hat ihre Sprache verloren!«, stellt Tante Mu erstaunt fest.

Ich wische ein paar Tränen weg, die über meine Wangen laufen, dann stehe ich auf und schließe meine Töchter in die Arme.

»Ich bin so glücklich! Was für ein wundervolles Geschenk! Danke, ihr beiden!«

»Du musst dich nicht nur bei uns bedanken. Oscar hat alles eingefädelt«, flüstert Lucie mir ins Ohr.

Im Hintergrund erklingt die Melodie eines altbekannten Weihnachtslieds. Zette hat ihren antiken Plattenspieler ans Laufen gebracht. Das Knacken, Knistern und Rauschen der Vinylscheibe entzückt mich und lässt mich innerlich frohlocken. Noch nie habe ich mich so sehr im Einklang mit mir selbst gefühlt.

Meine Töchter lösen sich aus meinen Armen, und Oscar fasst nach meiner Hand, um mich inmitten der Anwesenden zum Tanzen zu bitten. Ich überlasse mich dem Augenblick, lehne meinen Kopf an seine Brust.

»Danke für alles.«

Ich bemerke, dass sein Herz wie verrückt schlägt. Ich weiß nicht, ob ich etwas auf Abstand gehen soll. Vielleicht fühlt er sich durch diese plötzliche Nähe bedrängt? Aber schließlich hat er mich zum Tanzen gebeten. Ich weiß nicht so recht, was ich tun oder sagen soll, so groß ist meine Angst, das wilde Klopfen seines Herzens an meiner Brust falsch zu deuten.

Seine Hand legt sich sanft auf meine Wange und streichelt sie vorsichtig. Die Musik von Tino Rossi hüllt uns in einen weichen Kokon. Was ich unter anderen Umständen durchaus als kitschig wahrgenommen und mitleidig belächelt hätte, erfüllt mich jetzt mit der Angst, dass dieser Augenblick nur von kurzer Dauer sein könnte. Ich will nicht, dass Oscar nach diesem Tanz wieder nur mein Freund und Arbeitskollege ist.

Seine Hand verweilt an meiner Wange. Wir tanzen unter dem Mistelzweig. Er hat es nicht bemerkt, denn seine Augen sind geschlossen. Genießt er den Augenblick? Gelingt es ihm, die furchtbare Spannung zwischen uns zu überwinden? Ein Berufsleben mit Karriereknick, eine gescheiterte Ehe. Diesen Ballast tragen wir beide mit uns herum und das verbindet uns gewissermaßen miteinander. Trotz oder gerade wegen dieser Schwierigkeiten tanzen wir hier zu einem alten, warmherzigen Weihnachtslied. Was, wenn das Schicksal uns lediglich diesen einzigen Tanz gönnt? Ein paar Minuten Glück, bevor wir wieder Freunde werden, die es nicht schaffen, einander ihre Gefühle zu offenbaren, weil sie Angst haben, alles kaputtzumachen. Und doch würde ich mir so sehr wünschen, dass er mich küsst, hier unter dem Mistelzweig mit seinen weißen Beeren.

Das Lied klingt aus. Ich löse meine Arme nicht von seinem

Hals, und er zieht sich ebenfalls nicht zurück. Die Blicke der anderen, die mit uns getanzt haben, ruhen mit Sicherheit bereits auf uns beiden.

»Wir möchten die Stimmung nicht verderben, aber dürfen wir jetzt endlich unsere Geschenke auspacken?«, fragt Lucie ungeduldig.

Oscar fasst nach meiner Hand und drückt einen zärtlichen Kuss darauf.

»Danke«, sagt er leise zu mir und macht einen Schritt zum Tannenbaum hinüber, wo er nach einem Päckchen greift.

»Hier, mein *Schotzala*! Das ist für dich!«, ruft er und wirft es Lucie zu.

Die Magie ist erloschen wie der im Wachs ertrunkene Docht einer Kerze.

Oscar ist wieder Oscar, der Freund.

Mein Freund. Mein Nachbar. Der Mann, den ich liebe.

Epilog

Rezept fürs Glücklichsein

Es ist Ruhe im Haus eingekehrt. Alle sind mit leuchtenden Augen schlafen gegangen. Der Weihnachtszauber ist noch nicht erloschen. Es lodert noch immer in meinem jubelnden Herzen, während ich durch die Seiten des Kochbuchs blättere. Etwas Schöneres hätte ich mir nicht ausmalen können. Ich war starr vor Staunen, unfähig, auch nur ein Wort zu sagen, so überwältigt war ich von dem Buch. Ein Buch, das mir zeigt, wie gut Oscar mich kennt. Meine Ex-Partner haben sich keine Gedanken darüber gemacht, was mir Freude bereitet, ganz anders als der Schwimmlehrer, der sich so gut in mich hineinversetzen kann. Was, wenn dieses Buch seine Liebeserklärung an mich ist?

Ich schließe es und drücke es gegen meine Brust. Ich weiß nicht, ob ich in den Schlaf finden werde. Meine Gedanken kreisen um Oscar, seine Freundlichkeit und seine Sanftheit. Ich hätte mir gewünscht, dass dieser Weihnachtsabend niemals zu Ende geht. Morgen ist ein neuer, ein anderer Tag. Morgen wird Oscar das Zutrauen verloren haben, das ihn dazu gebracht hat, seine Hand auf meiner Wange ruhen zu lassen. Wir werden wieder Nachbarn sein. Und wohl auch Freunde. Aber ich weiß es nicht. Vielleicht entfaltet sich der Zauber nur unter Mus Dach.

Das kostbare Stück gleitet aus meinen Händen und fällt auf den Buchrücken. Erschrocken bücke ich mich und hebe es auf, um nachzusehen, ob es Schaden genommen hat.

»So ein Mist!«

Eine Seite scheint ausgerissen zu sein, denn sie schaut aus dem Ganzen hervor. Ich öffne das Buch und erlebe eine weitere Überraschung, als ich die Visitenkarte eines Verlegers entdecke.

»Bernard Bloch, Verlagsleiter ›Cigogne gourmande‹.«

Ich ringe nach Luft. Jemand muss diese Karte absichtlich hineingelegt haben, um mir eine Nachricht zukommen zu lassen. Eigentlich ist klar, wie diese Botschaft lautet, aber ich kann es nicht fassen, oder ich habe Angst, ihr Glauben zu schenken. Ich? Ein Buch veröffentlichen? Diesen Gedanken habe ich schon oft gehabt, aber es war nur ein Traum. Es gehörte zu jenen Dingen, die man in der Kategorie ›Luftschloss‹ verbucht und für sich behält. Oscar hat das erraten. Er hat ein Gespür für meine geheimsten Wünsche entwickelt.

Nervös wende ich die Karte hin und her und entdecke auf der Rückseite ein paar darauf gekritzelte Worte. Oscars Schrift ist klein und elegant, so wie auch der Inhalt seiner Botschaft: »Pack dein Glück beim Schopf. Dein Talent ist längst erwiesen.« Darunter ein winziges Zeichen, eine Sternschnuppe, die mir Glück bringen soll und wie ein Kuss auf meine Lippen flattert.

Mit klopfendem Herzen stehe ich abrupt auf und verlasse in meinem roten Flanellpyjama mein Zimmer. Dieser Weihnachtsabend darf jetzt noch nicht enden. Das lasse ich nicht zu. Ich werde alles daransetzen, die Magie festzuhalten.

Ich durchquere eilig Flur und Wohnküche, um die Treppe hinunterzusteigen und Oscar zu suchen. Wenn er schläft, werde ich ihn aufwecken. Was auch geschieht, ich muss mit ihm reden, ich muss ihm sagen, was mir mein Herz so beharrlich und eindeutig zu verstehen gibt.

Das ganze Haus liegt im Dunkeln. Ich sehe fast nichts, will aber das Licht nicht einschalten, um meine Töchter oder Mu und Zette, die zusammen in Mus Zimmer übernachten, nicht aufzuwecken. Vorsichtig taste ich mich die Treppe hinunter und halte den Blick auf die Stufen gerichtet, um nicht zu stolpern. Da stoße ich in der Dunkelheit plötzlich mit jemandem zusammen. Kräftige Arme greifen nach mir und halten mich fest.

»Alles in Ordnung?«, fragt Oscar.

Sprachlos lehne ich mich an seine Schulter. Reglos verharren wir einen Augenblick so aneinandergeschmiegt in dem stillen Haus.

»Momo, wir bleiben jetzt wohl kaum bis morgen früh hier stehen, oder?«

»Ich würde am liebsten für immer in deinen Armen bleiben, aber ich weiß, dass morgen alles wieder anders aussieht. Halt mich fest, Oscar, halt mich ganz fest, weil ich nicht hierbleiben kann. Ich werde gehen, weil ich nicht leben kann, wenn du mir so nah und doch so fern bist.«

Oscar nimmt mein Gesicht in seine Hände, ich spüre seinen warmen Atem an meinem Mund.

»Geh nicht«, sagt er und presst seine Lippen auf meine.

Sein Kuss ist sehnsüchtig, innig und leidenschaftlich zugleich. Seine Liebe durchflutet mich und befreit mich endlich von meinen Ängsten. Ich umarme ihn heftig und halte ihn fest umschlungen. Unsere Lippen finden zueinander und wir werden eins in dieser süßen Weihnachtsnacht.

»Ich liebe dich, Mauricette.«

»Ach, du nennst mich nicht mehr Momo?«

»Du hast den hübschesten Vornamen, den ich kenne. Warum sollte ich ihn abkürzen?«

Er küsst mich wieder, diesmal mit noch mehr Leidenschaft, dann hebt er mich hoch und trägt mich die Treppe hinunter. Auf der Türschwelle zu seinem Zimmer, das neben der Küche liegt, gibt er mich wieder frei und wir bleiben einen Augenblick lauschend stehen. Ein leises Gemurmel dringt zu uns herüber.

»Oscar, wir sind nicht die Einzigen, die noch wach sind …«

»Glaubst du, dass sie uns gehört haben?«

»Mu und Zette mögen zwar recht betagt sein, aber taub sind sie deswegen noch lange nicht.«

Amüsiert fasst Oscar nach meiner Hand und geht in Richtung Küche.

»Warte, was hast du denn vor?«

»Ich werde meiner Mutter danken, dass sie mir das schönste Weihnachtsgeschenk gemacht hat, das man sich denken kann, als sie mich dazu gebracht hat, hierher zurückzukehren.«

Er öffnet die Tür. Zette und Mu lehnen an der Arbeitsplatte und trinken in bester Stimmung ein Gläschen Gewürztraminer.

»Aha, wie ich sehe, ist das Fest noch nicht vorüber!«, macht Oscar sich bemerkbar, ohne meine Hand loszulassen.

Zette und Mu schauen eine Sekunde lang vollkommen verdutzt, dann lachen sie aus vollem Halse los.

»*Hopla*, Mu! Du schuldest mir zehn Euro! Ich hab doch gesagt, dass diese beiden hier nicht bis Neujahr warten mit dem ersten Kuss.«

»Habt ihr nichts Besseres zu tun, als auf uns zu wetten?«, fragt Oscar und öffnet den Wandschrank.

»Oscar, ich glaube, du kannst meine Hand jetzt wieder loslassen. Dann kann ich uns einschenken …«

»Kommt gar nicht infrage, dass ich dich loslasse. Ich habe viel zu viel Angst, dass du am Ende doch noch verschwindest«, kontert er und holt zwei Stielgläser aus dem Schrank.

Zette nimmt sie ihm ab und schenkt uns ein Schlückchen ein.

Ich hebe das Glas, und während ich es an die Lippen führe, muss ich daran denken, wie ich mich in der ersten Nacht hier in der Küche mit Oscar unterhalten habe. Wir haben über uns gesprochen, und über Woody Allen. Ich hatte ein stilles

Einvernehmen gespürt, eine Verbundenheit, die eine schöne Freundschaft erahnen ließ. Aber ich hatte mich getäuscht. Manchmal versteckt sich hinter einem Gesicht, das uns nur freundschaftlich gewogen scheint, die echte Liebe.

Ich lehne meinen Kopf an seine Schulter und flüstere ihm ein paar Worte ins Ohr.

»Wenn ich daran denke, dass alles in dieser Küche angefangen hat, und zwar erst vor ein paar Monaten … In der Nacht, bei einem Glas Wein, und jetzt sind wir alle wieder zusammen hier.«

»Der Gewürztraminer scheint mir besser als der Pinot dazu geeignet zu sein, eine Liebesgeschichte zu besiegeln.«

Die beiden Omis beobachten uns mit breitem Grinsen. Es wird sicher nicht unsere letzte Nacht sein, die wir zusammen hier in diesem Haus verbringen. Bald wird Mu zwar ausziehen, aber es wird zugleich auch wieder Liebe und Fröhlichkeit hier einkehren. Die Ablösung ist da. Ich gebe mir das Versprechen, den Geist von Mu zu erhalten und so oft es geht den süßen Duft von Apfelkuchen oder *Strudel* durch ihre Zimmer ziehen zu lassen.

Jeder Tag soll an diese Nacht erinnern, und die Mauern dieses kleinen Fachwerkhauses sollen von unserem Glück erzählen.